春寒

赵娅君 —— 著

北京联合出版公司

一未文化　　非同凡响

北京一未文化传媒有限公司
www.bjyiwei.com
出品

谢谢火焰给你光明,但不要忘了那执灯的人,是他坚忍地站在黑暗当中。
——泰戈尔

第七章	灯光烛影几千秋,各自风流各自愁	155
第八章	柳塘避暑,花泊观莲,不过一场春梦如许	189
第九章	机巧空灵凭天定,入局方知回头难	209
第十章	情之起,心含烟;蓦然回首,两重天	223
第十一章	举世皆浊我独清,举世皆醉我独醒	237
第十二章	玉壶冰,金步摇,劲草诚臣,节现丹青	253
尾声		281

目 录

楔子 ... 001

第一章 一声春雷惊梦碎,半点冷雨动钗弦 ... 003

第二章 故城花胜锦,北望步摇归 ... 037

第三章 萧瑟夜,薄凉日,春燕寻巢时 ... 065

第四章 君不见,残樱渡海汹涌浪;君不见,断肠别情满毅山 ... 097

第五章 拨云见日锦囊计,云开雾散过墙梯 ... 113

第六章 机关算尽各自路,绝处有生并肩留 ... 135

楔子

往前三百年,关外这片土地有了一座叫作盛京的城。那时候大清的铁骑还没有入关,这里还是华外之地,地广人稀,城门倒也雄伟,抚近怀远,心怀广袤天下。

后来人们把这里当作龙兴之地,人烟兴旺起来,官家商贾、兵马匪徒,该有的都有了,加上皇族荣宠,倒比关内很多地方繁华。

再后来到了民国,盛京成了奉天,皇宫成了故宫,城门还在,但阻挡不住纷乱脚步。大帅成了无冕之皇,着意建设地方,新楼旧巷勾结在一处,马路倒是四通八达。人们照旧过着日子,只是头顶上没了辫子,街上多了洋人,东洋西洋,穿着不同,心怀也不同,都被这风貌和富饶吸引了神魄。

一转眼就是民国十七年。开了春,这个春天看似和往常并无不同,春风刮着,春雷响着,时不时还有风沙大老远地从蒙古吹来,铺天盖地,满街满巷。外头的世界据说很不同了,大革命失败,二次北伐,大帅带着安国军在关内和各路军阀打得热火朝天,但是又怎么样呢?老百姓的日子还是一样地过,在没什么盼头的苦挨日子中给自己生挖些盼头出来，总会好的，总会过去的，总会吃饱肚子的。

这么一看，金步摇倒是贪婪些，身为华胜集的龙头，想让门下姐妹过得更好一点，也想让自己过得舒坦点。她新添置了宅子和丫头，购来了西洋留声机和古董红木床。她想把生意再做大一点，不光进宅门帮少奶奶们梳妆，也要走进百姓家，婚嫁寿辰，都是赚钱的门路。金步摇一心规划着，却不知更迭的日月中，即将出现无力扭转的劫数与变局。好好的日子，似乎一下子到了头，子弹和阴谋如野兽，正在转角狞笑着，等着她一头扑进来。这是她既定的命数，躲不过的劫。她置身其中，浴火挣扎，看着好像坚固的生活一点点碎裂，又拼劲全力一点点修补。事在人为，她不信她扛不过去……

第一章

一声春雷惊梦碎，
半点冷雨动钗弦

华胜集已经闯进了一个大局，可到底是什么人在布局，又该如何破解，金步摇眼下是一点头绪也没有，只能见招拆招了。

怕吗？

怕有用吗？

金步摇无奈苦笑，若是具秋平还在……呸，现在可不是想他的时候。她走到窗边，一把拉开厚重的丝绒窗帘，漫天风雨该来就来，难不成还能把四面活路都封死？

1

民国十七年的初春像个混蛋男人，不打招呼就来，大张旗鼓，舞舞扎扎，卷起漫天灰尘惹得人心烦气躁后，拍拍屁股走人。金步摇坐在垂着门帘密不透风的马车里，沿着四平街出抚近门，奔着八卦街去。马车平稳，插入绾花髻的凤头步摇纹丝不动，可拦不住心里七上八下，越发觉得外头的风惹人恼。她深吸一口气，掸了掸烟青色湘绸罩袍上的尘，把那十五个水桶挨个儿掂量，想找出一个平衡来。

一声枪响打破了脆弱的宁静，子弹斜擦着金步摇的厚密的黑发盘髻飞进又飞出，凤头步摇从中间折断。马受了惊，开始狂奔，车夫一个恍神，已经被甩下马车。不过是电光石火的工夫，金步摇情急之下俯身冲出，马儿扬蹄嘶鸣，落下来便是谁也拦不住的狂奔。金步摇死死抓住车厢扶手，整个人暴露在刺客的射界中。可她还能怎么样呢？如果她松开手甩出去，不死也去了半条命，只能赌运气。马儿继续狂奔，街上的百姓纷纷避让。可能是她运气真的不好，又是一声枪响，这次正中了肩膀。金步摇感到一阵撕裂的剧痛，手下意识松开，整个人被甩出老远。掉落前，她好像看见了满天满世界让人无处躲避的尘埃。

金步摇脑海中闪现一念：这或许是提前到来的终局？

不甘、不愿、不想……她还没找到最想要的答案，怎么可以就这样终了？

奉天警署的审讯室里，探长楚北望盯着被捆在长凳上的年轻男人，嘴角牵出一丝无奈的苦笑，好像对即将发生的事感到遗憾，但这并不耽误他从老路手中接过老虎钳，反复掂量，脸上的无奈更多了些。就算灯光幽暗，也挡不住老虎钳泛出冰冷的金属光泽。

楚北望慢慢开口，何必呢？这里谁不知道没有我问不出来的话，强撑只会让自己多吃些苦头。

老路跟着摇头叹息，眼神像在看一个将死之人。年轻男人还是一副倔强倨傲的样子，身子发抖，目光坚韧。

时间一点一滴流过，楚北望没了耐心，把老虎钳插进火盆。老路转身打开审讯室的门，小丁宝端着一盆冰跑进来。楚北望亲手接过，放到男人脚边，语气还是不急不慌，别着急，一会儿就让你坐在这上面，然后……

楚北望扭头，老路举起了烧红的老虎钳。楚北望满意了，听说过十八层地狱吗？今天免费参观。他不大的眼睛精光聚拢，年轻男人终于崩溃了。

八嘎！他挣扎着，在极小的扭动范围里把自己拧成了一条虫。

楚北望站起身，做最终宣判，就知道你不是中国人，早承认多好，说吧，你们到底在计划什么事？你们想把她怎么样？

暴露了身份的佐木不肯认败，嘶哑着喊，她今天就会死！你们都会死！我要见律师！我要见你们长官！

楚北望瞬间收起了笑容，停顿三秒，快步离开，心里只一个念头，一个盘算：她不能死，绝对不行！

老路突然开口，他怎么办？

走到门边的楚北望回头看了一眼，佐木脸上居然露出了有恃无恐的平静。他是日本人，自然有军方和南满长官来保护。他们能怎么样？

楚北望收起所有情绪，找了条毛巾，擦干净手，像是在交代下雨要收衣服，寻常语气，也是，署长说了，最好不要明面上和他们过不去，这样对我们外交不利。这样，找几个兄弟，晚上劫走，送段七的矿上去，那边缺人。

此时佐木的眼中，楚北望就是最残酷的恶魔，他的凶狠和淡然同样都不应该属于人间。

楚北望走了，审讯室陷入死一样的短暂平静。很快佐木再次嘶吼起来，他要律师，要公平，要生路。他当然知道奉天段七，半匪半霸，经营的铁矿场是有名的阎王洞，有去无回。为求生，他不怕叫破喉咙。老路皱了眉，把一块抹布塞进了他嘴里。小丁宝在门外看见，眼神中闪过一丝恐惧。

2

这一切需要从一个月前说起。

刚过三月三，应该是春风和暖的时候，北风却不甘退席，强硬出击，硬是把日头逼进了云层，不往外挪步。楠木柜上的自行钟已经走到了十二点，天空还被尘沙遮挡，雾蒙蒙的，没见透亮。金步摇懒得出门，窝在延寿寺后街的小宅院里指挥丫头银锭儿收拾客厅，把古董架子上面真的假的半真半假的玩意儿都擦干净。春天灰大，两天不擦就落下一层。金步摇眼里见不得脏，以前不这样，泥里土里都滚过，不知道哪天一觉醒来改了性子，挑拣起来。人可能都这样，总盼着不变，但桩桩件件都在变。

银锭儿刚满十四岁，为给哥哥换亲，被爹妈许给隔壁屯子的傻子。傻子家也穷，但有个不傻的妹子。银锭儿不干，爹、娘、哥哥三人合力把她捆起来关进了地窖，哥哥边捆边哭，对不住，没办法，下辈子还，眼泪往下滚，不耽误手里使劲。风大屋稀，保证叫破喉咙也没人听见，妹子，你得认命。

也是银锭儿命里有一步转机。当夜，金步摇路过屯子，大雪封了路，一块大洋换一晚上好吃住，银锭儿娘开地窖拿存粮招待贵客，泄露了银锭儿的踪迹。小丫头人不大，凶得很，拼命嘶吼着，非要她出嫁，她就杀了傻子一家。金步摇听见穿风过雪的话音，心里暗赞，是个不认命的女娃儿。她索性走出去看清楚，看了就觉得喜欢，小姑娘脸上沾了柴灰，眼泪汪汪，但透着一股狠劲儿，于是再掏十块大洋，银锭儿跟她进了奉天。

临行时银锭儿娘拿大襟抹眼泪，银锭儿脆生生地说，别难受啦，你就当我死了，反正要是嫁过去，跟死了也没两样。

上了马车，金步摇故意逗银锭儿，我可不是什么好人，难道你就不害怕？银锭儿看着金步摇，琢磨了一下，脆生生答，总比嫁个傻子强。嫁过去只能死，跟着你，兴许你不是坏人呢？金步摇笑得不行，又走了半个钟头问，难道真不想家？要知道现在后悔可以回去，再往前走，可就没有回头路了。银锭儿歪着脑袋又琢磨了一下说，我这样的丫头片子，生下来就没家。可命是他们给的，以后要是我出息了，不会不管他们的。金步摇心里再赞一声，这是个明白孩子，将来不管

春寒

什么造化，都不会把自己往死路上逼的，难得还有一副软心肠，是非恩怨分得清楚。金步摇差点儿就把银锭儿认了当干女儿。好在她也不是个冲动的，一眼半眼，可不敢说把人看到心里去了，还是等日子长了，好好品品再论也不晚。

银锭儿这会儿身子没抽条，几顿饱饭吃下来，只往横里长，本来裹的小脚被金步摇做主放开，还没抻平展直，整个人远看像正月十五北市场上卖的穿在小扦子上的炸元宵。此刻小姑娘手里拿着鸡毛掸子，努力踮起脚尖也够不到上面去，于是跟自己生气，满屋子转圈，找能踩又不至于踩坏心疼的家伙什儿。金步摇看看银锭儿的脸，巴掌大，深眼窝，睫毛密长，鼻头肉嘟嘟的，唯一不好的就是嘴巴，有点不太明显的地包天，等过几天找个日本牙医给看看，兴许能正过来。

金步摇一边喝茶一边琢磨，想到整牙齿就不好吃饭，银锭儿兴许还能瘦下来，一举两得，就笑了。银锭儿从厨房搬了一把竹板凳进来，说，姐，咋了？金步摇笑容没收回来，银锭儿的问题也没得到回答，拴在门上的铃铛就响了。铃铛另一头连在大门外廊檐下雀头榫上，这是有客到。

像是为了让金步摇能看得清楚点，冷雅琴刚在客厅坐下，太阳就跑到云层外头了，又一路从玻璃窗钻进来，照在冷雅琴白得透亮的脸上。她长得是真好看：柳梢眉，吊眼角，薄嘴唇，不点胭脂也透着红润喜人，黑色薄毛呢大衣里头是鹅黄薄呢西式连衣裙，露在外面的十根手指尖尖细嫩，透出一股子不沾阳春水的养尊处优。银锭儿看着，露出不加掩饰的羡慕。

金步摇不动声色，坐等冷雅琴开口。冷雅琴解开袖扣，挽起袖子，露出半截胳膊，从手腕到肘窝，布满了深深浅浅的疤痕，火烫的，刀割的，黑色结痂的是新近的，已经落了肉中淡红的是陈年的。这都还是能给人看的，还有那些见不得人的地方的，总之浑身上下没一处干净。

金步摇还是没话，只看着。

银锭儿到底年轻，没什么经见，看着疤痕直吸凉气，像是过了一半的疼到自个儿身上。这下冷雅琴绷不住了，眼泪顺着眼角淌了满脸。女人就是这样，没人心疼的时候多大难也能咬碎牙往肚里咽，但凡跟前有了知冷热的，哪怕是八竿子打不着第一次见面的小丫头，也能让丁点儿难受化成一摊汪洋。

何况冷雅琴咽下去的已经是一摊了。

这都是拜他所赐，冷雅琴收了泪，哑着嗓子说。她目光低垂，盯着红木地板上一处不太显眼的木纹。

他叫唐文博，曾在日本学法律，是奉天城里最有名的律师，帅府里的常客，给大帅做谋划，给少帅做牌搭子，一等一的人物。在外人眼里，他温文儒雅，成熟风流，永远慢声细语，就算委托人刁钻蛮横到跳脚骂娘，他也会微笑待之，直到对方自动消了火气，红着脸道歉。可回到家，对着冷雅琴，他就成了凶蛮的野兽，像关在笼子里的狮虎憋屈了一整天后终于可以展露本性，要把眼前能够看见的一切撕咬扯碎。

我算他的什么呢？冷雅琴歪着头想。她三年前在城阳街红房子西餐馆当女招待，认识了常客唐文博，被带回唐公馆，没名没分。谁都羡慕她好福气，再不用被人轻薄，也不用辛劳苦熬。她看着这个比自己大上两轮却依旧风度翩翩的男人，也觉得终身有靠，谁知道落了这个下场？

冷雅琴忍了三年。

头一年她总觉得是自己的不对，比如盘子没有摆好位置，花纹没有正对着桌沿儿；比如走路声音太小，突然近身，无端打断了他好不容易想到的思路；比如菜里多放了花椒，鱼肉太多刺，肘子又太腻；再比如呼吸声音太大，睡觉总是翻身。他对她吼，挥拳头，她不敢哭出声，瑟瑟发抖，保证一定改。

第二年她发现她永远也做不对，就算费尽心思躲开能想到的所有他不喜欢的事儿，他也总有一万零一个发火的由头。比如她眼神不够温柔，比如她笑容虽然讨好，但心里藏着不满，比如她可能会在将来某个时候对他不住。他为了揣测出的祸心和还没发生的背叛大打出手，她依旧发抖，但不再流眼泪。

第三年她想要逃走，逃了四次，被抓回去四次。家里的佣人、花匠，城内外帅府的兵，还有警署的巡警都是他的耳目和眼线，他当着他们的面抚摸她的脸颊，声音里透着悲伤，你为什么要走呢？难道我对你还不够好吗？他冰冷的手指一路从脸颊勾到脖颈，她差点窒息。而在旁人看来，这也是他对她的爱。

回到家，他把她关进房间，拳脚相加后扯下她的衣服，把她压在身下，一边占有，一边把口水吐在她脸上。他说你记住，你永远也逃不出我的手掌心，除非你死。

冷雅琴不肯死。凭什么要她死？她还没活够呢。十四岁从齐齐哈尔逃婚跑出来，妖魔鬼怪见过，河沟水喝过，馒馒头吃过，她就信一条，只要活着，早晚能想到办法。

所以说老天不会绝人之路。家里的老妈子看她实在可怜，悄悄给了她一个地址，延寿寺后街9号院，院里的金小姐救苦救难。冷雅琴现在出家门难，唐文博要人寸步不离地跟着。今儿是打着看大夫的幌子出来，把盯梢的搁在门口，又贿赂了大夫，她才从人家后门出去，再拐进金步摇的家。她盯着金步摇，像是看救命菩萨。

金步摇拿出白玉烟嘴，又从鎏金点翠铜烟盒里弹出一支烟卷点上。烟雾弥漫如帘幕，她躲在后头，声音细长，略有些喑哑，我可不是菩萨，救不出苍生去。冷雅琴讨好地笑，姐，您是华胜集的龙头，一定有办法，说完从包里一样样地往外掏东西：金条，翡翠手镯，钻石项链，还有一枚嵌着祖母绿宝石的戒指，看成色顶得上前面所有。这是酬金，也是决心，花了这么大笔价钱买条路，绝对不会回头。金步摇再看冷雅琴，目光就柔了点，可还是不吐口。谁也猜不出她琢磨着什么。冷雅琴也是个有城府的，底儿交了，等着呗。

接着就是沉默和对视，彼此打量，不动声色又风起云涌，连银锭儿都觉出了一丝不自在。金步摇这才端起了早已冷掉的茶，说了句，回去等信吧。

银锭儿送冷雅琴出门，小丫头脸上还挂着泪。天倒是大晴了，露出水洗过的蓝。屋里头，金步摇盯着那堆珠翠，眼里看到的不是富贵，而是一盘早就该了的恩怨。

是的，这唐文博早该死。

3

华胜集原属洪门，据说开山堂的老祖是崇祯皇帝的梳妆宫女。闯王进城,皇帝吊死煤山,宫女流落乱世,一腔忠勇,入了洪门,独创华胜集,门下都是在战乱中毁家纾难的忠烈之后,孤苦女子。老祖传授她们梳妆的手艺,又找了洪门其他堂口的师父教她们保命的技法,行刺、暗杀、追踪、藏匿、下毒、疗伤,一边讨生活一边协助洪门收集情报,刺杀逆贼,完成反清复明的大业宏图。

日月更迭,数百年不过白驹过隙,大清到底也走到了末路。洪门式微,没人再提什么热血家国,义气天下,个个儿狗苟蝇营,名来利往。华胜集传到第十六代龙头的时候,得罪了北平城掌权的军头,险些遭遇扑杀,无奈只好避走关外,落脚奉天。反清反了三百年,最后不得不在清朝龙兴之地讨生活,也只能说是命运吊诡,神佛玩弄。

金步摇是华胜集第十八代龙头,鼎盛时期有浩浩荡荡的几百门下,如今只剩了十几人。好在早没了复国的图谋,姐妹们借着能在宅院里行走的梳妆手艺,接些江湖琐碎生意,帮人打探消息,传点见不得光的私信。因为收钱办事,不问恩怨,不论是非,虽然招人恨,却也没仇家,日子散淡舒心。

金步摇想,要是能这样维持着,对门里的姐妹来说,未尝不是一件好事。可偏偏来了一个冷雅琴,偏偏牵出了唐文博。

八年前,奉天高等法院里,金步摇见过唐文博。彼时,她是具秋平的未婚妻,他是具秋平的代表律师,具秋平摆脱上级栽赃下来的贪污罪名就靠他了。真的是栽赃,具秋平发现有同僚走私鸦片,愤而举报,犯法的继续逍遥,他被以贪污罪名关入监狱。

法院走廊的大理石地面光洁如镜，她拉着他的衣袖，像拉住最后一棵救命稻草。唐文博轻轻抽手回身，只留下两个字：尽力。然后呢？法警把所有闲杂人等关在门外，没人知道里面到底发生了什么，半个时辰后，金步摇得到了具秋平将被处死的判决，如雷击，如冰封，半天不得动弹。唐文博从面前走过，留下两个字：抱歉。

金步摇倾尽所有，买通监狱牢头，在具秋平行刑前夜进了死囚牢。她带了红烛和盖头，发誓要跟着他一起赴黄泉。具秋平目光温润，把她的心一点点化开，他牵着她的手，让她好好活下去。他说总会活到好日子的。他的声音一如平常，有种让她无法拒绝的力量。

离开牢房，金步摇沿着河沿从深夜走到天亮，决心不死了，因为要报仇。她知道凭她自己是报不了仇的。具秋平出身东北讲武堂，戴着少校衔，坑害他的都是军中握着实权的高官。他们看不惯他独善其身又挡人财路，合谋将他送上了黄泉。唐文博也是他们的人，所以整个庭审上，并未帮具秋平说过一句话。他们和唐文博在奉天城的分量岂是一个小小的金步摇能够撼动的？

金步摇想去刑场再送最后一程，没想到监狱连夜把人转移，门岗法警一脸冰霜，送去哪里？无可奉告。收尸认领，无可奉告。金步摇抓下插在发髻中的步摇冲过去，对面是两个黑洞洞的枪口。

那应该是奉天城最冷的一天吧，从心里往外地寒。金步摇整个人都像成了冰，然后眼看着一片片碎裂，唯一还能支撑出一口活气的是要报仇的心思。

具秋平不能死无葬身之地啊。

金步摇回了华胜集。三个月前她辜负龙头泉姐的养育栽培，执意离开，想用最干净的自己和具秋平双宿双栖。泉姐说走了就别回来。她说绝不回头。其实华胜集来往自由，只不过泉姐一直把她当接班人看待，她要走，算是失了信义。可那会儿谁也甭想拦住她，具秋平一个眼神，她水里火里都不含糊，何况是离开一个华胜集。当然她心里也清楚，泉姐不舍得跟她恩断义绝，过个三年五载，她带着孩子回来，奶声奶气的姥姥叫出口，她不信泉姐不乐开了花。可谁知道呢？不过三个月，她悲怆落魄，要泉姐和门下姐妹援手。

泉姐说回来就得把外头的恩怨忘了，再不许提报仇的话。金步摇跪下，苦苦哀求，她不能让具秋平白白死去。泉姐听她哭完说，不能为了她的一己私怨不顾其他姐妹的死活，何况具秋平死了，报仇只是泄愤，毫无实际意义。华胜集说到底不过是一群无依无靠的女人抱团求生的地方，和三教九流打交道，和盗匪官兵周旋，从中谋点私利，不伤任何人的根底。官兵盗匪乃至青帮洪门，也都有能用着她们的地方，这是所谓江湖规矩，也是她们生存下来的法门。若是不管不顾地和奉天城最要命的军头们斗法，无疑是她们自寻死路。前一代怎么被逼离开了北平，难道真的都忘光了不成？

金步摇把头磕出了血，哭得几次晕厥，泉姐叫人帮她疗伤，叫李婆子炖最好的参鸡汤，可就是不松口。

金步摇绝望了，她又想要寻死。泉姐恼火了，硬生生骂，没出息的小蹄子，想死就滚远点，民国乱世，不差你一个孤魂野鬼。不知修了多少世才投胎成个人，老天爷没要你命，自己倒不想活了？死还不容易，河上没盖盖，毒药没瓶塞。想死尽管死，哪个又是亲的厚的真心疼。

金步摇踉跄着往门外走，泉姐不许人拦也不许人追，金步摇的右脚将将跨出门槛的时候听见泉姐说，你那个军官怕也不会在奈何桥上等你。屁大的冤枉，死一个不够，还要再加一条命，顺了谁的心？他但凡是个明白的，恐怕也要厌了你。

金步摇的心突然颤了一下。具秋平不让她死，他说你要好好活下去。金步摇眼看着他此刻突然出现在门外，对她说，回去，好好活。金步摇跌坐在门槛上，生死两相难。

金步摇留在了华胜集。泉姐当什么都没发生过，日子的底色是柴米油盐兵来将挡，儿女情长谁都有，压心里就好。转年奉天城水灾过后闹瘟疫，街头睡满了难民，泉姐染了病，死之前将龙头的位置给了她。泉姐要她发誓不会去报仇，不会枉费姐妹的性命。泉姐说老祖创下华胜集，除了要反清复明，也是想给被逼上绝路的姐妹谋条活路。眼下虽说是民国，可女人还是活得艰难，所以自保赚钱之余，遇见了也不能往外推，能救一个是一个，救下一个就有一个的功德。泉姐要金步摇歃血盟誓，不然不肯闭眼。金步摇在手心割下深可见骨的刀口，泉姐才放心离开。

一晃几年过去，金步摇守着华胜集，领着姐妹们安稳度日。她没有违背誓言，只不过稍稍变通了下规矩。泉姐当龙头的时候，帮人打听消息传递情报收钱，救人不收钱，有的还要搭上路费和安家费。金步摇则进了一步，没钱的苦姐们儿可以不要钱，那些有钱人家的小姐姨奶奶想要私奔要自由的，她就狮子大开口。她们倒也不介意，反正个个儿家里都丰厚，花了钱心里更踏实。单这一笔，华胜集这几年就添了不少身家，门下姐妹年节多了分红，个个儿喜笑颜开，办事愈加稳妥，轻易不用金步摇出面。金步摇又许诺将来要是有人成亲，陪嫁都从门里出，大家就更高兴。原本还有腹诽心谤不服她这个逆徒当龙头的，也都换了口风，成了心腹，比泉姐在的时候更和气亲密。

去年入冬，金步摇购置下了延寿寺后街这栋精致的小宅院，又有了老实能干的银锭儿来打杂兼做伴儿。没人知道，她买这院子不是图好或者贪便宜，是因为很多年前，她和具秋平在街头流浪，曾躲在延寿寺的柴房中，隔着松垮的木栅栏，看着这院子，院子里有女人笑，炒菜香，秋千架。金步摇看着眼热心馋，具秋平说将来有钱了一准儿买了这儿，当他俩的家。

现在这儿确实是他俩的家。

日子水一样淌过去，腊月涮锅子，正月蒸豆包，三月在窗台下头撒下花种，到五月就能姹紫嫣红，滋味颜色都不少。她已很少再想起仇恨，可没有一日忘记过具秋平。有时候她想，没见到尸体也是好的，没见到，就当他还活着，在某处。实际上，从她重回华胜集那天，具秋平就寸步不离地守在她身边了。她搬家的时候，把他俩在四平街永光照相馆照的一张合影放大了，摆在卧室床头。她睁眼能看见他，梦里也都是他，有什么话都跟他说，他总是温润柔和地看着她，帮她拿主意，给她当主心骨。他说只要她愿意，他就一直陪着她……

这一辈子，她足够了。

可老天爷把唐文博送来了，这是天生躲不过去的命数，八字注定的关卡。金步摇想，她不会违背誓言，只是遵门规、从师训，帮冷雅琴脱身。至于唐文博，他可能暴怒，可能伤心，也只不过是得到了一点点早就该有的报应吧。

4

华胜集的香堂在小西关，过了悬着"陪都重镇"的龙门，左手边第二个街口把头的四合院就是。院门常年紧闭，进出走南角门，平日是李婆子守着。别看现在李婆子又老又哑，弯腰驼背，年轻时候可是一等一的标致人物，京城昆班里的当家花旦。有年给王爷家里唱堂会，她被宫里的公公看中了，说先不糟践你，单留着给我一人唱曲儿，唱到你愿意了，咱们再圆房。李婆子看着公公稀疏白发松肉皮，泛出一股恶心，求告无门，索性咬断了舌头，想要一了百了，可惜阎王爷没收，只是再不能说话。公公骂她不识抬举，戏班怕惹祸连夜南下。她被扔在街边，自生自灭，幸好遇见了一个道姑，帮她治好了伤，又传了一手本事。后来进了华胜集，她一辈子把这儿当家，从没想过嫁人，也没想过离开。

李婆子走路颤巍巍的，看着像是随时都能跌死过去。若不是亲眼见过，谁也不信她转身贴墙、脚尖点壁，转眼就能在屋檐上健步如飞。早时候金步摇见过，眼馋得不行，好几次要李婆子传下这身手，李婆子被磨得没办法，才写下实情，道姑当年传授的时候说过，身法不难，可要处子身才得修炼，练好了，一辈子不近男人身，不然必遭反噬。那时候金步摇还年轻，连连退步摆手，不值得，不至于。李婆子心里就有点小看了金步摇，贪图享乐，难成气候。金步摇倒是不在乎，她就是个凡俗女子，有细小春梦，犯不着对自己那么狠心。

李婆子受了金步摇的指派，出去给门下姐妹送信。金步摇点上三炷香，拜了前任们的牌位，把银锭儿打发到小厨房去烧水备茶，然后坐在小院石凳上望天。春风凉，不一会儿就吹透了衣衫。好在金步摇喜冷怕热，她总觉得凉一点，脑子更清楚点，热起来没处躲没处藏的，容易发蒙犯糊涂。

其实冷雅琴的话金步摇只信了一半，兴许还不够一半。比如冷雅琴身上有伤，唐文博又是个极在乎面子的，怎么会放她出来瞧医生？比如冷雅琴四次出逃未遂，唐文博怎么还会让她留下那么多家私？除非唐文博蠢到极点，或者真是狂妄到极点，把这奉天城当成了自家的铁桶。可能吗？金步摇是不信的。可冷雅琴为什么要说谎？她到底揣着什么秘密？

一只鸽子落在屋顶，咕咕叫着，打断了金步摇的猜测。金步摇想要抓把小米喂鸽子，刚转身，就听见巷子里响起了纷沓的脚步声，紧接着就是一声枪响。鸽子受了惊吓，扑棱棱飞走了。更多脚步声、人声，骂咧咧地说该死，还是让共匪跑了，到手的赏钱没了。金步摇颇觉无奈，因为人命如草芥。

自打去年初，出了什么宁汉分裂，什么四一二事件，世道就一天比一天乱，远在关外的奉天也不得安生。张大帅在北平杀了李大钊，奉天城开始全城抓捕共产党，三天两头能听见枪响。金步摇不知道共产党什么样，也不知道他们有多少人，更不明白他们到底要搅和出什么样的世事，只觉得怎么一年多了，还是抓不净。她胡乱想了一阵儿，又赶紧把这些跟她不挨着的心思剔出去。她管不了那么多，一个冷雅琴已经够让她烦心了。可偏偏老天不遂人心，银锭儿忽然发出一声尖叫。金步摇心说不好，脚步已经奔了厨房。

厨房左手靠墙是柴房，银锭儿烧锅要添柴，刚开门，就看见里面藏着一个气喘吁吁的男人。男人用手比画着嘘声，眼神带着丝哀求，也没拦住银锭儿受了惊吓失控叫出声。金步摇冲过来的时候，男人已经抓住了银锭儿，捂住她的嘴巴。银锭儿扑腾了两下，挣扎不出，脸憋得通红。

金步摇上下打量着这个男人，也就二十出头，白面孔高鼻梁，头发带着微卷，一身学生装，一双三接头皮鞋，是个好人家出身的少年郎，怎么看也跟杀人越货的"匪"字不沾边。男人把银锭儿当了挡箭牌，威胁的姿态做出来，眼神还是恳求的，因为这会儿他们都听见了外头传来的砸门声。金步摇能拿下这个生瓜蛋子，最多不过是伤了银锭儿的圆嫩脸颊，可是，何必呢？

金步摇示意男人和银锭儿都进柴房，掸了掸银色团花的罩衫，捋了捋丝毫不乱的头发，转身走到角门边。

谁啊……等着……别心急。

门开了，三个穿着制服的警察拥着穿黑色大衣戴礼帽的楚北望，八只眼睛盯在金步摇身上，六只透着寻常男人见到她时藏不住的色相贪欲，两只波澜不惊，见她刻意斜身轻倚门时还流露出些许看穿后的戏谑。这两只眼长在楚北望脸上。

他就不是寻常男人。

金步摇之前远远地见过楚北望，那会儿他还是讲武堂刚毕业的排长，带着卫兵给大帅守宅子。金步摇进去大青楼帮五夫人做头发，他站在屋檐下头，一声不吭。

现在看来是出息了。

金步摇站定了，嘴角牵出半丝笑纹，声音和眼风都是雾蒙蒙的，春风纱帐般拢过去，长官，有事？

楚北望没吭声，身后一个警察赶紧凑过来，没错，就是到这家后头人不见的。他又冲着金步摇说，这是楚队长，奉天警署刑侦队长。我们现在怀疑人犯进了你的院子，我们要进去搜查。

金步摇没躲没让，没有让他们进门的意思，淡淡说一句，想进这道门，你们没资格，让张麻子来跟我说吧。

张麻子大号张一相，奉天警署署长，还兼着卫戍副司令的衔，年轻时候跟着大帅当匪，遇见反抗的猎户挡在大帅跟前，被铁砂枪轰了一脸麻子，是伤疤也是救主的功劳，后来受招安一路高升，人不坏，喜欢打牌，汤公馆的麻将局上永远占一角，恋女色，家里有七房姨太太，还在盘算娶个女学生。奉天几所女子学校运动会，他都出钱出力，专盯女子球队队员的大白腿看。眼下的六姨太是华胜集主顾，靠着时新发式、别致妆容脱颖而出，心存感激之余几次放话，谁要是找你们麻烦，告诉我。金步摇这会儿算是扯虎皮拉大旗，搬出阎王退小鬼。果然，张麻子三个字让几个警察止了步，再看金步摇，珠翠富贵身段妖娆，这样的女子勾勾手就有通天的路子，于是退步赔笑，把楚北望顶在前头。

金步摇真笑了，兵不如匪，还没怎么着呢，连点面上的义气都不要了。

楚北望也笑，生用眼神把金步摇咬死了，再在里头探个究竟，既然是署长大人的亲朋密友，自然无须叨扰，告辞。楚北望利落说完利落离开，把三个跟班警察弄糊涂了。走自然是要走的，但总得放两句狠话，挽回一些颜面吧？这算啥？这也太不气派了。于是几人的脚步拖沓凌乱，让金步摇忍不住嘲笑了一把。

发够了善心，做下了胜造七层浮屠的好事，牌位前的香还没燃尽，金步摇赶走了男人，不必谢，帮你不为别的，是为我们自己的事儿积点运气。别说姓名，咱们素不相识，以后也别遇见。

男人有些过意不去，到底是给人惹了麻烦，悄悄摘下怀表，塞进银锭儿手里，又小声说对不住对不住。银锭儿要追着送出去，小脚却不如意，回头交给金步摇，金步摇没接。罢了，你收着吧，也算你在门里开了张。这是华胜集的规矩，姐妹们第一笔生意的钱都是各自的体己。纳了投名状，得了好处，日后也不会轻易反叛。银锭儿哪懂这些，只觉得金步摇宽厚慷慨，只记得男人微凉温润的手留在唇间的印记和他连声道歉时候闪烁又单纯的目光。银锭儿好久都没忘了那个男人，只懊悔不知道他姓甚名谁，茫茫人海可能再无缘相遇。

楚北望拐了一个弯，叫三个警察继续往前搜查，自己绕到了背巷，算准了这是条出路。果不其然，不到半根烟的工夫，该露面的还是露面了。对着楚北望手中冰冷的枪口，那人索性投降。他是个学生，日本学生，来奉天度假罢了，犯了哪条王法呢？根据以往经验，就算被抓进警署，过不了半天，他们就得放人。

可楚北望逼近了身后说，赤木君，东西在哪里？

什么东西？你说什么我听不懂。就算是警察你也不能诬陷。我会把你说的每个字都汇报给我们的领事，关东军，南满株式会社……赤木任二郎彬彬有礼地提出抗议。

楚北望点点头，你说的每个字都对，问题是，你没机会见到他们了。

楚北望一手劈下去，赤木就势晕倒，被搬进了路边的汽车。一番搜检后，楚北望确定了赤木还真是没说谎，东西已经不在他身上了。

东西转移到了哪里，这就要等他醒过来后再审才行了。

当然，楚北望没笨到把人带回警署，他需要一点时间来打掉赤木的傲气和自信，找到证据，这需要一个不会被日本人发现的地方，甚至不能让他们知道赤木已经在他手中。楚北望叫三个警察继续搜检，借口还有任务，独自开车出了城，在离小西湖不远的一处农庄的地窖里安置了赤木。赤木醒来第一时间怀疑楚北望是土匪，因为这一切太像绑票了。楚北望点点头，这样说也行，只不过你要准备自己赎自己。

楚北望一样样地摆出刑具，火钳子、三寸长的洋钉子、带着倒刺的皮鞭子，也不是真要严刑逼供，就是盼着赤木厌。可赤木还真硬气，闭眼咬牙，宁可死。楚北望没法子，只好再把赤木打晕过去，然后仔细翻查，在口袋中翻出了同泽俱乐部的火柴盒。

5

亮灯的时候薛小钗和刘簪儿相伴到了香堂。薛小钗戴着一顶英格兰遮面帽，面纱垂下，遮住了半张脸和上面狰狞的伤疤，身材匀称，细腰宽胯，裹着一身黑丝绒旗袍，披着白色狐狸披风。她身子骨寒凉，比寻常人更怕冷，一般女子急三火四换春装的时候，她还裹着冬棉不肯放手。刘簪儿照旧一副男人打扮，白色西装黑皮鞋，和正经绅士比起来就差一根文明棍，性急火气大，倒春寒风刮得再大，也是利利索索的装扮。银锭儿开门见到，吐舌头偷笑，眼前这俩，像刚从谁家宴会厅出来的小夫妻。刘簪儿捏了一把银锭儿的圆脸蛋，疼得银锭儿直吸气。

金步摇在堂屋的灯影下坐着，刘簪儿进来就嚷累，泡好的上等银毫被她当成了大碗茶,喝完了自己的抢薛小钗的,也不耽误嘴里蹦豆儿一样往外吐话,可说呢,一整天在北市场玉红堂给姑娘们弄指甲,头就没抬起来过,眼下脖子疼得要断掉,胳膊也快抬不起来。银锭儿见缝插针,那你还有劲拧我?刘簪儿不接茬,继续对着金步摇诉苦,主要是心累,姑娘们的话太密,说完自己打听别人,远到上海武汉,近到大连长春哈尔滨,从流行吃穿到日后安排,就没有想不起来的。一天下来,两个耳朵眼一边塞进了一个马蜂窝,简直要炸了头。银锭儿继续抢嘴,你到底是要断还是要炸,从来没个准信儿。银锭儿说完,大家都乐了。

薛小钗挨门边坐着,一言不发,谁说话她看着谁,水汪汪的眼,嘴角总带着笑模样。若不是脸上烫伤的疤太过醒目,端端是个富贵好嫁的面相。金步摇问一句,她才说一句。她去了大西门外的周家,周家要嫁女儿,寻华胜集给待嫁娘开脸,活儿不多,厚厚一封大红包,等月底一起归账。刘簪儿听完继续嚷,明儿咱俩换换。薛小钗这才说笑一句,就你这飒爽英姿的样子,人家不敢让进门呢。万一把新娘拐跑了怎么办?又是一阵哄笑,刘簪儿哀叹姐妹不心疼,命太不好。她故意做出发愁的样子,倒遂了银锭儿的心,让她天爷菩萨地一顿乱谢。

李婆子悄无声息地进了门,手里拎着两个勺园饭店的食盒子。转眼工夫,圆桌上摆好了晚饭,红烧鲤鱼、油渣白菜、糖醋小排、溜黄菜,独元汤,主食是花卷米饭,还有一壶烧酒,想吃啥自己挑,想喝自己倒。于是都心里有数,这是要做暗事了。这也是华胜集不成文的规矩,酒足饭饱才能卖真力气。

金步摇倒了一杯酒,夹了一块鱼,大家这才动筷。勺园的鲁菜是奉天城的头筹，油汪汪香喷喷，吃得人脸上泛起心满意足的红晕。金步摇把冷雅琴的话拣要紧的复述了一遍。刘簪儿第一个嚷，她活该！

可不是嘛，贪图富贵找了一个老男人，凭着几分姿色就想坐享其成，人家凭什么待见你拿你当人看？花钱能买的都是物件，是玩意儿，自个儿作践自个儿，这会儿倒觉得委屈了？

话糙理不糙。刘簪儿从小在戏班受苦，顶看不惯不劳而获的。若真是那些女人屡屡得逞，这世上还有什么公平可言？金步摇等刘簪儿说够了，才把筷子放下，只一句，想过好日子没错，有艺的卖艺，有身的卖身，有年轻好脸蛋儿也是一样，公平交易童叟无欺。这里头不带着附加条件，要受凌辱虐待。

刘簪儿想想，还要开口，薛小钗在桌子下头拉了她一把，然后把话接过去，若那冷雅琴说的都是真的，唐律师怎么可能让她出门？

金步摇点点头，放下刚才的争论，先处理眼前的生意。咱们想到一处了，所以一会儿得劳动你去唐家转转，老妈子厨子使唤丫头，都细问问，看看冷雅琴到底说了几分真话。刘簪儿也得出去，再跑一趟玉红堂，找那些姑娘细问问，看看唐文博究竟什么品性。世上没有不透风的墙，也没有能日夜不合眼的鹰，不指望他酒后散德行，但多少总有踪迹。江湖传言刘簪儿打听，宅里私隐薛小钗盘问，官面上金步摇决定自己出马。众人颇为惊讶，金步摇久不出手了，想来这件事不一般，都是灵醒懂事的，到了这一步，不该管不该问的都没一句多嘴，何况还有一桌子好吃食。

人忽的一下就散了。银锭儿和李婆子收拾残局，金步摇端着一直没喝完的酒杯踱步到窗下。外头天上挂着半轮月亮，月影下头风凉枝摇，有嫩点点的绿意透出来。她看见具秋平站在身边，微微叹息。他不想她涉险。她将杯中酒一饮而尽，遮掩总能被他看出的心慌。找上门的多半是祸，也是她暗夜无眠时候祈祷了多年的机会。她努力扯出一个笑纹，让他放心就好。

月亮走到了云里头，具秋平也不见了。银锭儿拿了披风过来，小丫头看着混沌，其实内里自带一股灵气。金步摇想，很多年前的自己好像也是这样子吧，受苦受难，心里还总盼着前路的欢喜。

那年她也才十四。娘原来是家里的使唤丫头，大少爷酒醉后强行压在了身下。本来就是一夜贪欢，没想到娘珠胎暗结。少爷成亲三年还没后，于是娘成了姨太太。少奶奶心里气却没办法，谁让她自己的肚子不争气？于是她咬牙切齿地盼着娘出事，最好一尸两命。九个月后金步摇呱呱坠地，听见是女孩，大少爷转身就走，不看不抱。娘月子里就被少奶奶赶进了下屋，从此成了不用给月钱的老妈子。娘想死，但看着襁褓里的孩子终狠不下心。她就在娘的泪水中慢慢长大，说是小姐，还不如丫鬟，帮娘干活儿，还要眼见娘忍气吞声。她暗里帮娘报仇，用剪刀铰碎了少奶奶一件好旗袍。少奶奶把气撒在娘身上，寒冬腊月，绑在枯树上打，还要全院子的人围着看，要她们排队来啐。她站出来替娘辩白，是她的错，跟娘没关系。少奶奶叫人把她关进了地窖里。那天晚上，娘寻了一根白绫吊死在屋梁上。要不是娘死了，她也不会被放出来。

她求爹好好安葬了娘，娘活着最大的盼头就是能进祖坟，入祠堂。可爹捧着烟枪冷笑，到底是个贱坯子，短命鬼，没的辱没门楣，浑忘

春寒

了当初把娘压在身下，也曾许过将来对她好的诺言。

这就是爹，读了满肚子文章，却没半点人味儿。

她听见少奶奶和爹商量，赶紧把她许个人家，不管门第不论人品，打发出去别在跟前碍眼就好。爹说全凭你做主啊。少奶奶就说到娘家一个远房侄子，说是侄子，岁数倒比少奶奶还大，死了老婆，想找个填房。对一个从丫鬟肚子里爬出来的庶出女来说，这可是一等一的好姻缘了。

她才十四呢，刚死了娘，身上还没见过红。

那天也是有半轮月亮，她半夜爬起来，一把火烧了祠堂，从此把自己放逐在江湖。她宁可死在外头也不回去了。

冲天的火光照亮了她的前路，她难过，憋屈，压着一口气，却没半点怕。天地很大，她不信一辈子被欺负。

流浪的日子她认识了具秋平，他大她两岁，是铁岭县上矿工家的第三个儿子，上头俩哥哥，底下一个妹妹。不想一辈子在地底下讨生活，爹就凑了一笔钱，让他到铁匠铺学徒，师父不教本事，只顾打骂。他忍不了就逃出来，和金步摇一样，他想天下这么大，总该有条活路。两人从争夺一处废屋相识，从此相依为命。

那些日子真的艰难，他打零工，她时而要饭时而去擦鞋，要拼尽全部力气加上不多的好运才能填饱肚子。夜里回到废屋睡觉，他知道她怕黑，从田埂边捉来萤火虫。她知道他总吃不饱，每弄到点吃的，都把自己的那份再留下一半给他，还说自己压根儿就不饿，说白天路过的饭馆有好心伙计给她大半碗客人剩下的疙瘩汤。他才不信，含着眼泪吃了，他知道她想他这样。

就从那个时候开始吧，谁都没说过，但谁心里都知道，他们这辈子都不会分开了。

半年后,他在火车站扛活儿的时候帮一个军官追回丢了的行李,军官见他仗义机灵又认识字,索性把他荐入了讲武堂,管吃管住,不收学费,将来还有一条好出路。可他放心不下她,他走了,她怎么办呢?街上混混总不怀好意地盯着她,有时候他回来晚些,还看见有人围着废屋打主意。他不能不管她。她忙说自己也有了好去处,讨生活的时候常在戏班酒楼外头打转,华胜集的泉姐喜她聪慧怜她命苦,几次说要收她当弟子,教她梳妆的本事。她没答应,是不想舍了他一个。现在好了,两人都有前程,就各自奔着,等过几年真的成了人,再回到一处。那时候他应该是奉系里体面军官,她是华胜集里最有本事的梳头女,攒钱,买个小院子,成亲,过小日子。他们一起梦着,觉得不难实现。可谁知道再到一处没多久,他就被送上了死路。

他把她扔下了。老天总归是不肯怜惜他们的。

这段往事她没跟任何人说过,连泉姐都不知道。她这辈子早就认定了他,只有他。这是她的秘密和财富,不需要别人知道,也不用着人同情怜悯,那是顶没用的东西了。

现在她三十了,最爱的男人死了,她难过,伤心,苟活,也还是没半点怕。

也是,连死都不怕,还怕活着吗?

什么时候眼角居然滚了一滴泪?银锭儿声都在打战,姐,你咋了?金步摇忙笑笑,没事,有点累。咱们也回去吧,告诉李婆子,小心门户。

走到门口,金步摇忽然想起了楚北望,心里动了一下,觉得这件事似乎也没真的了了。他还会再出现,兴许还是大麻烦。罢了,意外这种东西是没法盘算的,总归是福不是祸,是祸躲不过。

6

金步摇换了一件绿丝绒暗花改良旗袍,露出雪白脖颈儿,踩上从日本人在满铁附属地开的浪速通里买来的黑皮红底高跟鞋,绾云鬓,点朱唇,吩咐银锭儿叫来汽车,独个儿奔去了七纬路上的同泽俱乐部。

同泽俱乐部是少帅的手笔,英式风格的四层楼,中央有巨大拱券圆窗,希腊神庙山花顶,两侧布着科林斯柱。虽然已是深夜,但老远看过去,俱乐部依旧灯火辉煌气派非常。少帅不在奉天,交给心腹密友吕少校主理。这里是奉军军官们消闲的据点,客人非富即贵,也是唐文博最常盘桓的所在。

汽车刚刚在转门外停好,就有穿着笔挺制服的门童跑来开车门。金步摇给了一块大洋当小费,门童腰弯成九十度,脸都快贴到鞋面了。门缝里飘出轻快的爵士舞曲和柳映辉流莺般撩人心弦的声音,不用看也知道,现在里面舞正欢酒正酣,升平景象。

又是一块大洋,金步摇坐在了舞台下最好的台子边,刚刚摸出白玉烟嘴,眼前就蹿起一道火苗。金步摇抬眼看,楚北望似笑非笑地站在一边。金步摇不想开口撵人,可刚垂下眼皮做谢客状,他就一屁股坐在了她身边。

他什么都懂,就是故意为之。

都是场面人,我就省下废话了,免得耽误金老板的时间。今天跑走的那个不是共党，叫赤木，是日本人，奸细。楚北望盯着舞台上的柳映辉，声音不大，但一字字都传到了金步摇的耳朵里。不过金老板也不必太担心，我已经把人抓到了。

金步摇一惊，好在服务生已经送了酒来，上好的苏格兰烟熏威士忌，不加冰。她有日子没来了，他们倒还记得她的口味。金步摇喝了一口，心里暖和又稳妥。她知道大帅不喜欢日本人，好好的东北王还要忍受卧榻之侧有倭人酣睡，搁谁都会不舒服，可又不得明刀明枪地干，这些年也是强忍着，所以手下人时不时和日方有点摩擦，找找浪人的晦气。关东军和满铁的人跑来交涉，他一概装糊涂混过去，再不然就雷声大雨点小地惩治一番，糊弄日本人。他们也没辙，没到真动手的时候，大家心照不宣罢了。

金步摇不动声色，这是你的本分，论功请赏，找张麻子去，跟我说不着吧？

楚北望转过头，看着金步摇，脸上露着一丝不带笑意的笑纹，手指轻敲桌面，落在旁人眼里，活像男人看中了女人，商量今夜的消遣去处。可他讲的话，落入金步摇耳朵里是字字轰鸣，去年田中做了首相，密奏他们的天皇说要想征服中国，必先征服满蒙。关东军就越发不安分。你没发现街上多了很多杂七杂八的人？知道他们在干什么吗？

金步摇没吭声，懒得配合这种自问自答，也不想让他知道她内心波折。

画地图。军工厂、北大营、火车站……他们到底想干什么？楚北望贴得越发近了，温热的气息吹在金步摇耳边。金步摇厌恶地躲了一下，可躲不开他身上青草树皮的生蛮味道。这可不是寻常古龙水能够渲染出来的，需得混合他的体味才行。

这是个充满澎湃攻击性的男人，这男人眼里又放不下女人，所以必有更大的图谋。金步摇心里评判着，好像已经确定他们还要继续打交道。

金步摇慢慢晃动酒杯，琥珀色的酒柔和绵长，带着麦芽的醇香，一杯就是穷人家一个月的开销。她抬起眼笑，你跟我说这些干什么？我不过是个梳头女，凭手艺吃饭，这些天大的事你要跟天上的人说去。

楚北望也举起杯，就势来碰杯，更坐实了两人之间确有暧昧。金步摇若不是还有事要办，真想把这一杯酒兜头浇下去，把他那一脸假笑浇没了才好。楚北望看出金步摇的恼火，笑得越发起劲。

也是奇怪，她平常遇到的混蛋流氓多了，很少动火，怎么偏偏跟他较了真？

两人皮里阳秋的交锋带着一股奇怪的张力，迅速蔓延到全场。金步摇不用左顾右盼，也知道有多少好奇的目光从四处赶来。金步摇不想继续盘桓，刚要站起身，楚北望却伸手按住了她，视线交织在一处，加上周遭那些各含深意的目光，金步摇一下就明白，楚北望说的都是真话。

就在金步摇不知该如何应对的时候，音乐恰到好处地停了，柳映辉施礼谢幕，比画着让她再等一下，她去后台换了衣服就来。金步摇索性坐稳，倒看楚北望还有什么话要说。

金老板是堂堂华胜集的龙头，总有能帮上我的地方，只要你愿意。楚北望到底是坐直了身子，该说的都说完了，也不用等金步摇的回答。

扑鼻的男人气味没了，金步摇悬着的心归了位，终于笑了，笑声清脆，时机恰好，把周围闪烁的目光引实了。这些目光和探询的有区别，其实打从一开始，这些目光就粘在了金步摇身上，她不算是传统美人，更不是国色天香，颧骨有些高，嘴唇有些厚，眼睛倒是大，目光却太过凌厉。这样的女人，一眼看过去就知道不好惹，偏偏又带着一股说不出道不明的劲儿，像是个谜，引着人想要探个究竟。

金步摇笑够了才说，我还真是不愿意。抱歉了，楚先生。她故意让话音传到旁人耳朵里，让楚北望下不来台，也让楚北望有了好台阶。他刚说的有多危险，金步摇心里清楚，周围人有多少是看热闹又有多少在探究竟，她也给了他分辨的契机，帮他保身，顺水人情。

楚北望领情，在这会儿做个登徒子总比做抓间谍的警探来得更安全，于是大方召唤服务生过来加一瓶最好的威士忌，然后起身把位置让给了走过来的柳映辉。我不打扰了，你们好好聊。这般分寸尺度，旁人看来又恍惚不知道刚刚过招，到底谁占了上风，兴许是彼此有意，虚与委蛇地试探也说不准。金步摇也只能叹一声佩服，如此玲珑心思，快过常人的应变，活该一群站岗的活旗杆中他来出头。

柳映辉坐在金步摇身边，已经换上一身西式套裙，淡妆素雅，神情娴静，和刚刚台上的风情万种判若两人。她知道金步摇轻易不来，来了就必有缘故。说吧，想让我做什么。

当初柳映辉从天津到奉天登台，接了汤公馆给小少爷办周岁的堂会，刚一开嗓，小少爷就啼哭，席上坐着从龙虎山请下来的天师，说这是冲了小少爷的天福，必须要作法驱邪才能化解，事儿不至于伤及性命，可传出去柳映辉在哪个码头也别想再混。还是被请来给汤夫人做妆发的金步摇见柳映辉可怜，想到了法子，叫来自家门里的巧萢，一根银针稳住小少爷的心神，另一根顶在天师的后脊梁，破了他想要骗钱害人的把戏。也不是巧莐有多大本事，只是金步摇刚出来换水的时候，正巧碰到天师在袖口里装迷粉。这粉无色无味，大人吸了也没什么，孩子娇嫩，才会中招。天师想要立威，结果被关进了监狱。汤将军没杀他，养活着，每次心气不顺就去抽一顿鞭子，倒成了其他人躲过皮肉之苦的福气，也算是一种修行之法吧。

柳映辉站稳脚跟，随即用清朝皇族女的身份红透了奉天城，又被少帅赏识，常驻同泽俱乐部，而这一切归根究底还要感激金步摇。所以，说吧，有什么我能帮忙的。

金步摇也不客气，轻吐出三个字，唐文博。

柳映辉自然知道唐大律师，台边成排的花牌里总有他的名字。隔三岔五，他也总来邀请她参加酒会赛马会，助兴添彩。他喜欢钻营，和少壮派走得很近，据说和黑帮关系也非同一般，是个黑白两道通吃的人物，开口闭口说的是法律、公平、正义，其实给钱就办事。不算好人，也没听过干出太下作的勾当。何况还是帅府的座上宾……姐姐，他是怎么招惹了你？

金步摇没答，柳映辉也没继续问，金步摇要的是唐文博的交往行踪，这不难，还想要他的隐秘私情，这也容易。金步摇知道柳映辉答应了就会细致办好，也就没兴趣逗留，说下了过几天吃家宴，然后翩然离开。

楚北望一直在吧台处和几个相熟的军官寒暄，视线在金步摇和柳映辉之间游移。他看到柳映辉轻蹙的眉头，看见李秉毅带着些微醉意从楼上赌场下来，穿着一身条纹呢料西装，领带松散，轻佻地在柳映辉的脸颊上落下一吻，然后抓起柳映辉的手滑进舞池。

有人见楚北望好奇，笑着解说，柳映辉这么挑剔的玉人，居然选了一个酒色财气兼收的芝麻官儿军需处长做入幕之宾，只能说是李秉毅的八字占了狗屎桃花运。有人难掩嫉妒，说看这小子啥时候把运气用尽，倒大霉。也有人厚道，说要不是李秉毅那个和大帅拜过把子的老子死得早，现在应该是和少帅、冯庸几个并肩的奉天四少呢，也不算辱没了落魄皇女美艳歌姬。

楚北望把这些闲言碎语都听进了耳朵，招呼酒保再添一轮，他请。

楚北望收获了一圈好人缘，只是不知道在这一群人里头，谁是赤木要见的那位。

7

同泽俱乐部里依旧歌舞升平的时候，金步摇在延寿寺后街口下了车，打算走几步散散心。今儿没什么大事发生，线头琐碎细密，看似毫不相干，却隐约觉得暗有勾连。很多事是这样，冷风细雨地过来，打在身上还不自知呢，然后就不知道什么时候铺天盖地连成一片，把人罩在其中。

金步摇正想着，斜刺里杀出一个蒙面人，攥着一把匕首冲着她直扑过来。金步摇侧身险险躲过，还是慢了半拍，大衣被划开了一道豁长的口子。蒙面人一击未中，急转回身，想要再刺，金步摇猛地从惊恐里回过神，掏出手包里的枪，黑洞洞的枪口对准蒙面人的前胸。蒙面人反应奇快，几步翻上了延寿寺的后墙。也是活该他命大，从来没卡壳的枪第一次哑火，金步摇想补一枪的时候，蒙面人已经在墙头消失不见了。

这种要命的打法，一击不中，必有后手。金步摇知道这里待不得

春寒

了,没耽搁,进了屋让银锭儿马上收拾要紧的东西,在门廊下头的雀头槌上绑了一根红丝线,给门下姐妹留下警告,然后连夜转去万柳塘边的一处三层小洋楼。

万柳塘在城东南,从清朝时候起就是有名的盛京八景之一,柳塘避暑。民国了,因为临近大南门天主堂,这成了教会地盘。传教士和教会医院的医生克己,寻常都住在教堂医院的宿舍里。把这片景致变成别墅区的是捞金成功的洋人商行银行里襄理买办。有钱自然怕死,更怕城外的土匪胡子,于是以安全为由,雇用了一队流亡来的白俄哥萨克做安保。于是就算景色再好,国人也轻易不来了,连警署和军方都敬而远之,因为得罪不起。

账上有了足够的钱,金步摇托人辗转从一个去了南洋的英国商人手中买下一栋独栋三层小楼,钱财交割清楚,业主的名字保留不变,预备非常时候落脚。小楼靠着塘边,在整个别墅区的最右角,金步摇暗中找人做了一条隐秘小路,从独院后门斜插出去连接塘外大道,出来进去可以挡住白俄安保的眼。

金步摇一路无话,脑海中翻腾所有线头,想知道来杀她的究竟是哪路神仙。华胜集说是没仇家,但保不齐有得罪人而不自知的时候。加上一天钻进眼前的几个人,哪个都没道理,哪个也都有根由,一时半会儿真还拿捏不住。

银锭儿脚慢,气喘吁吁地跟着,倒也没问多余的废话。夜深寒重,两人走到额头都冒了汗,才从后门绕进小楼里。

小楼没人住，一冬的寒气聚集，根本不知春已至。银锭儿忙着烧水整理，嫌外套碍事，干脆脱下，一冷一热着了凉，快天亮的时候开始发烧。金步摇本就睡得轻，很快被银锭儿的呻吟声唤醒，翻出药箱，给银锭儿弄了水服药，一顿忙乱后，银锭儿沉沉睡去，金步摇是彻底清醒了，虽然这一夜几乎没合眼。她索性煮了一杯咖啡，坐在一楼客厅，想再通盘算计下这徒生的变故。还没等她想出个一二，电话铃突然响了，三声过后，楚北望的声音从电话那头传过来。

金老板，唐文博死了。

金步摇沉默了一会儿，问，你怎么知道我在这儿？

楚北望不屑回答，径直问下去，你看你是到唐家，还是我们在警署见？

金步摇听得出警署二字有胁迫的况味，给了选择就是想要私下商讨，左不过是为了钱，最好是为了钱。可要是这会儿就被他得逞，怕以后会麻烦不断。何况现在她手里情报有限，占不了上风，索性先躲一步。

不好意思楚先生，我今儿已经应了大青楼里的约，不好推的。

挡箭牌用上了，还是通天的那种，像是她吃准了楚北望是个欺软怕硬的货。

楚北望没继续紧逼，答应等金步摇空下来一切好说，像是知道金步摇会立马主动现身。

放下电话，李婆子已经进了屋，悄没声地站在后头，比画着告诉金步摇，堂口昨夜有人闯，不过被她早就布下的七星阵击退。

堂口不能丢，这是华胜集的根本，也是江湖上的面子。

人都说怕什么来什么，昨儿的和风细雨一夜之间成了山雨欲来的架势。金步摇倒稳了，都发生了好，发生了才能去想办法应对，总强过漫无目的地猜疑和提心吊胆地等待。只是人家既然一夜三击，一定势在必得。金步摇怕李婆子一个人守不住，取出了华胜集独有的桃木牌，让李婆子去找家礼教的潘爷，请他老人家援手。

家礼教是关外最大帮会，三教九流门徒众多，插了他们的旗，是官是贼都要退让三分。潘爷和泉姐有交情，十多年前和木帮争地盘，泉姐站了潘爷的队，现在该是他还人情的时候了。

李婆子拿了桃木牌就走，金步摇走到门外，将三根柳条插在门口。这是华胜集的暗信。很快一个马车夫匆匆来又匆匆走，按照金步摇的指示直奔八卦街薛小钗的住处。

金步摇还在门边站着，忽然想，不知道那些柳条会不会就此生根发芽，长成可以抵挡风雨的大树。

这一番下来，咖啡已经凉透了。金步摇也不在意，举起杯一饮而尽。她需要更加清醒、专注，这一天注定漫长，不知道还有多少意料之外的会发生，必须打起十二分精神。

华胜集已经闯进了一个大局，可到底是什么人在布局，又该如何破解，金步摇眼下是一点头绪也没有，只能见招拆招了。

怕吗？

怕有用吗？

金步摇无奈苦笑，若是具秋平还在……呸，现在可不是想他的时候。她走到窗边，一把拉开厚重的丝绒窗帘，漫天风雨该来就来，难不成还能把四面活路都封死？好歹是春天呢，万物都生发，难不成活活憋死了她？

第二章

故城花胜锦,

北望步摇归

金步摇话不多,句句字字都有用。楚北望从她眼里看到了一丝火光,恩怨分明,有仇必报。这样的女人看似冰山,却随时可以喷发燃烧。

楚北望突然觉得自己也没那么孤单了。

春寒

1

唐文博算是城内闻人，身份、来历乃至过往故事，不少人能说出一二。

唐家在奉天城北小白楼，再往北三条街就是清昭陵，葬着皇太极和孝端文皇后。去年建造署请了比利时设计师改建奉天城，就把这林木掩映的风水宝地改成了公园，让老百姓散心休闲。可惜百姓平日里有些力气也要去忙乎肚皮，很难积攒闲情逸致，浪费了当局的一番好意。倒是成全了大学堂的年轻人，提供了野餐约会的好去处，借着帝后野史耳鬓厮磨。也是早就料到会如此，当初在商议这个规划的时候，唐文博作为谘议局成员，以优待清室为名投了反对票。可惜应和者寡，还差点被人当成了食古不化的保皇派。

唐家是汉八旗，祖上任过盛京将军，专职守皇陵，和骁勇的寿山将军挂着远亲，算是名门望族。唐文博的父亲不好功名，痴迷书法，平生最爱宋徽宗，可惜天资有限，正事一塌糊涂，闲事终无所成，还不如宋徽宗。他恨自己玩物丧志不争气，白费了祖宗福荫，所以把希望寄托在唐文博身上，从小就筵名师传授，盼着唐文博能中兴家门。

日俄战争打响，老大的俄国败给了日本，此时十六岁的唐文博已经考取了赴美公派留学资格，但在父亲一力主张下改赴东洋。临行时，父亲告诉唐文博，好好学习科技，回来报效朝廷。

唐文博到了东京，正赶上兴中会和华兴会在筹备联合组建同盟会，留学生们整日沉浸主义，畅谈家国，无心向学。有些日子，唐文博也混迹其中，一来聊解他乡孤寂，二来也是心中奔涌少年意气，总会被天大的理想点燃。可说到底，唐文博没有推翻朝廷的想法，加上国内时不时传来各地革命失败的消息，想来清朝还有天命。唐文博玩闹了一场，悄然转身，回到学校选了法律，成为不多见的一心向学的中国人。他学法也因了一层私心，因为清楚清朝快要灭亡，看似死而不僵，实则已是烂透的百年老虫，没有万分之一活过来的可能。将来共和也好立宪也好，谁问鼎，也免不了要依靠法治，他不过是预备好锦绣前程罢了。

学成回国，龙旗已落，父亲也亡故，倒不是为了皇朝殉葬，只是因为常年抽鸦片早被掏空了身子，据说死的时候手里抱着卷轴，带着未竟之志恋恋不舍。

父亲一生虽郁结，却有一个知己至交，奉天讲武堂的教官许汉文。别看他没什么官职，却是难得的军事理论家，从拿破仑到孙膑，贯通古今，深受爱戴。讲武堂出身的校官们见面都要尊声老师。父亲临终托孤，要好友多多看顾独子。于是从唐文博开始挂牌营业后，他的律师事务所就多被军方关照。也是出于这层缘故，昨夜事发后，唐文博的秘书第一时间通知了驻扎在奉天北郊的第三旅，而非警署。

第三旅宪兵团肖团长带着军警宪兵围了唐家，张一相在三经街上小公馆收到消息，大大不高兴了一番。都知道第三旅的老虎头一直想进城，和张一相一样都死盯着卫戍司令的位置，要是让老虎头破了这起势必会引发上下关注的重案，到时候没的不光是面子，还有即将到手的官职。所以张一相亲自命令楚北望，三天内必须破案。

楚北望在警署后面的英华公寓租了一个套房，因为和办公室属于抬腿就到的距离，相当于二十四小时值守，上头习惯了有什么突发情况第一时间派他前去打点。这会儿也是仗着这个方便,他从接到命令更衣到回警署叫人,用了不到十分钟。

就在这短短十分钟,楚北望心里很是翻江倒海了一番,不动声色的表象下头,是愤怒、悲伤、惊恐等不可告人的情愫,当然还有一丝不切实际的侥幸。他原本打算从同泽俱乐部出来直接去审赤木,拐回家是想换身衣服,免得明早赶不及引人怀疑,更想趁机冷冷赤木的热血,让赤木更生些惊恐。

现在赤木不重要了,唐文博的死让其他一切都变得不重要了。

整个奉天城里没人知道,唐文博是楚北望的上级,也是楚北望唯一的联络人。大革命失败后,在血腥镇压之下,刚刚成立的中共满洲省临委遭受到了毁灭性打击,每天都有同志被捕牺牲,也有人承受不了如此压力投降自首。临委领导被迫转入地下,唐文博因为有军方护法,得以留存,并单线和楚北望保持联络,继续展开工作。根据唐文博传达的命令,上级希望楚北望将工作重点放在揭发日本人阴谋上。这既符合党的宗旨,也在某种程度上符合了军阀利益,更是对楚北望的一种保护。楚北望内心充满感激。

前日,唐文博和楚北望在南满附属地的一家日式酒馆碰面,酒馆老板是从兴中会开始就同情中国革命者的日本左翼人士,和唐文博相熟已久,见两人要聊天,特意安排了一个包间,上好酒菜,亲自守在门口。

唐文博告诉楚北望,上级传来消息,关东军启动了在奉天城隐蔽多年的一个间谍小组，名为"暗樱"。他们似乎在策划一次针对奉军高级将领的行动，但具体行动内容无从得知，唐文博在奉系军中高层四处探寻，并没发现他们有什么特别部署。所以他要楚北望想办法多方搜集信息，好尽早揭穿日本人的阴谋。唐文博拿出一张其他线上情报员拍下的照片，上面有赤木侧影，正在奉军驻地外张望。

楚北望收下照片，听唐文博长叹一声，家国多难，我辈尽力而为。

唐文博面容疲惫，多年伪装生活已经耗尽了他的心力，甚至时不时会想起曾让他鄙夷的父亲，那种无所事事虚度的人生也未尝不美好，接着鄙夷自己，意志不够坚定，信仰不够忠诚，灵魂深处还需要磨炼。

当初他在日本留学，接触了同盟会，并成为秘密会员，接到上级委托继续学习，因为革命要抛头颅洒热血，也需要成功后治理新国家的人才。可谁能想到推翻了大清，宋教仁被刺杀，袁大头夺走了胜利果实，紧接着又是军阀割据，又是复辟闹剧，三民主义成了空谈，大地不得安宁，生灵不得休养生息。再好的法律也救不了这个国家。唐文博在内心苦痛中接受了新青年和共产主义思想，从此走上了另一条救国救民之路，这条路比料想的还要艰难，但这次唐文博万死不悔。

说完了公事，喝了半壶清酒，楚北望看出唐文博还有话，也看出唐文博不好意思开口，索性挑明了，二人是最亲密的同志，彼此唯一可信任依赖的对象，难不成还有秘密不能告知对方？

唐文博苦笑，长叹一声，冤孽啊。楚北望就明白了，多半是风流债。

唐文博脸有些红，大概是酒的原因。他不擅饮，也不风流，多年奔波劳碌，身边只不过一个没名没分的冷雅琴。当初他得知张一相看中了冷雅琴，有心娶回去当姨太太。张一相粗鄙，家里几房已经闹得不可开交，军界官界传成了笑话。冷雅琴进了门，弄不好就是死路一条。唐文博承认自己对冷雅琴有几分怜惜，索性带回家先以管家身份留下，相处下来，若是双方合意，也可明媒正娶。可近来他发现冷雅琴有些奇怪，身上多了些伤，旧的那些他知道，是她之前的未婚夫所为，新的却被说是自己不小心弄伤。唐文博无奈，他不喜欢揭穿谎言是心存厚道，可偏偏助长了旁人的自作聪明。若仅如此，他把冷雅琴撵走也罢了，可又发现冷雅琴私下偷入他的书房，档案柜也有被人撬动的痕迹。唐文博身负重任，非常时期，不得不保密行事，于是叫人看住冷雅琴。他本想自己私下调查，毕竟涉及内室，将来对组织上无法交代。冷雅琴似乎有所察觉，行事更加隐秘。两人毕竟一同生活了几年，彼此熟知，说句夸张点的话，就算不见人影，气味也会一早让对方警觉。思来想去，安全为上，他只好请楚北望出手相助。当然如果不涉及组织，他希望楚北望把此事当作私人情分处理，说点汗颜的话，若仅涉私情，他完全可以让步，还能保留一些颜面。

楚北望没有不答应的理由。可怎么也没想到他还没开始调查，唐文博居然被杀了。

唐文博死了，楚北望没办法联络到上级，除非他们派人来找他。从这一刻开始，楚北望陷入了真正的孤军奋战。他有些迷茫，更多的是恐惧。是的，他害怕了。人在黑暗中挣扎，最怕周围彻底寂静，他不过个人，谷底时候需要有人相伴，可现在……

楚北望把心里的所有杂七杂八的念头都赶走，现在他要做的第一件事就是搞清楚唐文博的死因——一定和唐文博调查的间谍小组有关。

楚北望恨不得现在就去审问赤木，哪怕用尽非人道手段，也要让他赤木吐露真相，交代出凶手，为唐文博复仇。但理性告诉他，他不能打草惊蛇，赤木可能只是一个线头，一枚随时都可以被丢弃的棋子，不露光还有些许用处，万一被发觉落在他手中，恐怕就一文不值了。

楚北望必须静下心来，面对林林总总汇聚出的巨大黑洞，在里面寻找出唯一光亮，困苦艰难，别无他选。

2

奉天警署之前是俄国领事馆，日俄战争后归了日本人，因为在附属地外，日本人顺水人情交还给大帅。张一相喜欢俄式建筑厚实堂皇，要来改建成警署。外头看是方正花岗岩，地面三层，每层挑高三米，透着威严戾气。进到里头，地下还有三层，一样三米高，阴森冷酷，正好方便关押嫌疑人，存储军火粮草。

这会儿值班的不少，打盹儿打牌打拳的都有。楚北望转了一圈，叫出了小丁宝和老路。三人开了一辆车，直奔小白楼唐宅。

小丁宝刚到警署一个月，还没正式办过大案，坐在后排，有些兴奋，眼睛滴溜溜地看着车窗外头，他很想问问去哪儿，干吗，什么案子，但昨天刚被老路教育过不许多话，就只能一下一下地咽着口水，压抑好奇心。他才满十八，大眼睛高鼻梁，笑起来有一个小酒窝，透着机灵。老路是他师父，老路说啥他都要听着，不然就会被调去附属地马路边上站岗。马路对面归南满管辖，他就得和日本人大眼瞪小眼。小丁宝不喜欢日本人，更不喜欢穿着一身制服对他们敬礼后他们一副

春寒

趾高气扬的样子。小丁宝不知道他们哪儿来的傲气,要知道他比他们中间最高的还要高半头。可遇见了,他总要躬下身子,不然就得挨揍。小丁宝不怕挨揍,怕的是不能还手,所以老路让他干啥他干啥。

老路快四十了,一双小眼透着积年老吏的精明,话不多,不喜欢招事儿,老实巴交混日子的时候,心里还总冒出点善。楚北望几次看见老路教训欺负人力车夫的混混,也不收卖炭老头儿的份子钱,为此得罪了原来的队长,差点被开除。还是楚北望请人吃了一顿花酒,说了些好话,才把老路留下来,可再不得升职。老路嘴上没说什么,心里记上了情,早晚会还回来。

老路老婆死了五年,没孩子,光棍一个,跟小丁宝的姐姐相好。答应她照顾小丁宝,不说多有出息,但一准儿平安。老路还有一个名号是顺风耳,奉天城的大事小情都逃不过他的耳朵。有传言说老路原先也在家礼教,跟潘爷算同辈,后来因为潘爷清理木帮手段过于凶悍,他看不过眼才退了出来。可人走茶不凉,江湖道上总有人给他几分面子。楚北望指望老路能在这件命案上多给他一点线索。

小白楼周围已经设了卡子,车和人都不能进,肖团长得了信亲自来阻拦,一脸牙疼地吸气说,我也是上命难违啊。

楚北望笑笑,掏出一卷钞票塞进肖团长手里,都是办差吃粮,彼此照应。

肖团长继续牙疼,楚北望继续笑,肖团长手里的钞票又多了一卷,足够治疗牙疼。

小丁宝和老路一左一右跟着楚北望进了唐家。唐家老妈子、秘书、园丁和冷雅琴都被赶到一楼客厅。门口窗口站了几个拿着长枪的兵,四个人各自占据一个屋角瑟缩着，不动也不说话，兵们怕他们串供。楚北望点点头，他现在毫无头绪，更需要大家按规矩做事。

屋里主事的是一个穿西装打领结的男人，看着不过二十几岁，白净秀长。肖团长介绍说他是天津租界警署的探长，老虎头顾旅长的外甥，来奉天办事正好被请来帮忙。男人自我介绍说叫安远贤，算不上什么大探长，不过租界里一个小警察罢了。案件也没那么复杂，唐文博死在浴室，门窗紧闭，没人进出过的痕迹，凶手应该就在屋里的四个人中间。说完他把视线盯在了冷雅琴身上。

冷雅琴坐在落地窗边软榻上，嘴唇咬得毫无血色，拼命摇头，身子也控制不住地发抖。这些在旁人看来不过是恐惧，只有老路喊了声不好，没等他们冲过去，冷雅琴已经七窍流血倒在地上了。显然她不是畏罪自杀，而是被人事先下毒，这是今晚第二个受害者。众人齐齐看着安远贤，一直没吭声的老妈子突然跪地号啕，她是真的冤枉，也怕被安远贤的目光扫中，死于非命。

安远贤有些挂不住脸，肖团长又开始牙疼。楚北望和老路顺理成章接了调查权。小丁宝在老路的指示下给警署打电话叫法医赶来支援，底气十足。楚北望和老路上了二楼，肖团长接着吸气，但也不好阻拦，只是把鄙夷的目光送给了安远贤。

安远贤看着窗外，不再吭声。

唐文博的尸体还在浴室里，穿着睡衣，坐在马桶上，头歪向一边，地上有喷溅出来的血迹，血迹上有些脚印，应该属于发现者和前面的调查者。楚北望站在门口，一时有些发怔。在这一路上，他似乎总还抱着一丝希望，这一切都没发生，唐文博还活着。此时这点贪念被击碎,他必须完全接受这个事实。

楚北望拦住了老路,此时浴室就是他眼里的全世界,他不能放过每一条缝隙,不能忽略每一点被水冲淡的血迹,里面或者有凶手的线索,或者有唐文博留给他的痕迹。他更希望是后者。

楚北望检查唐文博的伤口,颈动脉被利器刺中,凶手显然是个中老手,下手利落,置人死地。窗户确实也是紧闭着的,就算开着,这个一尺见方又离地四米的洞口也不足够让一个成年人钻进来。楚北望查了一个遍,最后求助地看着老路。兴许他能看出点根由来。

老路虽然站在原地,可也没闲着,小眼睛四下打量,心里基本有了些眉目,这只能是里应外合,家里有人开了门,放了人进来。说是门没有被破坏……可看看这儿,老路拨弄了一下浴室门锁,里面有个弹扣被卡住了,要不是有人刚刚撬过,就是坏了一直没修理,不管是哪一种,都可以把凶手放进来。

这是标准的寻仇,不图钱只索命。一般办这种事的人出手也都大方,查查楼下活着的几个,谁进了一笔外财,应该就能抓到线头。

老路一口气说完,再不吭声。楚北望知道这是老路还的人情。若是平日,楚北望也会看出这些痕迹,只是现在不同,死的人是唐文博,他做了再多的准备,心里也是空落落地抓心挠肝,注意力被愤怒和悲伤冲淡,眼前的东西都可以视而不见。

刚想要下楼审问嫌疑人,小丁宝带着急促的脚步声跑了过来,师父,他们要把人都带走啦。老路眉头一皱,楚北望已经冲了出去,他现在还不知道肖团长和第三旅到底打的什么主意,但绝对不能让他们得逞。

世事真的太过纷扰,有时候一个转身,就足够天翻地覆。楚北望冲到楼下，嫌疑人一个不差，该哭的哭，该哆嗦的哆嗦，肖团长和安远贤站在门边灰头土脸，张一相四平八稳地坐在紫红色的真皮沙发上，盯着亲自带来的法医当场勘验冷雅琴的尸体。看见楚北望三两步冲下楼，张一相笑了一下，像在说，莫慌，有老子在，案子跑不了！

张一相也是怕楚北望扛不住官大一级的压力，强忍着一肚子怨气从六姨太的被窝里爬了出来。六姨太不识相，撒娇抱着腰不让走，被他一脚踹到床底下，奶奶的，哭成了秦香莲，想哄好至少得一个金镯子，搞得他也是心烦气躁，居然没认出第二个死者是冷雅琴。也是，当初不过一时兴起，女人嘛，总有更好更年轻更懂事的，不值得把个见色起意的放在心上。他现在只觉得自己幸好来得及时，把想要带着人证溜走的肖团长堵在了门口，路上还顺便捎来了赶来办事的法医。他真是对自己的英明神武佩服到五体投地。该说不说，要是警署上下都如他，奉天城稳稳就是首善之都，要是帅府那些参谋总长都如他，卫戍司令就应该是他囊中之物。

可惜啊，天纵英才太少，委实让人感慨。

楚北望从悲痛中一点点把自己拔了出来，沉浸痛苦对他来说是一种奢侈。他要办事，必须打起全部精神对付眼前的乱局。楚北望通人心，明白这会儿要给足上峰面子，三句恭维后提出要带着所有嫌疑人回去审讯，张一相就是来给属下掠阵的，没有不答应的道理。楚北望继续提出要警署接手唐家，严防有人私自进入，破坏证据。楚北望字字铿锵，肖团长想要插言，也找不出缝隙破绽。张一相全都答应，最后重复强调，三天，记住，你只有三天。

三天后，现任奉天卫戍司令调职黑龙江做省长，空下来的位置张一相想接盘，得有份体面的见面礼。

肖团长还想挣扎一下，毕竟有上峰的外甥在旁边，可以办不成，但必须尽力。肖团长当着张一相的面不敢冷笑热哈哈，摆出一副低眉顺眼样，提议可以联合调查，哪怕是警署为主，他们来协助呢，还有安远贤这个专业警探，给楚北望当个助手也是好的。

安远贤脸上红一阵白一阵，显然很不喜欢如此被人安排，但为了弥补刚刚的失误，也只好掺和进来。

张一相眼皮都不抬，听到跟没听到一样，站起身走到门口才说，让你们旅长来跟我说。

对，就这一句，意思就是你没资格。

肖团长还在讪笑，张一相已经走了。楚北望借着余威，带着全部嫌疑人回警署，让老路和小丁宝在现场守着，法医进行初步检验，马上还有人来支援。

肖团长还能怎么样呢？说到底这是人家的官司，唐文博和军方亲近，但也只是朋友，够不上军警来接手。他觉得晦气，想起了刚刚赶来的时候放弃的那一手好牌，清一色的牌面呢，和了顶三个月军饷。安远贤以没听见明确反对为由，站在一边不动，红白退下，尽力拿出专业面孔，不知道的以为有多大城府，可在肖团长看来，这就是个没本事的裙带而已吧。

3

警署上下因为张一相亲自出动，已经忙乱了起来，值班的、从家赶来的，个个儿衣冠整洁，步履匆匆。打电话叫人，封路设立警戒线，再不行就把小白楼那边近几年的入室抢劫案子都翻翻，奉天城的杀人旧案都找找，大海捞针，万一能碰上个手法相近的不就是头彩？

楚北望从人群中穿过去，在众人纷杂目光中，把已经哭得抖成筛糠的老妈子带进了审讯室。他现在没心思跟任何人寒暄，他真的想找到凶手。

老天有眼，唐文博有灵，被随机挑中的第一个人居然就暴露了第一个线索。老妈子说她给华胜集的薛小钗偷偷开了门，薛小钗是来找冷雅琴的，到底是不是薛小钗杀了人，青天大老爷啊，她是真不知道啊。老妈子上有老下有小，从没想过害人，帮冷雅琴是为了行善积德。不是，不是，不敢说瞎话，她是图了冷雅琴给的一枚金戒指，儿子要成亲，需要一份拿得出手的聘礼。

楚北望看得出老妈子没说谎，升斗小民，贪图小利是有的，确实没胆子卷入更大的阴谋当中，最多不过是被布局人安排做了棋子或者替死鬼。让楚北望意外的是金步摇居然也卷了进来。说实话，白天追赤木的时候虽然堵住了金步摇的门，但楚北望在同泽俱乐部试探过后可以确定，金步摇并不知道赤木的真实身份。何况他早几年就查过华胜集，知道她们游走律法边缘，搜集情报，有时也会帮人除掉一两个仇家，死者不同背景出身，同样死有余辜，并且她们和日本人从无瓜葛。华胜集还总救助孤女，打着赚钱的名号，其实做了不少好事，很有些家贫的女孩子因为华胜集而改命换运，学了手艺，读了教会学堂，日后不至于零落江湖。她们的卷入只能说是被人利用。当然，也有人会说是巧合，但楚北望从来不相信巧合。

春寒

所有的凑巧都有人为铺陈的痕迹,就如同所有偶遇都是注定相逢。

天快大亮了,楚北望问老妈子,薛小钗什么时候离开的?

老妈子睁大哭肿的眼睛,不知道,没看见,真的。

她啥时候走的?

她没走,我关的门,我知道。

老妈子言之凿凿,甚至带出了一点邀功的意味。楚北望现在可以大概判断,华胜集是被动卷入,她们吃的是江湖饭,最看重规矩,万没有毒杀委托人的道理。可下手的人为何要把她们牵扯进来?冷雅琴是否真如老妈子所说只是想逃离,还是里面另有图谋?

楚北望想不出来,只觉得桩桩件件都不简单。

楚北望给金步摇打了电话。狡兔有三窟,可逃不过好猎人的眼睛,不光是金步摇,奉天城的黑道土匪他都摸查过,寻常日子相安无事,若真是到了关键时刻,他需要他们出手站队,摇旗助威,于是先要知己知彼。听到了金步摇的拒绝,他并不是很在意,因为只要按住薛小钗,不怕金步摇不出现。

楚北望抓起外套往外跑,小白楼左近已经被警员里外围成了铁桶,薛小钗很有可能还在里面,抓住薛小钗就拿捏住了金步摇,华胜集也可以为己所用。这样虽然不够光明正大,且不合江湖规矩,但楚北望没有其他更好的办法了。

小白楼笼罩在清晨第一束清亮日光下,春风冷冽,送冬远走,再唤醒沉睡在地下生灵的希望,颇有点改天换地在今朝的意思。忙生活的老百姓没心思顾虑季节转变，天冷天热都要填饱肚子，从周围低矮杂乱的院落中走出来，看着满街警察，低头前行。达官贵人的屋子里发生了什么是非，他们根本不好奇，他们和楚北望的车逆向而行，他们和楚北望一样忽略了晨光。

老路站在唐家门外，脚边摆着一具盖了白布的尸体，他不时看看外头，刚给警署打电话汇报的时候，他们说楚北望已经离开，现在应该快要到了。老路想把人情一次性还足。

楚北望下了车，几乎在第一时间有了直觉——死的人应该是薛小钗。

老路摇摇头，不是否认，只是谨慎。尸体是在地下室的炉灶间被发现的，发现的时候整个脑袋都已经被炉火烧得面目全非，根本不可能认出来。

楚北望还是掀开了白布，是个女人，身材不错的女人，其他地方没有伤，脸却烧毁了。

故意为之？法医怎么说？

那就是个棒槌，说的跟你看见的差不多。老路顶烦有些人仗着读过些书，鼻孔朝天，本事稀松。我让他回去了，他赶着写报告呢。

你怎么看？楚北望追问。

老路说，应该是练家子，身上有功夫，生把人的头塞进了炉灶里。老路蹲下，指着尸体的嘴，往喉咙里头看，能看见黑灰，活着塞进去的。见楚北望皱眉，老路详解，唐家有一间隐蔽的地下室，地下室安装的炉灶是供应整个房子热水和取暖的，所以比一般烧饭的要大很多。昨夜楚北望他们离开后，老路带着小丁宝核查，看看有没有遗漏的证据，才在橱柜后发现了一个暗门入口。

你说有钱人也是怪，一个地下室弄那么隐蔽干吗？楚北望问，如此说来应该在院子外头还有一个出口，不然出来进去运煤倒灰都走厨房，那也太脏了些。老路像是猛然醒悟，赶紧赞楚北望心细如发、料事如神。楚北望知道，这是老路故意留的一手，楚北望发现了，自然是上峰英明，楚北望没发现，这就是给江湖同道留的一线。楚北望无奈，老路终究还是没办法相信任何人。

唐家花园小巧，却也用假山小亭摆出了别致布局，楚北望带着老路寻找，很快发现出口在院门边一座半人高的泰山石下头。楚北望看着，知道这是唐文博留的撤退通道，心中再度涌起一丝感叹。他更知道，那个掩人耳目的地下室，要遮挡的不是丑陋的炉灶，而是唐文博必须销毁的文件。

老路和小丁宝还是一左一右地站着，小丁宝还是看着老路的眼色。老路问，难不成真是她们下的手？楚北望吓了一跳，老路到底知道多少？老路却觉得稀松平常。他查过外头那具尸体，身上带着华胜集的印记信签。华胜集门下出来办事，多带着，预备遇见江湖同道表明身份，多行方便。

4

天亮透的时候，去八卦街找薛小钗的人送来了回信，薛小钗不在家中。金步摇这才确定了心中那个隐约的猜测，薛小钗出事了，所以在电话里楚北望才那么气定神闲，因为早就把唐文博、薛小钗和她金步摇连成了一条线。现在看来，薛小钗应该是卷入了唐文博的命案里头。

可她是那么小心谨慎的一个人，怎么会呢？

薛小钗和金步摇同年入华胜集，金步摇早了半个月，跟在泉姐身边学梳头，薛小钗是李婆子从路边捡回来的，初见就惊心，因为半边脸人半边脸鬼，黑痂烂肉，像在地狱里爬了一遭。薛小钗说这是大太太用烙铁烫下的。她说得云淡风轻，像伤在别人身上，倒是听者落了泪，都看得出原本她该是多秀雅的一个女子啊，也看得出她心如死灰，且不好张扬，更对了泉姐的心。

其实也不必细问，苦命且貌美的女子，遭遇的都大同小异。原本是好人家的女儿，家中算是小康，自小也是读书识字，想着将来得遇良人。没想到九岁时候，有恶霸看中了祖坟的地块，要强占，父亲打官司，反被诬告，在牢房里被折磨死。母亲带着她投奔亲戚，可亲戚根本不开门。为了生计，母亲把她卖了出去，做扬州瘦马。

她伶俐，琴棋书画学得都比别人好，早早上了花船，遇见一个京城来的官老爷，当夜破了红，商量好了价钱，把她带回了北京城。她成了府里的姨太太。官老爷满肚子学问，还会洋文，经常去和洋人打交道。洋人喜欢开派对，帖子上标明了携夫人。大太太老且丑，上不得台面，都是她跟着去，时间久了，也学了些洋话。那段日子算可心，老爷疼，大太太躲在佛堂不出来，家宅安宁。

好景总不长，官老爷早逝，大太太成了府里的当家人，第一个容不下她，早就嫉恨她花容月貌青春可人，可嘴上说的是，花船上的出身，连在府里当下人都不配！说到这儿，薛小钗的话还是轻柔的，只是声音里有些难隐藏的颤抖。金步摇想起了自己的娘，李婆子想起了被断送的前程，华胜集满门锦绣，个个儿都是一肚子凄凉。

大太太非说我是个狐媚，说我有意勾引少爷，说要除祸害，于是用烫红的烙铁毁了我的脸，把我赶出门。那些平日里交好的丫鬟婆子在一边看着，那个平日里眼风柔柔喊姨娘的少爷背过身去。连件换洗的衣服都不许我拿，因为大太太说了，我身上没一样是我的。我不知道该去哪里，走一步算一步，走不动了，也就是下辈子了。

于是泉姐把薛小钗留在了华胜集，又请来医生料理脸上的溃烂。医生说疤是治不好了，没伤到眼睛已经是万幸。大家都替薛小钗难过，可她好像也不怎么在意。对她来说，脸毁了，身子就清白了，以后能不受人嫉妒算计，安安静静地生活。

泉姐让她学手艺，她学得比谁都用心，都要好，金步摇总自愧不如。泉姐找了师父来教她们防身术，姐妹们嫌苦，总躲懒，只有她每天天不亮就起床，练气息，学拳脚，身上带伤也一声不吭。出门做事，进出高官府邸，戏院青楼，满目珠翠，富贵繁华，有人难免兴奋好奇，可她总是低眉顺眼，不管身处何地，一概淡然处之。她待人也是极温和，女人多的地方，总有鸡零狗碎的争吵，她每次都会一笑置之，也从不跟谁讲谁的不是，渐渐成了所有人都觉得贴心的姐妹。在很长一段时间里，大家以为她会是下任龙头。所以当泉姐最后提拔起金步摇的时候，大家还好是轻叹了一番。有人觉得泉姐昏聩，有人替薛小钗感到不公。金步摇心里也觉得鸠占鹊巢，私下问泉姐，为何弃贤不用？泉姐摇头，薛小钗太好了，好到不像个凡人，这样的人不是天性凉薄，就是心思细密，她也分辨不出，所以只能暂放一边。

金步摇觉得泉姐过虑了，接掌了龙头后，对薛小钗着意倚重，门里门外的事，都会找她商议。薛小钗也尽心尽力，从来没让金步摇失望过。去年年底，远在武汉的洪门堂口传来密信，说远客来，途经奉天，要华胜集协助他们出关。信上对客的身份语焉不详，金步摇想也知道应该和大纷争有关，出于同门情分，没有拒绝的道理，于是不问不多话，只尽本分，对外说是那边给了大花红，谁嫌金子咬手呢？火车站接了人，才知道是苏联来客。周遭军警虎视眈眈，金步摇动用了全部外围人马，弄了一出站外捉奸的闹剧，趁乱把人接进了旅馆，再想出关是难上加难。日本人和奉军难得同心协力，在奉天城所有出城的路口车站都设了双卡，蚊子都飞不出去。

难为到极处，金步摇打算铤而走险，亲自带着人闯关，就算被抓，也不能不给同门一个交代。大家都说不妥，可金步摇想好了就要办。还是那句话，虽然洪门已经不是之前的洪门，但江湖人要讲信义，一个老祖宗拜了这么多年，不能不尽力。

最后关头，还是薛小钗想到了一个法子，她和英国领事的夫人私交不错，正好领事要从天津坐船回国，日本人和大帅的人都不好得罪英国人，不敢太过妄为。她硬是把人塞进了随行队伍，坐上领事馆的车，混在一群黄头发蓝眼睛的人中间，明晃晃过了关卡。回头看，就有人说事儿不算难，甚至有人说是讨了巧，但要是没有薛小钗几年下来的苦心经营，拿住了夫人的把柄，后面的巧也就无处施展。且这种预先铺垫的线，用一条断一条，有些可能铺垫了十年都用不到，白白浪费了精神。有些人的巧是不愿用这些笨功夫，事到临头抱佛脚撞大运。薛小钗的巧则是水磨石穿的，日常不露声色，关键时候能做顶梁柱。没办法，她们做了这个，就得认人家确实技高一筹。

经过此事，金步摇越发觉得薛小钗周密，能担大任。薛小钗这才说，领事夫人动了真气，不光对她失望怨恨，更对黄皮肤的都没了好印象。

可说呢，领事夫人原以为薛小钗丑陋内敛，是个靠得住的，才失了防备，到后面还让她暗中帮忙，把她当成个贴心的知己，哪承想吃了这样一个亏。若是事发，不光自己在贵族圈中声名狼藉，丈夫的仕途可能也要堪忧了。金步摇说，这也没法子啊。薛小钗也说，是啊，为了咱们华胜集，就只能委屈她了。

薛小钗让金步摇放心的还有一样，就是她银钗夺命的手段。当初跟师父学艺，每人挑拣一样，薛小钗选了银钗做暗器，防身自保也可伤人。师父见她力气弱，但手眼灵活，又看中她勤勉练习，偷偷把一种见血封喉的秘制毒药传给了她。所以她的银钗是并蒂花头分双股，最要命的时候，涂抹了毒药的一股刺出去，总能给自己保一条抽身退路。不过这些年她精细周到，还不曾使过呢。

这样的一个人，居然在调查唐文博这件事上栽了跟头，怎么不让金步摇觉得是个天大的蹊跷。

5

银锭儿退烧了，小孩子病来病去都如山倒，爬起来看见金步摇在梳洗准备出门，赶紧过来伺候。金步摇挥了挥手，让她赶紧换衣服去香堂寻李婆子，今儿就跟李婆子在一处，山雨欲来，小丫头别受了牵连才好。

银锭儿眼光光地看着金步摇，跟了她这么久，还第一次见她手忙脚乱系错了盘扣，可见心里有多不安稳。银锭儿说，姐，我还是跟着你吧，万一有什么事，我能给你跑腿。

金步摇愣了一下，低头看，脸上一晒，到底是修炼得还差火候呢。泉姐说过，就算漫天烟雨，做龙头的也要沉稳心神，身上带着门里众人的安危，没资格胆怯，更不该乱阵脚。金步摇把扣子挨个儿解开又系好，镜子里的自己也透着些疲累，但心渐渐落下了，还是那句话，没事不惹事，出事不怕事，华胜集也不是那么好揉搓的。

银锭儿到底被打发出去了。找李婆子不妥，金步摇想出了一个安全的去处——北市场的六合茶楼，里面说奉天大鼓的姑娘也是华胜集的客，让银锭儿送点新鲜头饰样子去，待到天黑再回来。

在去往小白楼的路上，金步摇心里最坏的打算是薛小钗被牵连，被扣留。她打死也没想到，楚北望电话里头平静甚至带些挑逗的言外之意是让她去认尸！在看到尸体的瞬间，金步摇除了悲痛，还有就是对楚北望的恨。他根本就不在意薛小钗的惨死，或者说，他根本就不在意她们这种女人是死是活。他想要线索，查案子，为求功名富贵，为唐文博这样的人渣找凶手，冷雅琴也好，薛小钗也罢，顶多不过是证据。

金步摇齿冷心寒，再看向楚北望的时候，眼里像要射出箭来。

楚北望开口问，金老板，你总要解释一下吧？

金步摇蹲下身，抓起尸首的手掌，翻过来看指肚上的一层薄茧。没错，确是薛小钗。她弹得一手好琵琶，还常教导门里的姐妹。信签伤疤可以造假，这经年累月的磨炼假不了。致命伤在胸口，匕首所为。凶器被带走，只留下已经凝固的黑红残迹。

再站起身时，金步摇已经收起了所有面上的波澜。冷雅琴来我华胜集，请我们帮忙设计一副头面，昨夜我让小钗来细问问，好能更合她的心。就这么简单，不信你问冷小姐。

楚北望说，冷雅琴也死了。

金步摇继续不动声色，是吗？那我就不清楚了。昨儿我一直在俱乐部，楚先生你是知道的啊。所以，楚先生，你觉得这到底是怎么回事？

她是苦主啊，自然要好好询问办案的警察，虽然并不指望楚北望会给出什么有价值的答案来。他们穿了一身皮，说是保境安民，可哪个不是搜刮民脂民膏的高手，欺压百姓的行家？真遇见横的，愣的，杀人越货的，他们比谁跑得都快。所以她这样问，也藏了调侃乃至羞辱的意味在里头。她还怕说得太浅了，楚北望听不出来。

没想到楚北望真做出没听出言外之意的诚恳，硬是把她带进了屋子里。

冷雅琴和唐文博的尸体都在原处，楚北望说，金老板，借你法眼。

金步摇瞬间懂了，楚北望这是想借路。不然警署里那些卧着的龙、藏着的虎不是比她来得更细致？所以他要的是金步摇下一步的行动。

薛小钗惨死，金步摇和华胜集不会善罢甘休，江湖道虽然已没落，但该有的规矩从没少。她的路比楚北望的宽。只是楚北望并不知道，金步摇昨夜也遇到了事儿，就像金步摇猜不出楚北望的另一层身份。彼此利用，各有保留。

金步摇查看了唐文博脖颈处的致命伤，心里暗惊，若是外人来看，和薛小钗的银钗取命如出一辙。难不成真是薛小钗所为？金步摇俯下身去，抽出发髻上插的步摇，楚北望没来得及阻止，眼看着她用步摇拨开伤口，里面有一点孔雀荧光乍现，就算不懂的人也能看出是染了毒，但绝不是银钗上的毒。金步摇松了一口气，再转回身看冷雅琴，看似七窍流血的狰狞，致命处也是耳后一点，荧光一现，可见毒性非常。金步摇眉头微蹙，饶是她见多识广，也没见过如此厉害的手段。

楚北望站在一边，忽然觉得有些怪异，眼风扫过，看见安远贤站在门边。

安远贤的视线留在金步摇身上，不待引荐，径直走过来，笑容熨帖，声线柔沉，在下安远贤，天津法租界巡捕，来奉天探亲。不知这位先生如何称呼？

金步摇看了一眼楚北望，后者退避半步，像看戏。她无奈笑了，金步摇，民女，安先生不必客气。

安远贤语气略带夸张，金先生明察秋毫，出手不凡，倒显得我们这些人酒囊饭袋了。

饶是金步摇有城府，也受不了如此不着四六掉书袋。她转头看着楚北望，他俩还有话说，屏退左右该是他的本分。

楚北望笑着走过来，安先生，这里马上就要上封条了，若无其他指导，咱们还是警署见？说完把门外站着的小丁宝叫进来，安排车，送安巡捕回去。

安远贤倒似对自己的不受待见毫无察觉，一拍额头，对哦，我是来拉尸体的，法医都已经就位了，不过我看有了金先生的法眼，验尸也是多此一举,不过楚大哥,你知道,这是必须有的程序,那我就先告辞了。

安远贤反客为主,门外跑进来几个警察,把小丁宝也卷在里头,七手八脚运走了尸首,安远贤断后,走到门口又回头,抱歉又无奈地说,楚大哥,金先生,三天,没办法没办法。

一屋子的乱纷纷清净了。站在屋里的两个人都不喜欢节外生枝,也都是以做事为重的。金步摇先开口,想借路可以,那就各自划出楚河汉界来。她去查江湖上用毒的高手,还薛小钗和华胜集一个清白。至于唐文博得罪了什么人,引来这种杀身之祸,就是楚北望的分内之事了。好比一根线,分两头,各自掐到中间断开的那处,应该就是幕后黑手所在了。

金步摇话不多,句句字字都有用。楚北望从她眼里看到了一丝火光,恩怨分明,有仇必报。这样的女人看似冰山,却随时可以喷发燃烧。

楚北望突然觉得自己也没那么孤单了。

6

中午时分,金步摇打算回万柳塘,姐妹们收到消息,应该都在往那边奔。但为了安全起见,她在路上绕了几圈,还转到六合茶楼听了半部大鼓书。

茶园老板姓段,城北最大财主段家的五公子,痴迷于戏,但段老爷早就有话,玩票可以,下海万万不可,不光要打断腿,人也要赶出家门。段五想了想，自己这少爷身板也确实不是过苦日子的坯子，只好暂时忍痛割爱。等到好不容易段老爷过世，哥儿几个分了家产，他可以随心所欲，但年纪也老大不小了，唱戏需要童子功，半路出家的只能继续玩票。段五认命，开了这个六合茶楼，请来大江南北各路好班子，不论曲种，只要好听。他给的包银多，照顾也周到。有些戏班子遇了事，遭了难，也来投奔，日子久了，六合茶楼段五爷就成了梨园界的小孟尝。

段五和金步摇的私交源自一场阴谋。那时候段老爷还在，想着给段五配一门好姻缘，谁知道卡在了八字上头，和谁家的小姐都不合，要么血光之灾，要么死于非命。还有人说段五孤星入命，最好的结局不是成家是出家，不然阖府都有横祸。段老爷心里难受，请了大批法师道士来化解，钱花了不少，命相却越化越差，横祸变成灭门的那种。段老爷绝想不到是那些出家人为挣钱捣的鬼，只哀叹家门不幸。后来有人提出了一个破解的法门，寻替身，找个和段五八字相同的人，送到佛菩萨座下，替段五出家，消灾免祸，不过段五再不能是段家人。段老爷觉得这是最划算的办法了，总比常伴青灯古佛好。段五眼看着自己就要从五少爷过继给穷亲戚当老百姓，急得嘴角起了一圈大燎疱。

合该他遇见金步摇。那会儿金步摇常来给段家大少奶奶梳妆，无意中听到了大少爷的密谋，原来这一切都是大少爷为了多分一份家私生造出来的谣言。金步摇偷偷点拨了段五。段五看过那么多戏文，随便排了几场请君入瓮的戏码，就让大少爷的阴谋大白于天下。段老爷气得差点吐血，大少爷挨了一顿家法，老实了几分。段五从此对金步摇感激涕零。金步摇从不居功，只说自己看不惯小人作怪。段五记在心里,特别是段老爷过世后,几乎把金步摇当成唯一亲人。

六合茶楼里来往的大戏班自然有自己的行头妆发,单个来搭班登台的,就要依从段五的规矩,上台之前都要华胜集来整治。包银归茶楼出,大家都高兴。

因为这渊源,金步摇刚进茶楼,就有伙计去通报了段五,他兴冲冲从楼上包间下来,一迭声地叫人去安排酒菜,好不容易来一次,没有不吃饭就走的道理。金步摇知道拦不住,索性看着他张罗,左右也是腹内空空,脑子乱纷纷,停下来想想,兴许能找到另一条思路。这样听话,段五反倒一下福至心灵,知道金步摇可能有事。

段五拉着金步摇上了楼上包间,门妥妥关严。还是那句话,妹子,有事跟五哥说,你的事就是我的事。

金步摇笑了,哪有什么事,真有的话,也瞒不过你去啊。

这话不假,段五的小孟尝不是浪得虚名,奉天城里的消息,他肯定不如走宅门的华胜集灵通,但城外乃至关内五湖四海的消息随着戏班子进进出出,他可比金步摇知道得早。想到这儿,金步摇开了口,五哥,有个忙还真要你帮呢。段五手里捏着小茶壶,甩了个唱腔,我的亲妹妹,自家人,自家事,怎么能是个帮字?

金步摇没心思捧场,段五也就知道事关重大,不再玩笑。

来的路上,金步摇把全局盘了一遍,如果单是薛小钗在唐家出事,那可能是被无辜卷入,但加上针对她的刺杀,这件事弄不好就要反过来看,有人要搞华胜集,唐文博和冷雅琴才是无辜之人。而昨夜那人的身段手法,金步摇确定不是关外寻常人用的,说不定是从南边来的。这就需要段五去打听印证,看看谁新近来了奉天。

段五可算找到了回报金步摇的机会,恨不得这就把消息撒出去。金步摇赶忙拦着,我的五哥啊,这种事哪有急赤白脸问的?你得听话听音,细扫细听。段五涨红了脸,拱手抱拳,他看的戏多,可戏里阴谋诡诈只经历过一遭,还要妹子多多提点。

金步摇被段五这么一搅和,心里郁结的气缓出去不少,不经意扭头看窗外,发现对面街烟卷楼下站着一个人,不认识,但身形气质倒和昨天闯进香堂避难的有几分相似。金步摇想起昨天楚北望说过,那是个日本人。

日本人,日本人。昨夜刺客翻墙轻巧,不像寻常江湖人,难不成不是南边来的,而是过海的日本浪人?

金步摇心里咯噔一下,可华胜集和他们从无仇怨,他们为何要对她和薛小钗下手?是哪场营生挡了他们的路?日本人狠、绝、不留情,不能用江湖道理和手段来应付,连几十万军队在手的大帅都对他们毫无办法,何况一个小小的华胜集?

金步摇越想越心惊,手里的茶杯居然摇晃了一下,茶水溢出来,在香木桌上洇成一圈波纹。

暗流奔涌,从何处来,到何处去?

几乎就在同时,楚北望找到了唐文博藏在书房夹墙中的密信,里面有上级来接头的联络方式,还有一封留给他的绝笔。楚北望深吸一口气,展开信纸,一字字从眼里往心里印刻。

唐文博好像知道危险逼近,信中点明如果他发生意外,楚北望坚持战斗,顾全大局,不管多么困难,都要找到日本人的阴谋计划。保家护国,这才是他们信仰的根本,是他们可以牺牲一切也要实现的目标。他的字很好，如同他的人，透着骨子里的风骨。他不喜欢太过抒情，永远克己守礼。他到死也在维护信仰，他说过，这次选择，万死无悔。

楚北望红了眼眶，想起去年大概也是这个时候，和唐文博到辉山远足，耳边传来遥远的哭泣和枪声，那是日本人在满铁附属地恐吓百姓，也是背叛了大革命的蒋汪带领军队清剿革命军。他们能看见无数的人倒下，血流成河，也能看见将来，还有更多的尸体铺就的阶梯。他们走着，看着，一边害怕，一边前进。唐文博说怕就对了，怕才能更加小心谨慎，才能让我们更有机会活着看到理想实现。所以唐文博从来不掩饰他的胆怯，但也从来没有退却。

而现在，楚北望要沿着唐文博走过的路前行，他想他没有任何理由借口让死去的唐文博失望。

其实从得知唐文博死讯那刻开始，楚北望就已经确定这是日本人所为。只是冷雅琴和薛小钗为何被卷入丧命，他还没有找到头绪。他让金步摇入局，有借力的打算，也暗藏着一份怀疑。若华胜集已经被日本人收买，他可以借机清除；若金步摇无辜，则可搅乱日本人的视线。日本人比想象中还要凶狠狡猾，他必须用所有能利用的东西和他们生死相搏。

楚北望收起了信，一步步从书房走出，阳光底下，暗流奔涌，从生处来，到死处去。

第三章

萧瑟夜,薄凉日,
春燕寻巢时

金步摇被楚北望压在身下,碎石土块雨点般落下,她闭起眼睛,在轰鸣声中清楚听见楚北望急促的呼吸,她理解那里面含有紧张愤怒,却无法逃避随之而来的他身体的紧绷。他似乎在刻意保持和她的距离。这是只有他们两个才能领会的感觉,永远无法对人言。

春寒

1

想着万柳塘那边应该安全,不然早就有人来送信报警,堂口有李婆子和家礼教的兄弟,估摸也不会出事,金步摇心里稳妥了些。

事来如山倒,更要沉住气应对。

金步摇觉出一点饿来,段五赶紧打发伙计弄点好吃食,金步摇不要茶园灶上的,单点北市场西头老刘家烧鸡和东口马家烧麦,还要玉红堂自制的点心杏仁羹。段五一下明白过来,这是借着买东西的名头出去查看,果然伙计回来报说,后门侧门都有形迹可疑的生人。金步摇把烧鸡赏了伙计,烧麦送到楼下给银锭儿当零嘴儿。

段五一肚子火,六合茶楼在奉天城不算什么了不得的买卖,可段家的面子没人敢抹去。且不说当年段老爷在世时,大帅发兵入关短了军饷,段老爷不说二话支援的情分,就说眼下和段五最为交好的老七,分家之后带着自己那份家私出城上山入了胡子,报号混天龙,几年间成为辽北最大一股势力,是连军带警都要退避三舍的活煞神,占了煤矿铁矿,连日本人都不放在眼里。所以世道再乱,也不耽误茶园迎来送往、歌舞升平。现在居然有人敢来围城,真他妈是头回。

听着素来标榜文雅的段五爆了粗口,金步摇忍不住噗笑了一下。按照段五的意思,火速派人把老七找来,高头大马连发冲锋枪,先把碍眼的苍蝇打死再说。

金步摇倒是不急了,看着段五暴土扬尘的样子,又是一阵笑,笑完才开口,五哥你想想,危机危机,危局也是机会不是?

段五看着金步摇,这女人如此奇怪,危机不显,她忧心忡忡,四面楚歌，她倒谈笑风生。这样的女人，就是男人的活冤家。

金步摇一把拉过段五，让他安坐，听她的安排吧。

计划很简单，金步摇赌的是光天化日他们不敢当街行凶，真把奉军警察当稻草人。所以她该出门出门，把藏着隐着的尾巴都带出来，段五挑几个机灵的，说白了，就是老七送来帮他看家护院的那几个都派出去，来个螳螂捕蝉黄雀在后。不用多，按住一个就好顺藤摸瓜。

段五凝神想了一遭，还是有风险啊，不然咱们一起出去，好歹我也能照应你。

金步摇只好继续开口，她都盘算好了，茶园周围小路复杂蜿蜒，外头人不知根底，容易迷路更容易走进死巷。她单引一人进去，伙计在外头把其他人拦住，胜算极大。若两人一块，倒叫人添了警惕。

段五不知道这是不是最好的办法，可一时也没有旁的主意，左思右想，从怀里掏出一把手枪来，必须拿着，德国造，顺手好用，不容推辞。其实早就是给你准备的，想寿辰的时候当贺礼，现在先送出去，也不为过。

金步摇不客气，收好了继续说，银锭儿就先留下，烦你关照，等外头消停了，我派人来接。

段五连连点头，银锭儿招人喜欢，还能帮着在后台打点，是他占了便宜，没个不应许的。

2

北方春日短，还不到五点，太阳已经现出了疲态，光芒收敛，念着回西山。街两边的小贩跟着太阳出门,此时还虔诚地等待下一个可能的买主,盼着家里夜饭能多添一碗米多加一块猪头肉。不到满天星斗,他们不肯罢休。

金步摇出了茶园,特意走得四平八稳,后面跟着的人估计比她还心焦,但总不能越过去。金步摇就是要他们心浮气躁,才好瓮中捉鳖。

走到一处卖胭脂梳镜的摊子前,金步摇干脆站定了,先扔下一块大洋,摊主笑成一朵花,任由她挑拣,水粉品质太糙,篦子雕工倒还入眼,最好的是银柄菱花镜,金步摇拿在手里,佯装抿鬓,余光看得见后面鬼祟的跟踪者,也能看见换了常服扮做路人的茶园伙计。金步摇对着老板点了点头,意思是镜子买下了,然后抬手把镜子在身边石狮子上砸碎,这是她事先和伙计们说好的暗号,镜子一碎,她转身进小巷做出奔逃的样子,伙计拦人,只放一人跟进。

按说金步摇的计划已算妥当,但世上的人和事很少会按照计划行进。就如眼下,在金步摇砸碎镜子发信号的前一秒,跟踪者突然开始行动,原来也发现了尾巴,迅速用手势做出铺排,三个人冲着伙计们撞去,两个只扑金步摇,在她进巷子之前已经成前后围堵之势。金步摇刚迈进巷子口,就进了他们张好的口袋。

金步摇一愣,不慌,伸手往怀里抓枪,可万没想斜刺里冲出第三个人,看身形和昨夜的刺客如出一辙,或者就是同一人。他早算准了金步摇会掏枪,一手横夺过来,枪就换了东家,然后极快地拨弄两下,退弹夹,下子弹。金步摇没看清他手上如何动作,子弹已经滚了一地。两边摊位的小贩看得目瞪口呆,忙乱整理货品,生怕来人牵连无辜。不怪他们懦弱,只是被琐屑的日常消磨了筋骨,自顾已经要拼尽全部力气,哪有余力管他人瓦上霜。

他们手脚麻利,反倒给这边生死搏命的留下了空间。围着金步摇的两人抢位贴到近前,前后都能感觉到尖利硬物顶着致命处,没给她丝毫反抗的余地。

金步摇叹了口气,趁机看清了对面第三个人的脸,白皙,浓眉,眼角下斜,左脸颊有个十字疤,穿着一身学生装,黑色皮鞋上沾着红泥。奉天城里有红泥的地方不多,城外砖窑倒是常见,应该是他们老巢所在。这会儿金步摇心里还有一线希望,那些出身胡子的伙计兴许能冲破阻拦,从人缝里飘个眼风过去,顿时叫了一声苦,看来这伙人非寻常人物,居然三个堵死了五个伙计,还个个不得动弹声张,怕是手里袖管都藏了枪口。

也罢,技不如人,甘拜下风吧。金步摇忽然轻笑一下,贴这么近了还不下手,想来也是不想当街要了她的命。只要活着,什么都好说。

可没人跟她说,也不想继续拖延,十字疤抬起手,对面巷子钻出一辆马车,冲到跟前险险停稳,金步摇被推上了车。紧跟着有人绑手有人蒙眼,让她老老实实不许乱看乱动。

马蹄声嗒嗒,算着时间应该到了城外,一路遇见军警关卡,却没一处阻拦。金步摇端坐在车厢里,就算成了人质肉票,也不失风度。三个绑架者一言不发,车夫倒是偶尔轻咳一声,透着日落后的秋寒料峭。

不能由着他们安静,金步摇一句句抛出疑问。好汉做事,是受了谁的指派?如有前情,可否看在江湖道上身不由己,大家想一个不伤和气的办法?当然如果图的钱财,更加好说,华胜集龙头自有身价,够你们一世享乐。难不成还想图色？那就更犯不着如此大动干戈。她知道他们不会开口，如此逼问，是想从他们或急或缓的呼吸中判断端倪，于是故意缓声慢语，带出轻蔑调侃。她本不信有男人会在这种撩拨下心静如水，可偏偏周遭这三个不解风情，所以唯一得到的线索印证了之前的判断，他们绝非寻常人物，想来一定受过极为严苛的训练。

金步摇叹口气，事已至此，也别怪她不客气了。原来刚才那一句句问话下头，还含着一层转移他们注意力的用意，借着问话，她把藏在袖口里的特制指甲钳抖腕落在手中。说是指甲钳，不过是看起来像指甲钳，两边旋转分开是一把半掌长的双锋掌中刀，不说吹毛断刃，但对付寻常绳索足够了。话问完了，双手也解脱了，再一个叹息低头，一手拔出步摇顺势摘下蒙眼巾，一手掏出藏在旗袍下的手枪。幸亏得了段五所赠，他们不知道她还有枪傍身。

电光石火，金步摇用最快速度出手，这会儿玩不得虚招，不要他们的命，自家的命就难保。三个人反应都慢了半拍，一人拔枪，一人俯身躲避，十字疤最为敏捷，飞起一脚，想制服金步摇。枪是虚晃的，怕引来更多敌手。步摇只插入一人咽喉，血喷溅出来，蒙了另一人的眼，也不过是转瞬的工夫，十字疤的脚已经狠踢在她下腹，雷击一样疼。金步摇重重跌在车厢上，没工夫喘息，转身再举枪，十字疤一手按住胳膊另一手卡住脖颈。金步摇感觉到窒息带来的眩晕。罢了，技不如人，真应了泉姐当初的话，不好好练功，早晚找回来。

许是命不该绝，金步摇就要晕倒的时候，马车突然剧烈颠簸，十字疤正在抬头察看同伴伤势，两下分神，给了金步摇一线生机。她用力抬起腿，狠狠撞向十字疤的私处。也是听的泉姐的话，女人斗男人，就要攻命门。十字疤瞬间吃痛，手上松了劲，金步摇够到手枪，对准十字疤。枪响的瞬间，借着一点子弹飞射闪出的火光，金步摇看见旁边那人掏出带着毒刺的匕首，刺尖发出一点荧光。

子弹穿过十字疤的肩胛，金步摇趁机往车外滚落，人将落地，十字疤和车夫居然同时冲过来。眼看又要被抓捕，段五带着几个伙计骑马赶来，毫无忌讳，抬手放枪，把金步摇从绝望边缘拉回。

原来枪声如此动听，生死原本只在一线。

十字疤见状知道就算拼命也占不到半点便宜，转身招呼车夫和脸上蒙着血的同伴冲进路边树林。金步摇听得仔细，他情急下说出口的确实是日本话。段五派了伙计继续追赶，然后冲到金步摇身前。

他见金步摇没有致命伤，满眼的关切收敛起来，居然换上了笑。

他居然笑话她！

金步摇有心发火，低头看见自己身上衣衫破烂，发髻松散，连脚上的鞋都掉了一只，谁能想到堂堂龙头也有如此狼狈的时候，可不是引人发笑。那就笑吧，笑够了有的是时间说话，更有空算后账。

其实说来也简单，金步摇出门做饵，虽然安排了后手，但段五还是觉得不妥，又明白一个人出来貌似也帮不上忙，正纠结着，老七的人进城来采买，段五马上把人马都扣住。这些人身手谈不上多好，但也是马背上刀尖上过日子的，用段五的话说，都是内行。一行人出门先看见了被放倒在巷子里的伙计，用凉水泼醒，伙计点明了马车的路，于是一路追赶出来。

奶奶的，段五轻易不爆粗口，今儿算是破了大戒，你说说，马车绑人没人查问，救人的倒是被拦下了好几次，每次都是段五掏钱才过关,最后一道关卡,段五索性在马上直接扔大洋,不然还要慢上几分。真慢了,可能金步摇的命就没了。到时候就算把他们都杀光还有什么用?段五说着眼中流露出几分真情。

段五的心思金步摇早就知道,所以一早改口叫五哥,也辗转透露过自己并没有嫁人的念头,要段五别白费了苦心。现在看,那些话都白说了。可眼下还不是儿女情长的时候,眼看着天要黑透,树林阴影晃动,得赶紧离险境,还要带上马车上的尸体,交给警察,让他们查去,兴许能查到一二。

这一番话说完,金步摇被扶上了段五的马,两人共乘一骑,以极别扭的姿势保持一段尽量看起来授受不亲的距离回城了。

段五邀请金步摇回茶园,今儿这一番风波老七应该听闻了,按他的性子说不定现在已经等在茶园了,现在那是最安全的所在。金步摇心急,还有门下等着她呢,一揽子乱事要理清,管不得许多了,于是不顾段五挽留,让他找人把尸体送到警署,又说好伙计那边有消息就让银锭儿去送信,然后穿小路回了万柳塘。

眼下别的不说,刺杀她的和杀死唐文博、冷雅琴、薛小钗的是同一拨人,她想这个消息要何时何地告诉楚北望。

3

楚北望整个下午都以查案的名义在小西湖边地窖里审讯赤木。拿起火钳子的时候,楚北望想要是唐文博活着,一定会出言阻止,他们不能虐待罪犯,更不能严刑逼供,这是组织原则。可怎么办呢?你们把他杀了。这话楚北望没有说出口,只是惋惜地看着已经吓得尿了裤子的赤木。

楚北望干脆蹲在赤木跟前,说吧,早晚要说的,没人能扛过这一遭。楚北望引领着赤木的视线,身后墙角堆的刑具无声喧闹,让赤木魂飞魄散。再回过头来,楚北望说,可惜了你这张还算英俊的脸。

赤木疯了一样嘶吼,我要见领事,你不能这样对待日本国民!

楚北望点点头,你说得没错,问题是,从这里走出去,还有人认识你是谁吗?

为让恐吓更逼真,楚北望走到墙角,在一堆刑具中找到一个瓶子,满是灰尘,混着油渍。他特意掏出手帕垫着拔开瓶塞,往地上倒了一点,镪水的味道扑满整个地窖。

镪水……你们日本怎么叫这个东西?反正我们是叫镪水,烧嗓子,毁容,要命。楚北望再看赤木,他漂亮的五官都扭曲了。

于是赤木招了。

在他的叙述中,他只是一个学生,预科毕业后来中国旅游,有人给了他一笔钱,让他帮忙拍些照片,军营、兵工厂、火车站。他知道这照片别有用途,但那些钱足够让他装聋作哑,可惜很快就被楚北望追上了,逃跑途中钻进路边人家,那胶卷和相机因为慌乱在路上丢失了,真的不见了,想不起来掉在何处。

这供词半真半假。真的是印证了楚北望对金步摇的判断,她与日本人阴谋无关,楚北望心里喜了几分。假的是赤木说他不知道给他任务的那人到底是谁,以及自己到底是谁。

楚北望不想浪费镪水了,竹扦子应该就够让赤木把剩下的实话说出来。赤木喷着泪，女人，一个女人！我不知道她叫什么，可她胳膊上都是伤疤，我看见了。

冷雅琴？

如果是这样，唐文博之前给出的线索就明晰了。可如果是这样，冷雅琴为什么会被灭口？因为她想逃走……她找了金步摇，想买一条路。

楚北望站起来，赤木松了一口气。他应该能活着离开了吧？

楚北望没准备放人，仔细捆好了赤木，留下一点粮食和水，不许虐待俘虏，这是唐文博几次三番叮嘱过的。唐文博是个好人，楚北望有一万个念头要杀赤木，也被唐文博没完没了的唠叨阻止了。

现在该去找利用了冷雅琴的人了。楚北望走出地窖，天上布满星光，应该是清平世界呢。可惜，没人能够得到清平。

一个小时后，奉天警署的审讯室里，楚北望正在盯着从唐文博秘书手中拿到的他的客户和近期拜访者的名单，来的去的都有。秘书是个仔细人，每个人名后头都记录了时间地点。按照唐文博之前的说法，他是从一周前开始调查"暗樱"的，所以这一周里他的行踪尤为重要，而有连续五天夜里，唐文博都在同泽俱乐部。楚北望举着手里的笔记本，对着秘书询问，最近是有什么军中人要打官司？秘书机灵，认真思考，然后摇头，反正是没听唐先生提起，其实他就是喜欢去那边交际，你也知道我们唐先生的生意多来自军中，总要混个人头熟。所以，这倒也不反常。

楚北望合上笔记，把最要紧的问题抛出来，说说冷雅琴吧，她平常都见什么人,去什么地方?

秘书露出了一丝猝不及防的惊慌,很快又用老实面孔遮掩过去。这个真不清楚,冷小姐身份特殊,寻常也不出来见外人。

这话没毛病,只是因为太过正常,反倒透着些不妥。楚北望看了看表,走廊传来脚步声,时间刚刚好。老路推门进来,手里拿着一个行李箱。秘书瞬间撕下了平静面具,脸色惨白。

这是冷雅琴放在他家里的行李,原本说好,两人三天后去大连,从那边走海路去广州。谁知道突生变故,想好的一切都灰飞烟灭。

秘书开始抽泣,双手捧着脸,肩膀耸动。老路看看楚北望,两个大男人对另一个男人的眼泪毫无办法。可事态实在紧急,楚北望只能叩桌子加咳嗽,逼秘书抬起头。"节哀顺变"四个字都滚到唇边了,又生生咽回去,因为猛然想起这是给唐文博戴上绿帽子的家伙,就算不是凶手,也应该受一番惩罚,于是把脸冻成冰霜,压低声音质问,为情杀人?

秘书被唬住了,真没有,他们只是想私奔,哪里有杀人的胆子,何况还没真成奸。

楚北望冷笑,看来还需要些手段,你才愿说实话。老路明白,走到门口让守在外头的小丁宝去安排刑具,大声到但凡有些经验的都明白这是虚张声势。可秘书在看到行李箱的一刻已经失去了所有判断力,把能说的不能说的都说了。

秘书声泪俱下,落到楚北望耳朵里则简单多了,天下男女一开始都是见色起意,比如某天他在书房和唐文博谈论公事,她进来送茶点,眉目低垂嘴角含春,还没成家的秘书就沦陷进去了。接下来顺理成章,她会说些和老男人在一处的委屈,多年前身世的飘零,最要紧的是身子虽然被玷污了,但一颗心总是干净的。他照单全收,把自己当成了乱世中唯一能够救佳人于水火的英雄。当然其间也有热血不那么上头的瞬间,怀疑几分,尤其是不信唐文博会虐打女人,可转眼就发现唐文博确实安排人盯着冷雅琴,不给她行动自由,加上冷雅琴楚楚可怜梨花带雨的样子,这次深信不疑了。至于两人之间的关系,依旧停留在发乎情止乎礼的阶段。秘书有过逾矩念头,冷雅琴坚持要等到了南方有了名分才行,不然怕他轻贱了她。本来上个礼拜就该走的,可是冷雅琴突然身体不舒服,才耽误下来。若是那会儿走了,恐怕现在他们已经……

不舒服?楚北望抓到了棵节,见过医生吗?

秘书愤愤,这是家丑,谁敢宣扬?何况她也怕露了形迹,只能忍着。

昨晚事发时你在哪里?楚北望手指继续叩击桌面,心里大概有了答案。

我约了运输营的老海,打算跟着他的车出关。我之前就找过他,但他一直没松口。琴儿说她去想办法。可我总不能什么都不做……

楚北望点点头,看来秘书确实什么都不知道,现在也意识到自己被冷雅琴利用了,可还眼巴巴地看着楚北望,用一个受害者亲友的姿态,期盼楚北望一定要抓捕到凶手。

楚北望继续盘问了园丁,不出所料,一个比一个清白。他叫老路带他们签字画押然后回家,老路见左右无人,压低声音说,张署长亲命,所有有关人员一概送到地下室。很显然,张一相是要为三天后无法破案留下活口,找不到真正的人犯,这些人再无辜也是板上钉钉的凶手。这不奇怪，只是楚北望心里事太多，居然把这司空见惯的操作给忘了。老路眨巴着眼睛，等着楚北望安排吩咐。他把自己当成同楚北望一伙的，这三天是要同甘共苦的。还有不远处站着的小丁宝，都把楚北望当成了领头人。

楚北望心里涌过一丝暖意。

离开警署前，安远贤和行动二组的组长陶量赶来拦住楚北望，这两个虽然刚认识，却难得一见如故，帮着彼此敲边鼓，透着同僚的亲热，主动提出帮忙，连整个二组都可以归楚北望调度。

陶量三十出头，皮肤黑，眼睛小，透着不太清白的精明。整个警署都知道，楚北望和陶量不睦，年前因为升职竞争斗成了乌眼鸡，后来谁都没得逞。陶量心里记恨楚北望，表面上又要做得和睦。楚北望不装傻，只装和睦，两人皮里阳秋成了警署一场戏。张一相表示很满意，手下斗法，他坐收渔利。陶量知道了张一相只给楚北望三天时间，哪能错过这个好机会？说是给楚北望安排人手，实际上是想趁机抢功劳。陶量笑，楚北望也跟着笑成一朵花，要说陶组长那是一心为公，奉天城有这样的警探真是百姓的福祉。别说，还真需要您伸伸手，这位，天津来的安大探长，大老远赶来帮忙，咱们怎么也得尽到地主之谊吧？劳累您，我实在分身乏术，您代表咱们警署好好宴请一回，自然花费都算我的。您二位留步。

楚北望说完就走，转身的瞬间，也收起了一脸笑容。此刻他心里只有一件事，眼前能穿起的线是赤木和冷雅琴，秘书无辜被牵扯入局，线的那一头谁又是那个控制冷雅琴的人？找到了上面的线，应该就能挖出神秘的"暗樱"了。

4

十字疤本名渡边一夫,代号"青川",北海道渔民子弟,一年到头风里雨里,家里还是穷得换不起新渔网,于是从军,在军营受老兵欺负,跪着给人家洗脚,受气不过想要反抗又遭毒打,脸上破了相,于是逃了出来。他不敢回家,传言逃兵被抓到会枪毙,家里人也跟着抬不起头,辗转来到中国,先落脚旅顺,打零工的时候被发展加入"暗樱"。发展他的人说,这是一个隶属关东军情报科的行动组,执行能让人功成名就的任务。渡边想要洗净污点荣归故里,这是最好的机会。

因为在军队受过严苛训练,渡边在旅顺口成功执行了刺杀反日商会会长的任务,潜入奉军驻地调查沿海布防图,很快崭露头角被调往奉天。渡边觉得正名且归乡指日可待。

在城外树林里奔逸,渡边知道身后有追兵。如之前金步摇判断,他们的补给联络站在林外山脚下的一处废弃砖窑中,一旦被发现,会给行动组造成严重损失。渡边不想履历上再添污点,索性打出分兵的手势,表面上分抄合围,实际上是把车夫和同伙抛出去献祭,做引诱伙计的鱼饵。伙计们冲过来抓人,渡边扔出手榴弹。

他们死了,为天皇和帝国,虽死犹荣。渡边回到联络站一边吃东西一边想,眼中还滚出两滴悲伤的泪花,直到听见暗号叩门,看见一个人影站在暗处。

你失败了两次,为了你的天皇和帝国,你知道该怎么做。

渡边自然明白这话的威胁意味,他也不是坐以待毙的性子,不然也不会一路跑到这里来。对面的人比他更清楚,把一个信封扔到他脚下，信封里是父母和妹妹的合影。渡边心里一沉。

你放心，我们会照顾好你的家人。

话音落了，人也走了。渡边置身在一片孤凄中，很想砸碎些什么泄愤，可周围的一切都不属于他。

5

查女人，没有比华胜集更合适也更快速的了。楚北望坐在万柳塘的别墅里，喝着金步摇亲手煮的咖啡，内心焦躁，脸上却舒展，因为他已经把问题交给了金步摇，此刻只能耐心等待答案。

金步摇低眉垂目，心里盘算一番，不难理清。夜闯堂口的是为了找怀表，和十字疤是一条线，线头的根节是冷雅琴，刺杀她是怕她查冷雅琴的时候带出更多线索。看似豁大的局，想明白了就是三两句的事儿。

已是黑夜，细细飘来哀婉的音乐和煎牛排的香气，应该是哪家有闲情的邻居在犒劳自己远渡重洋的艰辛。金步摇窝在沙发上，高跟鞋踢落在地毯上，宽大的真丝睡袍裹着身体，头发散开来，步摇拿在手中来回翻转。她本不该在男人面前这般没有仪态，一来太累，二来那人是不请自入，所以也不必认真对待。

楚北望没拿自己当客人，夸张吸一口气后，钻进厨房，三五下，端了两碗面出来。不管金步摇吃不吃，他山吞海啸吃得香甜。干吗不吃，凭什么不吃？她的地儿，她的灶，她的面。

一碗面下去一半，刘簪儿进了门，剩下的半碗送到手里，她一点没客气，比楚北望吃得还囫囵。想来一天没吃过东西了，金步摇看着，委实有些心疼。

门里头，除了金步摇，就数她和薛小钗最为交好。有很长一段时间，两人吃住都在一起，说笑玩闹互相照应，有人说看着不似姐妹，倒似夫妻。薛小钗出事，刘簪儿到现在还一滴眼泪没掉，都压在心里了。

金步摇明白，这是憋足一口气，要给薛小钗报了仇才行。

刘簪儿放下碗，胡乱抹了一把脸。她整个晚上都在红房子，这种地方没人干得久，只有后厨一个干杂活儿老婆子还记得冷雅琴，收了钱，开了口，第一句便是，那女人不简单，说是唐文博看中了收入房，其实她来这儿就是要钓金龟婿，所以每次唐先生来，不管是不是她的台，她都费心招呼。这不算啥，这里的女招待十有八九都是这个心思，上了岸，好好过日子就是了。巧在老婆子的同乡在唐家隔壁干活儿，两人三不五时地凑在一处，也就瞧见过冷雅琴偷溜出门，开始都觉得是有了外心私情。一次赶出去找货郎配丝线，在巷子里头看见接冷雅琴的人，生硬面孔，脸上还有一处十字疤，看着不似奸夫，倒像奸贼，冷雅琴露出害怕的神色，想要走开，被那人一把拽住，脚下踉跄，差点跌倒。那人还不满意，硬是把嘴上叼着的烟头按在冷雅琴胳膊上。老婆子替冷雅琴愤愤，怎么招惹到这种货色？

刘簪儿一口气说完，金步摇和楚北望心里各自有数。金步摇想来，冷雅琴是被日本人胁迫，身处险境，浑身的伤是日本人所赐，她要逃走，于是来找华胜集相助，加上赤木鬼撞门，硬是把华胜集拉入局，说是与己无关，怕是也没人信了。再往深处盘算一层，冷雅琴对日本人无用，他们派人搜集情报，针对的是军界，根由还在唐文博，这无良律师到底是什么来路？

金步摇思量着，目光撞上楚北望，心里清明了两分，一来清楚他还有所隐瞒，二来知道想要抓住十字疤，弄清楚根由，单靠华胜集不行，还要官家出面，几份的仇一起报，且最大限度降低对门内的伤害。她不是小气，是身为龙头职责所在，于是把自己分析经历的这一切坦白。拿人当枪使，找人挡子弹，总要有个好姿态。

楚北望听得有些惊心。这个"暗樱"如此张狂，居然光天化日就敢绑架劫人，重点是出入关卡毫无阻碍，看来军中和警署都已被侵蚀，所以他于公于私都愿意冲锋陷阵，但外围的事还要靠金步摇的江湖力量。这话不用明说，两人早已心照。

刘簪儿不知道金步摇和楚北望这么会儿工夫已经有了默契，只听金步摇给段五打去电话，询问伙计有没有回信，其实已经知道答案。若是人和信到了一样，段五早就第一时间通知她，到现在还人信皆无，怕是已经出了变故。段五只好坦言，因为派去的人一直没回来，又派了第二批，找见的是前一批的尸首。对手强悍，说不定还有埋伏，担心金步摇再涉险，段五先一步通知了老七，让他亲自下山盘查，待有个结果，再来知会。这一来一去，最快也要一天工夫吧。金步摇怕夜长梦多，对方一旦再度走脱，对他们来说，可就是大海捞针了。

楚北望抓起电话，找到守在警署等消息的老路，叫他找几个信得过的兄弟，速到城外树林红砖窑。按照楚北望的意思，金步摇留在小楼最好。金步摇冷笑一声，她已经害了一个，难不成还要让一个涉险，自己袖手旁观？传出去，她岂不是江湖上的大笑话？刘簪儿早就站到门口，看样子也要一起上路。金步摇知道刘簪儿多想亲手帮薛小钗报仇，但还是坚决不许。对手在暗，到底什么势力、什么目的都不清楚，多去一个人，多一分危险。刘簪儿要辩解，金步摇不说话了，这事儿没有商量的余地。饶是刘簪儿机巧，也清楚门有门规。金步摇很少对姐妹们冷脸，但也从来是说一不二的。这会儿楚北望能看出龙头的威风了，令行禁止，没通融，没情面。

刘簪儿退到一边，低下头领命，金步摇才继续安排，我们走了，你就去找哥萨克保安给一封银钱，让他们夜里辛苦，多巡视几轮，理由是醋海翻波。那些洋人看着雄壮，可听见桃色花边一个比一个兴奋，弄不好能直接驻扎在门外，边等热闹边拉出第一条防线。堂口那边没有消息，想来还安全，其他姐妹若是得信来，都留住。现在不知道对头还有什么下作手段，以防万一，收缩团聚，他们再嚣张也不敢在这个地界横冲。

安排妥当了，金步摇上楼换了一身深色西装马裤，高跟鞋换成马靴，匕首插进靴子里，手枪装进小皮包，再落入楚北望眼里的就是一个从没见过的英姿模样。许是楚北望惊讶到忘记了遮掩，金步摇第一次看到他眼里有了男人见她时该有的眼神。楚北望自我解嘲，金老板，你若是个男子，这天下恐怕就没有其他男人活的份儿了。

6

春夜萧索，树林中总会有夜游的飞禽捕食，翅膀划破黑暗，发出尖锐嘶鸣。楚北望沉默开车，带着金步摇再回到刚刚惊心动魄之地，眼角余光扫量，女人脸上也无半分波澜。察觉到楚北望的视线，金步摇开口也是正事，来之前他们核查过，出了树林确实有一栋红砖窑，算不错的话，怕有个三五分钟就到了。只是不知道里面藏了多少人，你的支援几时能赶到？

楚北望信老路，按照路程推算，应该慢不了几步。两人说着，车子已经开出了树林，月亮从云层后面游走出来，清晖光晕下，能看见远远一处砖窑的轮廓。楚北望把车停在路边，不想惊动了里面的人。

你在车里等我，我先去探路。楚北望说完推开车门，不出所料，金步摇也跟着走了出来。

领情不听命，不然她就直接等在小楼了。何况一起闯个危局，还能开口要答案，那唐文博到底是什么人。

原来金步摇也清楚，赤木的出现是误入，但后面的意外危机里，唐文博才是其中关节。是她撒出人去查唐文博，才惹来是非。她有资格清楚底细。

楚北望继续前行，砖窑越来越近，他拿出最好的答案，一个被日本人看作对手的人，不是坏人。

金步摇盯着楚北望，他直视前路，不是避讳闪躲，而是坦荡直白。好，她可以接受这个答案。那冷雅琴呢，还有那些伤？他至少不是好男人。

楚北望无法接受唐文博死后还被误解，慢慢吐出一口气，金老板，你怎么能确定那伤是唐……先生所为？根据我今天的审讯来看，弄伤冷小姐的另有其人。

楚北望在说到冷小姐三个字的时候，语气冰冷厌恶，其实金步摇也从所有搜集回来的消息中明白，冷雅琴还真未必是唐文博所伤，八成是为了逃走，在她跟前编的谎。金步摇不怪冷雅琴，换成她，想要逃离地狱，怕是会编造出更大的瞎话来。

就算不是他动的手，也不能证明他是个好人，金步摇语气也冷。她向来对死人有份口德，但唐文博不在其中。

楚北望知道金步摇和唐文博多年前的恩怨，也知道具秋平的案子有些冤枉。他私下里询问过唐文博，是否还有更深隐情，唐文博闭口不言。所以在楚北望看来，这并非冤案而是悬案，会有水落石出的一天。但这些话他无法对金步摇言明。

金步摇在这几年中明着没有什么举动，可私下收风，和具秋平当年案件有关的人也细细查过，各有根底隐情。但那起案子所有案卷资料却被全部销毁抹平，像是从没存在过一般。这世上除了金步摇，没人再记得具秋平，她在伤痛悲愤之余，也有一份心惊，到底是多深的谋划，才能如此为之？

于是两人无话，各自发出不易察觉的叹息。此时已经贴近了砖窑残墙，里面黑洞洞的，不见灯光人影，更显出一点说不出的诡异。夜隼从低空掠过，直飞冲天，像是被莫名的恐惧惊吓到。

从墙破处看过去，砖窑规模不算小，左手边是一排残破的平房，应该是原本工人住处，能看见平房尽头一处露天灶台。正对着他们的是三排窑口，也是门倒墙塌的残破样子。金步摇把视线落在窑口地面上，几摊红泥在月光下若隐若现。若是只有自己，楚北望会毫不犹豫地冲进去，但身边多了一个金步摇，便有些迟疑。就在两人将动未动的关头，一个人影突然从第一排窑口中间闪过，他应该也是感知了危险临近，本应该向前冲的身影转身直奔砖窑后方。

没有时间等了，也不用多说什么，两人各自掏出枪，翻过破墙，直冲进去。

身影确是渡边，他听见脚步声，居然站定了，楚北望察觉有诈，下意识拉着金步摇一起往旁边扑去，他们的身体刚刚落下，耳边响起了爆炸声。渡边回头看，对没有血肉横飞很是感到遗憾，也只能继续奔逃。

金步摇被楚北望压在身下，碎石土块雨点般落下，她闭起眼睛，在轰鸣声中清楚听见楚北望急促的呼吸，她理解那里面含有紧张愤怒，却无法逃避随之而来的他身体的紧绷。他似乎在刻意保持和她的距离。这是只有他们两个才能领会的感觉，永远无法对人言。像是过了很久，实际上可能只是瞬间，楚北望跳起追踪，奔跑的样子像个捕食猎物的豹子，金步摇有些担心，幸好，院子里再无其他炸弹。

金步摇起身的时候，老路已经带着一队警探赶来支援，不待金步摇指路，他们同时听见了砖窑后面传来的枪声。老路到底是老手，在外面已经探好地形，安排人前后包抄，留下小丁宝照顾金步摇，自己则奔着枪声追去。金步摇知道她不用再出头，松了一口气，才发现胳膊处刺痛，刚才爆炸飞溅的碎石打中了她，没流血，怕是震裂了骨头。小丁宝怯怯的，不知道该不该过来搀扶。毛头小子的羞涩，让金步摇忘了一点疼。

砖窑外，楚北望带着老路把渡边逼到绝处，只留给他一条绕远且会钻进口袋的路。渡边继续射击，楚北望和老路各自靠着残墙躲避。楚北望想要活口，对准了渡边的腿，谁也没想到渡边向后倒去，然后整个人凭空消失了。

地道。楚北望和老路同时判断，同时追了过去，楚北望抓敌心切，抢身进入地道口，被老路一把拉住。楚北望刚想挣扎，地道里面已经传来爆炸声。如果不是老路机警，现在楚北望应该已经葬身其中了。

地道已经被毁，渡边怕就此逃之夭夭，楚北望焦急中突然想起树林外有处诡异的土堆，来不及解释，转身追了过去。

到底还是晚了半步，在楚北望和老路追到树林外的时候，看见渡边居然开着楚北望的车一路扬尘而去。

7

除非他飞出奉天城去。

六个钟头前金步摇就是这么对楚北望说的。渡边丢了，一行人走了好远才找到马车，车子不大，只够塞下楚北望和金步摇，老路一伙儿藏起抱怨，低头赶路。马儿扬蹄，很快把他们丢在身后。

金步摇轻轻开口，那么多帮手，还堵不住一个？

楚北望有些羞愧，话不用再挑明，不是有人现收了黑钱，就是早被收买，不管是哪样，都不是警署荣光。外面的对手要斗，内部的蛀虫也要查，不然两面受敌，免了败局。

金步摇也没打算听到答案，做人留一线，特别是在占了理，拿了别人的短处时。她换了话题，下一步你打算怎么办？

楚北望声音冷漠，一如渐渐斜去的月亮，查，总要查出个下落。

金步摇点点头，若是放心，交给我吧。除非他飞出奉天城去。

楚北望觉得自己欠了金步摇一份人情，而她厉害处就在于，明明是她的敌人，明明是她想报仇，却顺理成章地让人感恩戴德，忽然心情好了一点，说笑一句，那我就不客气了，咱们算扯平？

金步摇知道他说的是刚在砖窑里的那一出，要不是他飞身过来，她不死也要伤。也知道他在玩笑，金步摇故意认真想了一下，不算，一码归一码，我可不喜欢占男人便宜。

楚北望笑，那就好，我也不喜欢被人占便宜。

金步摇轻笑了一声，旁人听不见，倒是自己觉得有些没脸皮，赶紧收起笑容，长路漫漫，长夜漫漫。楚北望也不再开口，夜风冷寂，两人心里应该揣着同样的心思，认识时间虽不长，倒有了旧友般的默契。

回到万柳塘外三岔路口，天边已经有了微光。金步摇下车前说，给我半天时间。楚北望点点头，这会儿才发现老路一直跟在车边，其他人气喘吁吁早就掉了队。老路倒心平气静，做了一个拱手礼，替楚北望周全，也替他表达，警署这边他们安排，不挡路。金步摇眼里露出一点江湖人的激赏，最多半天。送走了楚北望，马车尘埃不见的时候，金步摇才转了几趟小路回到万柳塘。

偌大的别墅楼，那么多房间，金步摇进来的时候看见刘簪儿、花钿和银锭儿都睡在客厅沙发上。三个姑娘各自守一个角落，听见门响，差不多一起蹦起来。金步摇谁都没搭理，转身上了楼，拿起电话找段五，让他帮忙查昨夜的车。电话挂断，金步摇换下一身沾满了灰尘落叶的衣服，简单清洗一番，段五回了话，确实有一辆车，可是进了附属地。那是他们进不去的地盘，到底钻到了哪里，需要费一番周折。

金步摇拦住想要亲自上阵的段五,帮到这步已经足够,剩下的事她会料理。

换上家常便服,松绾发髻,下楼看见几个人殷切的目光,找,一定要找出来,金步摇接过银锭儿端来的姜茶,吐出满肚子凉气。车挂着奉天警署的牌子,进了附属地。两个钟头,我要准信儿。

刘簪儿听完就往外跑,附属地不小,日本人车也多,但要找一辆半夜冲进去的警车下落,不难,刚跑到门口,就听见金步摇的喝止,要找,但不能明找,你知道暗处多少人和枪?刘簪儿眼下情急,手脚难免毛躁,只能留下来。这关乎生死,没余地照顾女子心绪。

刘簪儿站在门边不动,眼睛盯着金步摇,心已经飘到外面,忍了一下,还是没忍住,难不成因为有危险就等着?小钗的仇怎么报?一声质问,屋里的都变了脸色。

金步摇差不多两夜未眠,又是枪击又是炮弹炸,怕她们担心,都忍住没说,难道还要平白挨指责?谁比谁的性子更好些?于是金步摇冷笑,看来你是花木兰,心里还藏着怪我的念头,都是自家姐妹,不怕有话直说。不如事情都交给你,这个龙头你来做。免得我占着位置,耽误了你的血海深仇。

话够重,刘簪儿咬着嘴唇,好咋呼的,心里都弱,这会儿已经要哭出来,倒好像是金步摇欺负了她。金步摇还有滚珠一样的话到了嘴边,银锭儿赶着把昨夜里就在小灶上炖的参汤端出来,直接送到她手上,嘴角含着告饶和事的浅笑。

金步摇猛地惊醒,她是一屋子的主心骨,和刘簪儿斗嘴,输赢都没理。

银锭儿转而看着刘簪儿，安抚摇头，意思很明显，这当口，最着急的是龙头，最不耐烦的也是龙头。咱们要帮忙，就得齐心合力听安排。这话都在眼神里透出来，刘簪儿明白，慢慢把咬死的嘴唇松开，几步走到楼梯处坐下，低头不言语了。

一身洋女子装扮的花钿从金步摇进门到现在，站起坐下，一言不发，样子像是置身事外，其实内里在盘算出头的时机。花钿和华胜集众多姐妹都不同，念过新学，心高气傲，平日和其他人总保持距离，出入的也都是奉天城最好的地方。姐妹们和她也远，嫌她端着，又没有手艺，梳头不行，妆面也不行，就靠一张好脸骗男人。她看着大家都不吭声，笑着起身，姐，我去办，你放心吗？

其实花钿确实是最好的人选，起码外头鲜少有人知道这个娇滴滴大小姐、新潮洋女郎居然也在华胜集。她平日总和日本人打交道，出面确实更合适。

金步摇点了点头，还是那句话，要查，但不能显山露水，不能有差池。花钿看着张扬，心里细致，可不嘱咐清楚了，金步摇总还不能放心。

与此同时，楚北望带着老路几个回到警署。张一相难得大清早现身，办公室的门敞开着，咆哮训斥声让各路属下胆战心惊，难得呈现出一副忙乱景象，手里抓着不管什么案子，这会儿都成了挡箭牌、护身符。

经过行动二组办公室，楚北望站在门外就听见陶量风驰电掣地安排人手马上行动，抓捕金步摇归案。安远贤站在门口，半侧身子，目光迎着楚北望。看来顾旅长和张一相聊过了，安远贤在警署可以出入自如。

走廊忽然安静了，陶量大马金刀地带人闯出来，双腿并拢，行了一个前所未见的标准礼,报告署长,二组已经集合完毕,马上行动,请指示。

楚北望心里轻叹一声,看似不能挽回,也必须要挽回,哪怕只是半天也好,心里想着,脚下已经行动,整个人挡在陶量跟前,气出丹田,带着旁人前所未见的悲愤,陶队长,抢功啊?陶量像是要开口,楚北望手起掌落,一声脆响,陶量被抽得踉跄,脚下退了好几步,靠着墙壁才停下来。

走廊里安静得能听见每个人的呼吸和心跳。

你姥姥!陶量吼着冲过来,揪住楚北望的衣领,楚北望掰住陶量的胳膊,两人四肢拧在一处,加上各自出口成章的唾骂,厚实的俄罗斯大理石也被震撼得地动山摇。

张一相的脸色只能用铁青来形容,妈了个巴子的,想造反?!他掏出枪,对着天花板连放了三枪,身边惊呆的手下集体回神,冲过去把两人撕开。

署长办公室里,张一相砸碎了手边所有易碎的东西,楚北望和陶量一人站一个屋角,躲避碎片,目光交织还是想要撕碎对方的架势,直到张一相找不到东西,又掏出枪来,两人才各自扭头,平息怒火。

楚北望先一步诉苦,署长,我这一天出生入死啊。

陶量紧跟其后,署长,他根本就是色迷心窍!

按照陶量的说法,唐文博被杀案凶手就是薛小钗,有老妈子的供词为证,幕后主使便是金步摇。楚北望气到跳脚,那冷雅琴的死怎么解释?薛小钗又是被谁杀的?难不成是杀完人畏罪或者良心发现,自己把脑袋伸进了灶台里?根本就是一派胡言。

陶量冷笑，薛小钗潜入，要带走冷雅琴，被唐文博发现，薛小钗杀死了唐文博。没问题吧？冷雅琴见闹出人命，心中惊恐，畏罪服毒。没问题吧？至于薛小钗，很有可能是闯下如此大祸，被门外放风的同伙灭口，还故意塞进炉灶，目的就是毁容切断线索。没问题吧？这些事抓来金步摇，一审便知。

楚北望简直要吐血，更让他暴躁的是张一相居然还在认真思考陶量的"分析"，显然，还有两天时间，找不到真凶，金步摇是比老妈子园丁几个更适合做凶手的。当然，六姨太和金步摇有交情，可他对六姨太的兴趣是越来越少了，仗着几分姿色，没大没小，肚皮也不争气，也许可以趁此机会一石二鸟。张一相颇为佩服自己的果断机敏，是做大事的人才啊。

楚北望不知道张一相此刻内心翻涌，往前走了一步，只提点了一句，不管怎么说也要给五夫人一点面子吧？都知道大帅的五夫人眼下在帅府里头当家主事，自家的小妾可以不予理睬，可得罪五夫人就没那么容易了。何况金老板经营多年，手里怕是有些不能外传的各家秘闻，真动起来，咱们未必得好。

张一相刚做好的决断此刻又拧了回来，恼羞成怒居多，盯着楚北望，像被人踩到尾巴的老鼠，咬牙切齿，两天，找不到凶手，你他妈的别回来！

8

奉天火车站往东、大广场往西是大名鼎鼎的大和旅社，由日本顶级建筑师太田宗太郎设计，混合了日式和欧式风格，雕花门廊和京都雨搭融合在一处。门口挂着迎来送往的招牌，实际上是各路消息汇聚又散发的中心点。这也是满铁附属地的核心区，四周分布着日式酒馆、最新潮的百货公司和肃穆的南满调查本部，闹中有静，歌舞升平。

客人五花八门，逃难的白俄贵族，捞金的美英探险家，操着南方口音的粮食商人，声称进行社会研究调查的学者，以及他们身边妖娆的各式女人。他们一般傍晚时分便会聚在一楼宴会厅，吃着最好的牛排和生鱼片，喝着漂洋过海的红酒清酒威士忌，闲言碎语中探听虚实，交换情报。

是的，他们都是间谍，效忠于一个或几个老板，在不伤害南满和日本利益的时候，这里欢迎他们光顾，顺便也让旅社老板竹下君可以在纷杂乱世中总保持一双慧眼。

花钿以哈尔滨富商女的身份在旅馆三楼常年包着一个套间，初来时自称学生，想取路大连奔法国留学，在此中转，一住就是大半年，没人见她读书预备，倒是常在酒吧舞厅中盘桓。这不奇怪，交际花的惯用套路，没人不识相地来揭穿，倒是多了不少追求者。花钿举止高雅，笑容甜美无害，从不刻意打探消息，就连有些人醉酒后无心透露点什么，她听到也不会外传，最多趁机敲诈一两件礼物，坐实了贪财，更让人放心。连老板开宴会招待调查本部要员时，也会找她来作陪，一来二去，花钿在南满高层中有了几个说得上话的朋友，和一个死心塌地的追求者——工程师藤本。

领了金步摇的命，花钿回到旅社宴会厅。正是早餐时间，习惯了夜生活的洋人都还在睡梦中，四下落座的都是在满铁任职的日本人，自律勤奋，每个人心里都有建功立业的美梦。他们住得都不远，习惯在这里吃一份地道的日式早餐。

花钿看见藤本，微笑着走过去，藤本受宠若惊，站起来迎的时候碰翻了咖啡。花钿忙赶上两步，递上自己的真丝手帕。藤本简直要晕过去了，接下来，不管花钿说什么，藤本只剩下照单全收的份儿。

花钿的故事很简单，昨夜外出遇见了劫匪，她叫司机一路追赶，那人却进了附属地。中国司机只能在自己地面上见义勇为，一脚刹车让花钿撞伤了额头，看不出吧，可现在还在隐隐作痛。若只是丢了钱包也没什么，身外之物本来就不足挂齿，可里面有母亲留下的遗物。花钿红了眼眶，哽咽不语，藤本心疼又愤怒，表示一定尽全力帮忙。花钿又开口，就怕再给你添麻烦，其实只要问下昨夜有没外人进来就好，其他的她会另想办法，绝不是怀疑藤本的真心或能力，只是不想因自己的琐事让藤本引人猜忌。如果藤本不答应，她宁可不要这份纪念了。

没个不答应的，藤本更觉得花钿懂事又体贴。两个钟头后，藤本往房间打来电话，告诉花钿，除去其他正常进出，昨夜还有一辆挂着警署牌照的车进了南满株式会社的后院。可是，你确定这是你要找的人？

花钿叹息一下，藤本工程师的脑子聪明且简单，贼人用了假牌子，居然就瞒了你。

藤本沉默了一下，可那人是调查员武造的亲友，应该……会不会是你搞错了，抢劫的另有其人？要不要以我的名义去奉天警署报案？我保证会让他们竭力调查。花钿只好顺水推舟，许真是我搞错了，我自去报官就好。你不是还要忙着周年祭的事情吗？就不麻烦了。

放下电话，藤本开始责怪自己，女孩子丢了母亲的礼物，心急情伤，他的话是不是生硬了些，于是暗下决心，若花钿再来求助，一定要更加用心温柔。

周年祭是南满株式会社一年一度的大事，宴会前后分为三个部分，今晚是最隆重的开幕宴，藤本作为工程师，第一次有幸参与，本来激动非常，这会儿却觉得其实这并不算什么，起码没有花钿的笑重要。

金步摇睡了两个小时，梦境纷乱，整个奉天城悬挂在空中，像个倒扣的钟，把她死死罩在里面，她带着门下姐妹夺路而逃，前面不远出现了一抹白光，薛小钗站在光外，用力招手，她很想跑过去，可路面出现了一条鸿沟，怎么也跨越不过。偏还有个楚北望在一边冷笑，告诉她一切都是徒劳。她不信，在梦中挣扎叫骂，大汗淋漓，直到电话铃声把她惊醒。

人查到了，下一步该如何处置？

9

楚北望接到消息，知道事情陷入僵局。张一相再心急破案，也不会让警察公然进入附属地，何况还是南满株式会社。这件事通报上去，最好的结果是大做一番官面文章，出具公文，交涉要求对方交出嫌犯。不用想也知道，日本人怎么会理睬？还有一种结果是张一相马上命陶量抓捕金步摇，说不定还要给她一顶栽赃国际友人，破坏日中友好的帽子。到时候就算五夫人亲自驾临，也难以保全。

楚北望再次光临万柳塘小别墅，不管身后刘簪儿和巧蓖好奇的注视，硬把金步摇叫进书房，反客为主，坦然陈情。

金步摇听完，半晌没开口，目光直直落在楚北望脸上。楚北望怀疑自己脸上写了什么天书。

你倒坦白，金步摇轻声说，就不怕我现在去闹你个放纵凶手，再搅和出张麻子不作为的丑态？

楚北望笑了，早知道你不是一般女人，你只会解决问题，而不是在这种无用处的地方浪费时间。

好，那你说说，下一步我们怎么做？

我们？

我们。你既然把利弊想了分明，也应该想出了解决之道，说来听听。

楚北望的打算是借着南满株式会社周年祭的由头，想办法混进去，进入之后分头找人，外围安排接应，把人带出附属地，这人是通往"暗樱"的唯一线索了。

这办法说起来简单，但步步凶险。且不说里面遍布岗哨，就是那些所谓南满职工，谁身上不带枪，谁没有一两下自卫进攻的本事。稍有错乱，就是重重包围，被人乱枪打死，连喊冤叫屈的资格都没有。这根本不算是办法，而是铤而走险。成功是意外，需要所有运气和老天爷帮助。失败是必然，最多得亲友一两滴泪，还要被骂脑子坏了，自寻死路。

怕吗？

怕。

楚北望满意了，所以，我一个人去，你可以在外围接应，到时候……

金步摇打断了楚北望，怕就不做了？怕就不活了？你救过我一次，我不喜欢欠人情，所以，一起去。因为这个胡闹一样的法子是她帮薛小钗报仇，查出真相抓住真凶的唯一法子了。

只看一眼，楚北望就知道劝不住金步摇。这女人狠下心要做的事，要么成，要么死。

书房没书，书柜里满是酒，倒应了眼下的心绪。反正已经反客为主，就不怕再加一条喧宾夺主。楚北望找酒杯，倒酒，塞进金步摇手中，一气呵成。

来吧金老板，祝我们好运。

一饮而尽，楚北望从怀中掏出准备好的南满株式会社内部结构图，三层红砖楼，几十个房间，想要找一个藏匿其中的人，如何下手？

楚北望手指点着转角处，明面上警探不可能进到附属地调查，但那里总需要干活儿的中国人吧？而在那里讨生活的国人，往往也是最恨他们的人。所以，他在赶来之前，已经找到了帮手。

可是时间太少了。金步摇还是有点担心。

楚北望笑了，好就好在那是一个准军事机构，意味着衣食住行都有一定之规。何况正是周年祭的当口，突然冒出一个人来，总会露出形迹。

好，就当你准备妥当，现在还有一个问题，你有请柬吗？金步摇问。

楚北望看着她，这就要拜托金老板了。你一定有办法。

第四章

> 君不见，残樱渡海汹涌浪；
> 君不见，断肠别情满毅山

在金步摇和楚北望进入小楼后，柳映辉穿着一身竹青色装点细粉暗樱的和服出现了。她自在坦然，穿木屐走得四平八稳，脖颈露出一抹雪白肌肤，让走在她身后的日本人垂涎欲滴。他们以为自己是捕蝉的螳螂，其实她才是在后的黄雀。

春寒

1

同泽俱乐部顶楼整层都是专门接待贵宾的高级套房,按照吕少校定下的规矩,需要至少师以上长官才有资格入住。没人有意见,大部分中级军官到了三层赌场就已经觉得自己进了天堂。李秉毅喜欢天堂,但不妨碍偶尔疲惫需要一张好眠床。仗着亲爹如果活着是那些师长的上峰,他屈尊喊声叔叔伯伯,四楼的钥匙就到手了,天堂的欠账也总能结清。不过代价是要听那些糟老头子说些你要争气的废话。

谁不想争气?他们集体忘记了他曾是讲武堂第一名毕业,忘记了他还是个连长的时候冲锋在前,忘记了他老爹突然暴亡,毁了锦绣前程。没有老爹一手提拔,他们中的某些,不知还在哪个山坳里吹北风拼刺刀呢。所以他们再肉疼,也要掏钱出来,不然落得一个没情义的骂名。他们不是心疼他,是想往前奔。奉系出身草莽,看重江湖义气,仗义比能耐更要紧。所以,他凭什么领情,凭什么听话?

这会儿李秉毅正躺在暗红丝绒大床上,看着柳映辉对镜梳妆。若是寻常日子,再过一会儿她就要登台,对着一众色鬼搔首弄姿。她说这是艺术。李秉毅心里暗骂一声,脸上是惯常挂着的不忍和心疼。柳映辉从镜子里看见,冷哼一声,有这个工夫跟我演戏,不如想想怎么善后。李秉毅从床上蹦起来,不忍变成了委屈,心疼是一始贯终的。

委屈算是真的,声音都发颤了,目光落在柳映辉的樱花胭脂盒上,心尖颤了一下。谁能想到呢?落魄皇女美艳歌姬,风情万种我见犹怜的柳映辉是"暗樱"情报组的负责人。

柳映辉,又名森田辉子,中日混血。母亲确是出身清朝皇室,外祖父是贝勒，可惜是不太得志的闲散人。父亲是日本驻清低级外交武官，在一次宴会上和母亲一见钟情。对双方家族来说，这都不是体面事儿，奈何两人情深，硬是拼着各自叛离亲人的决心也要结成姻缘。婚后，父亲被调回日本，母亲带着年幼的辉子一起远赴东洋。她自小被周围的孩子瞧不起，家族中对她们母女也是冷眼。越是这样，她内心越是以血统为傲，大清覆灭，她哭到几近晕厥。匡扶清室显然是痴人说梦，但建功立业，不辜负身上的皇族血脉则成为行动的理想。为此她恳求父亲将她送去学习情报军事课程，因长相秀美，还增加了演艺训练，为日后展开间谍工作做好万全准备。

柳映辉成绩出众，精通中日文化，很快在一众学生中脱颖而出，被选入关东军特务机关。本以为可以大展宏图，谁知道因为外祖一支也有人从政，且宣传反日，她受到牵连，成了一枚闲子，落在奉天，说是领导"暗樱"情报组，但只有一些极寻常的情报搜集工作，做好了无功，做不好有过。

柳映辉不甘于只做一个寻常特务，想要干一番大事，可以登上史册的那种，于是苦心布局，钻营奉军高层，意图将反日将领一网打尽。这是一个庞大且需要细致谋划的工作，柳映辉委曲求全也好，卖笑婉转也罢，都是为了实现这一目标。前不久，柳映辉得知关东军高层有意启动针对大帅的制裁行动，这是一个千载难逢可以彪炳史册的机会，可这种好事轻易不会落到她头上，很是费了一番周折，才算入局。她先找出那些反日的奉系军头，收买或清除，为制裁大帅后顺利接管东北做好准备。在调查过程中，发现唐文博也在寻找分辨反日和亲日系，柳映辉收买冷雅琴为眼线，查清唐文博真实身份和动机。谁知道冷雅琴胆小，几次想要逃走，逼她利用渡边抓住冷雅琴，收买改成虐打，强逼冷雅琴听命。可冷雅琴还是不甘心，居然辗转找到了金步摇。

柳映辉了解金步摇的能量，怕华胜集参与进来，自己的计划暴露，干脆抢先一步行动，赶去唐宅。

唐文博确实是柳映辉亲手所杀，那夜她想先下手问出根由，没想到薛小钗出现，无奈只好灭口，又杀死了意图反叛的冷雅琴，处理了想要逃走的薛小钗。要不是渡边用的毒被人识破，这两件事本来牵扯不到一起。现在人家顺藤摸瓜，眼看要查到这里，必须尽快切断所有连接，所谓壮士断腕，只不过牺牲的是别人。

李秉毅一开始没想到，到现在也不愿意承认柳映辉接受他的追求，只是因为利用，用她的话说，没有比一个失去靠山的纨绔更好的挡箭牌了。不承认也没办法，头次滚在床上，娇喘吁吁后睁眼看见的是顶在自个儿脑门上的枪口，下面就一溃千里，后来再怎么也提不起精神来。柳映辉毫不介意，心情好的时候还调戏安慰，说这样他才好一直听话，也才能一直留在她身边。

他是男人，没本事也是。不求爱，不求尊重，他要一点平等总行吧？不然都睡不踏实，梦里戎马一生的老爹总拿着枪要毙了他。柳映辉明白，还是那句话，听话，等她成了事，自然会给他好果子。眼下他要做的就是好好地"包养"她，再把他军中的人脉都介绍给她。不是不行，只是那样之后，他失去了全部价值，恐怕听话也没用了。

于是他发了昏。早知道柳映辉安插了冷雅琴在唐文博身边，目的是查明唐文博的真实身份，且想看看有没有收纳合作的可能。听到金步摇要查唐文博，怕暴露了线索，李秉毅暗中找到柳映辉的手下渡边，以金步摇威胁到"暗樱"安全为由,要他带人出手处理。本以为金步摇不过是个江湖女子,在职业特工面前不堪一击,谁知道一击不中,又被反咬,还把唐文博的死也牵扯进来了。

柳映辉知道后大怒,李秉毅求饶了好久才算平息下来,再交给李秉毅一件事,将功补过——驱除渡边,回国或者入关都好。哪想他居然擅自做主威胁要渡边自裁。把人打死和把人逼上绝路,后果截然不同。现在渡边进了南满,而南满高层在针对东北问题上和关东军素来有分歧,南满调查本部几次上书内阁,都是建议和平解决,颇对某些胆小者的心思。关东军决意私下动手,就是想绕过内阁和南满,造成既定事实,并在日后全盘接管东北。如果渡边有所泄漏,南满一定会阻挠,说不定还会闹到天皇处,柳映辉和关东军的计划毁于一旦,她也自身难保。好在渡边能逃,就是想活,应该清楚得罪关东军的下场,不至于一早掀开底牌,应该还有挽回的余地。所以她一定要在渡边发疯之前将事态控制住。这不容易,还有在南满那边暴露的风险,多年隐忍铺排,一朝前功尽弃。

柳映辉转过身,冷冷地看着李秉毅,这就是你口口声声要帮我的结果?

李秉毅膝盖一软,跪在了柳映辉脚下,蜷缩颤抖,涕泪横流。他只是一个没用的男人,只有一颗忠心。

在柳映辉看来,现在的他还不如一条狗。可还能怎么样呢?想在这里立足,她还要养着他,就当养一条狗。好在也不是没有收获。向来不问军政的华胜集冒出了头,知道线上扯着的不光是男女私情那么简单,还要死不放,兴许也有一份图谋。一直吊儿郎当的楚北望也冒出了头，她不在乎后者，若是碍事，便可暗里处置。她感兴趣的是金步摇，人有图谋就有了软肋，江湖人为恩怨为利益，都可以拿捏，若真能为己所用，日后做什么都可事半功倍了。

楼下传来缥缈的音乐声，柳映辉转身继续打扮自己。对了，她今天不登台，是要去赴宴。李秉毅马上爬起来，胡乱抹了一把脸，又是个溜光水滑的俊男子。他会去找俱乐部值日经理说项，就说柳映辉身子不舒服，需要在房间静养。当然他也会像日常那般行事，不让任何人起疑。

是了，所谓日常行事，就是钻进赌场，以交往探查为名，赌一个天昏地暗。柳映辉看破不说破，由着他去吧。

2

南满株式会社是一栋漂亮的红砖楼，楼前有花坛、车场，楼后一片空地是平层仓库。在仓库南边有一排瓦房，总务部管辖的厨房、杂料间都归于其中。瓦房后头是一块狭窄的菜地，刚刚翻整好，预备过些天种下白菜或者茄子。

老路穿着厨房围裙，跟着一个年轻人一起倒泔水。年轻人叫成家得，刚满十六，从沈阳县来，有亲戚作保，进了这里帮工。菜地就是他修整的，从小在乡下，种地是把好手。和所有乡下孩子一样，成家得憨厚勤勉，珍惜这份来之不易的工作。爷爷求了人好久呢，还送去了自己珍藏多年舍不得喝的头曲，叮嘱他少说话多干活儿，不要惜力气，等赚了钱，回乡娶老婆。只是爷爷不知道，亲戚口中的饭馆子俏差事,是来给日本人打杂。成家得有心不干,可想想爷爷老迈,身子骨也不好,等着他赚钱买药,于是干脆和亲戚串通了,不跟爷爷说实话,问起来就说是寻常饭馆子,吃得饱,学得到手艺,收入也多。

和其他孩子不一样的是,成家得还有一身硬功夫。爷爷年轻时候走镖,江湖上也算小有名声,受伤后回乡开了武馆,十里八乡的少年都来拜师学艺。他从小跟着爷爷和师兄们练通背拳,爷爷说天资有限,难成大器,但防身健体够了。

老路眼毒,几眼看过去是不是练家子心里就有了数,于是着意拉攀关系。成家得如实相告爷爷名讳,老路笑说,知道知道,前辈好汉,有次你爷爷进城来买药,我还请他喝了茶。成家得一愣,随后忙行大礼。爷爷开武馆教乡邻,分文不取,平常日子烧炭换几个钱。一次进城来卖炭买药,差点被无良警察无端克扣,还好遇见了一个好人,出面解围不说,还请他吃了一顿好茶饭。爷爷回家感叹,世风日下,可依旧有人心。爷爷说那是恩人,日后如有相逢,一定要报恩。

老路退步让开,点滴举动,是仰慕老英雄,何需报恩?成家得看四下无人,低声问,老路大叔,爷爷说您是警察,怎么也来了这里?是不是……老路不语,盯着成家得,年轻孩子气盛呢,当成默认后接着说,大叔,有用得着我的地方,您只管吩咐。

太阳收起了最后一抹余晖,前院挂好的彩灯便闪烁起来。南满株式会社白底黑字低调招牌被映照得五光十色,光影下,黑色汽车慢慢经过,然后停在门童示意的位置上。

要很仔细地看，才能看出门童居然是楚北望。

这是金步摇的主意。弄请柬不难，奉天城顶有头有脸的都接到了邀请，只是做贵宾，难免会招惹目光，日本人喜欢繁文缛节礼数周到，走到哪里都有人伺候，哪有扮成门童行事来得方便。

楚北望抗议，金步摇又说，你能保证里面没人见过你？一个警探突然出现，不防备的也防备了。找人没结果，打草先惊蛇。

这倒是一个合理的借口。楚北望发现论斗嘴皮子，真不是金步摇的对手。之前在俱乐部他能侃侃而谈，只是她不想跟他计较。楚北望服了，和女人较真论理，恐怕需要一整夜的时间。他服从安排，然后眼看着金步摇几个电话打完，巧蔻给他装点好，他就成了即使亲妈站在对面都未必认得出的人。

楚北望把第三辆车接引到侧门边，打开车门，金步摇穿着西洋礼服款款走下。两人侧身而过时，楚北望轻声说，小心。

这还是金步摇的主意，一个隐身暗处，一个招摇过市，她宁做饵。渡边已经杀了她两次，再见还会按捺不住要动手，只要心急身动，他们就有机会。金步摇款步慢行，甚至可以感觉到楼内某扇窗后面，有双眼睛一直盯着她。

没错，渡边确是在二楼工程部杂物室的窗口。他昨夜抢车逃离，投奔曾经的好友武造，乞求收留。在军队时，武造和他一样被欺负，但从不知反抗，一次无缘无故被班长扒下外衣赶到雪地里，是他伸出援手，拼着被责罚送了一床被子来。不一样的是，武造熬过了地狱般的磨炼，被派到南满株式会社做了少尉调查员。见到渡边，武造没有多问，答应找路送他离开，不过要等到周年祭之后。渡边暂获安全，以为可以像之前一样换个地方东山再起，可没想到他们都来了。

在金步摇走到灯光下的那个瞬间，渡边已经决定动手。这是他绝地反击将功补过的唯一机会，就算不为了自己，也要为了遥远且艰难的家人，为了妹妹还能有希望结婚，为了父母能够在饥寒交迫的同时挺起脊梁做人。

为了他们还能以他为荣。

金步摇走得风情万种，摇曳生姿，吸引了全院目光，也让楚北望有机会到后备厢里拿出另一身侍者衣服，好混进楼内。做门童可以把车停在逃生路径上，做侍者才能暗中保护金步摇，抓捕渡边。

楚北望忽然苦笑，好歹也是探长，好像见到金步摇后，只剩下任人摆布的份儿了。

在金步摇和楚北望进入小楼后，柳映辉穿着一身竹青色装点细粉暗樱的和服出现了。她自在坦然，穿木屐走得四平八稳，脖颈露出一抹雪白肌肤，让走在她身后的日本人垂涎欲滴。他们以为自己是捕蝉的螳螂，其实她才是在后的黄雀。

3

周年祭很隆重。日本人确是礼数周全到让寻常人看了头疼的地步。现场表演，歌舞伎和鼓乐应和，悠扬的日本小调在空气中肆意张扬，侍者们端着各种美酒佳肴穿梭在客人中间，不让任何人酒杯空置。

金步摇站在最显眼的地方，一边喝着清酒一边张扬地笑，引来满场女客侧目。她们有些出身日本贵族，讲究淑女做派，笑不露齿，另一些很想冒充贵族，于是派头更足。她们看不惯金步摇这种风情流露的样子，认为是女人的羞耻。

金步摇笑得更放肆了，因为男人们喜欢。她一边和凑上来的某个买办打情骂俏，一边抬眼看着四周。渡边快要出现了吧。楚北望端着一盘西点在不远处护着，除了某个试图让他把西点换成鱼生的男人，没人注意到他。

柳映辉庆幸自己装扮得体，可以完全混迹在一群日本太太中间，逢迎她们精致的妆容，讨她们欢心，甘愿当掩护。金步摇因为厌弃，目光匆匆扫过这一群，未做半点停留。她是安全的黄雀。而他们真是要逼渡边发疯，于是心里轻叹一声，这就不能怪她要下死手，本就是你死我活的戏码，何况还被逼宫到了山门前。

渡边本来躲在二楼一间杂物室，武造安排了车，明儿一早送他离开。只是内急实在不能忍，又想说楼下如此热闹，不会有人注意到楼上，何况这里是南满总部，那些奉天警察除非不要命，否则断然是不敢来此造次的。想好了，就走出门，多少还是带着点小心，沿着柱廊走，可老天开眼，一个转弯，他正好走在能让金步摇看见的角度。

金步摇和楚北望同时发现。金步摇推开贴得越来越近的买办，借口要补妆，往楼梯口处走。楚北望则直奔侧门，穿过后厨，有一个安全梯可以直通二楼。几乎就在同时，柳映辉也挪到了电梯边，蝉与螳螂，一个都别想飞。

金步摇和楚北望堵在二楼走廊两侧，大厅的音乐声越发欢快，他们看见渡边闪身消失的侧影。时间紧迫，每一个节拍都在催促他们行动。偏偏守卫二楼的三个警卫从北面走廊出现，正朝着这边来。金步摇无奈,只好现身,脚步略带着一些跟跄,轻咬嘴唇,拦住三个警卫的去路和视线。他们果然被她牵扯了目光,心里不同程度地浮想联翩。

楚北望等到警卫们跟着金步摇的身姿走到另一边,才从藏身处出来,奔着眼前那扇门冲过去,以为至少会有阻碍,却发现门是虚掩的,这是陷阱,也是必须闯的龙潭。

抬眼看,金步摇还在那边和三个警卫周旋,楚北望准备进门,忽然门里传出一声枪响。他无法收回脚步,还是一头冲了进去。渡边倒在地上,胸口正在冒血,一个身影消失在窗外。楚北望抓起渡边,说,你的上线到底是谁?

渡边笑了一下,看不到楚北望,眼前最后的画面是家乡的海、家中的破木船,是父母劳累一天后依偎灯下的笑容和妹妹永远纯真的歌声。

渡边死了。不知道他最后有没有一点后悔。

走廊里充斥着纷乱的脚步声,守卫们从各处往枪响之地会聚,金步摇趁乱逃到大厅,和其他惊慌失措的人群一起往外逃离。在逃出大门前,她回头张望了一眼。

她不知道楚北望能否有机会脱身。

柳映辉先一步从二楼墙裙外撤离,众人奔逃的时候,她已经收起了藏在和服里面的绳索,换上一样惊慌的表情,混迹在刚刚相识的太太中间,还被邀请上了其中一辆车。太太掩着胸口,娇喘连连,怎么也没想到居然有人在这样的地方开枪,难不成中国人都是强盗?柳映辉跟着红了眼眶,她们远来此地,是为了帮助别人,非但没人领情,还要承受这种磨难,这是天照大神也无法原谅的。

汽车开出了南满株式会社的大门,没有了霓虹闪耀,也就没人能看见柳映辉脸上露出的那一抹笑容。她应当笑的,因为她已经确定渡边并没有泄露"暗樱"的行动计划,一切都还能够回到正轨上来。

柳映辉的笑容被一声爆炸巨响切断,身后爆发的火光和追赶上来的气浪让刚刚平静下来的太太再度惊恐,她要回家,她再也不想留在这个鬼地方。

金步摇不知道带着自己来的那辆车里居然有炸弹。她以为停在角落,真如楚北望所言,只是为了逃生方便。楚北望看着听话,原来心里也有暗鬼。他早就安排好了,若是突发事变,金步摇跟着人群逃走,老路过来引爆炸弹,让日本人再惊慌一次,兴许还能给他一个逃走的机会。金步摇看着在人堆里寻缝隙贴近自己的老路,瞬间明白了楚北望的全部心思。也是亏了南满高层向来和奉系交好,在日本人中算是亲中一派,所以这些年两边多相安无事,也就没有太过小心提防的心思,才忽略了彻查所有进出车辆,让楚北望钻了一个大空子。自此事件后,再想来附属地,恐怕检查严密到要摘帽脱鞋了。

他就是个白痴,引发爆炸,造成混乱,她和老路逃走方便些,可他还在楼里,日本人再乱,也知道要封锁大楼,免得走漏了凶徒。老路不言声,金步摇这会儿没有好脾气,话就点明了,你是个老江湖,怎么也答应干这种蠢事?

老路抬眼看看金步摇,明人跟前不说暗话,一来他是官,二来他给钱。

来之前楚北望单把老路带到了车里,开诚布公,炸弹是去给日本人助兴用的,危险非常,干不干各安其变。不干,下了车,当什么事都没听见没看见,日后若还能共事,也一如往常。干了,说不定就有掉脑袋的风险，兴许还要牵连家里人，是能得一笔大财，可自己能不能用到全看老天。楚北望说完点了一根烟，老路低着头，眼睛盯着鞋尖，他鳏夫一个，虽然不放心小丁宝的姐姐，但想自己要是没了，人家得了钱，说不定还能找个更好的。老路说，你怕是不知道，我前面那个老婆就是让日本人祸害了一遭，想不开自己吊死的。

他接下来是如何安排的？金步摇还在担心楼里的楚北望。

老路闷声答，咱们先走，他有办法。

他有个鬼的办法，死地逃生，靠天吃饭？金步摇想骂人，心里没由来地被揪了一把。担心他？呸，本就是彼此利用相互合作，可到底是一起做事的缘分，还是不想他这么早死于非命。

何况她还欠着他呢。

老路护着金步摇往外走，门口已经加了岗，没逃出去的都要留下接受调查。老路眼尖，拉着金步摇穿过仅容一人的狭窄通道，绕到后院厨房，又引到菜地边成家得下午挖好的洞口前。老路看着金步摇犯难，这洞口也就狗洞大小，为了掩人耳目，又堆积了些草木粪灰。他怕女人矫情。金步摇一声不吭，管什么身上珠翠绸缎，扑倒在地上，手指缝里都是泥土，人钻过去也成了土人。老路跟在后头，心里暗赞一声服。

4

爆炸声响后，楚北望已经逃出了二楼，用后来他对金步摇说的话是，这种地方还想关住他？他是什么人？堂堂讲武堂毕业的高才生，给大帅做过警卫的精英。

说这话的时候，两人正在俄国菜馆喝红菜汤吃牛排，金步摇很想把手里的餐刀直接扎在他嘴上。吹牛很容易，凶险万分只有自己知道吧。

确实凶险。楚北望本打算从二楼绕到后院，借狗洞出逃，可院里布满了守卫日军，他们从一开始的惊慌中醒过神来，迅速恢复了应有的战斗力，五人一个搜索小组，各自把守一方，真的连只老鼠都不可能钻出去。

金步摇恍然，原来你是把我们当作了诱饵，调虎离山呢。

后院的洞口很容易就被发现了，日本人会以为杀手已经逃走，于是全力追捕，楚北望趁机混上了总务部停在后院仓库的一辆卡车，钻进麻袋里。天将亮的时候，他顺利出行。他不知道的是，这原本是渡边的生路，现在阴差阳错成全了他。

不可能。金步摇冷笑，你真当大家都是傻瓜，用这种伎俩瞒天过海？别说日本人，在奉军眼皮底下也不可能成功。

楚北望压低声音，又探头过来，你知道那车里装的是什么？说着，他从口袋里掏出一个纸包，塞给了金步摇。

纸包带着一股浓香，不用看也知道是上好的鸦片膏。现在鸦片都是官卖，这种没有官印的暗货拿在手里就是麻烦。何况日本人走私鸦片也不稀奇。金步摇推还过去，心里还有些寒凉，本以为他是豁出命救她，两次，于是把他当成了信得过的人。谁知道还是那句话，人不为己天诛地灭。他总归还是私心盘算多些。她到底是女子，难免糊涂天真。其实想来，这世上除了具秋平，哪里还有真心呢？

楚北望不知道金步摇的心思，直接把鸦片放在了桌面上，你说得没错，可还有一样，他们对自己的运货车也不会细查，因为爆炸声引来了关东军，两下为争夺在东北的主控权，向来暗斗。他们怕被发现，断了一条好财路。没想到吧，他们伤天害理钩心斗角，倒让我有了生路。

金步摇不想看也要看，上面明晃晃地带着一个"礼"字。话就不用明说了，看来这是家礼教和日本人的生意。只是潘爷向来恨烟鬼，怎么也想不到他会沾染上。

跟我有什么关系？金步摇继续切着牛排，打定主意置身事外。

楚北望收起了纸包，点点头，其实你更想知道是谁指使的渡边吧？

金步摇看见牛排里的血丝，不，我不想。现在已经够乱了，薛小钗死一场，闹出这么大的动静，不委屈。

楚北望看着金步摇，这是个太现实的女人，现实到有时候会让人觉得有些冷血。可他清楚，在冷漠抗拒的外表下，她内心里还是炽热的。如同他。可那又如何呢？他能看出她突然的冷淡，女人心海底针。他还有太多没弄清楚的问题要考虑要解决，顾不上哄她了。

这几天的奉天城实属热闹，渡边死了，南满株式会社的周年祭成了一摊乱局，日本驻奉天领事找到张一相大闹了一场，要求必须抓捕凶手，必须交给他们严惩。张一相应付不过，又怕闹大了耽误仕途，那几个预备顶罪的因为都关在警署地下室里，反倒成为最清白的人。陶量趁机进言，要拿金步摇作法，唐案和杀人爆炸案合并结案，中国人日本人皆大欢喜。

楚北望不清楚陶量和华胜集到底有什么恩怨，也没时间追究，无奈下只好犯官场大忌，越级上报，找了当年在讲武堂的老师许汉文。许汉文此时已经荣升奉军总参谋长，一人之下万人之上，压制一个素来看不惯的张一相绰绰有余，何况还有一个给日本人一点教训的由头。

张一相不能不买许汉文的面子，硬着头皮跟领事抗，附属地是南满的职权范围，从来不让人进出，出了事也跟警署无关，不然咱们就把官司打到大帅跟前，看看他老人家如何决断。再不然你就给我调查权，我派出全部手下去帮你们查。

有时候事情就是这样，看起来无解的难题，生抗住也就顺水推舟了。领事不想因为一个逃兵和大帅交恶，更不想因此弄出一队奉天警察在附属地耀武扬威，吃了瘪回去。最倒霉的是武造，各级严审惩戒，再无出头之日。本来成家得也难逃一劫，好在老路早有安排，挖好洞口，成家得就带着一笔钱连夜回老家，接上爷爷进关避祸去了。日本人找去的时候，只扑了一个空，烧了一栋旧屋泄愤。

事已至此，唐文博被杀一案只能宣告终结，渡边死在附属地，虽然没能正法，但也称得上天网恢恢疏而不漏，让总受日本人欺负的国人感激老天有眼，出了一口气。小报记者嗅觉敏锐，知道这是上好的题材，美女杀手，日本刺客，奉天大状，经过一番渲染，就是连艳情带家国的好故事。记者们在秋风中奋笔疾书，挖掘陈年秘闻，把金步摇和华胜集从半隐蔽的状态推到了风口浪尖。一时满城风雨。金步摇不堪其扰，几乎想要闭门谢客，她把这些都算在了楚北望头上。

所以，以后有事没事，咱们还是少见的好。金步摇喝下杯中酒，起身告辞了。

楚北望的目光追在金步摇身后，他知道他们很快还会再见。因为，赤木逃走了。所以见或不见，人自个儿做不得主，要听事儿的。

第五章

拨云见日锦囊计，
云开雾散过墙梯

金步摇觉得自己有些犯傻，就在不久前，还总觉得能救人于水火，现实是她也是过河的泥菩萨。咬碎牙咽到肚子里，当龙头的，没资格丧气。做人就是这样，顺遂的时候要夹起尾巴做人，别引人妒忌，招无妄之灾。逆境的时候要支棱，越是凶险越是要坦然轻松面对，不然那些凶险更加得意。

1

楚北望没有告诉金步摇，他是有意放走了赤木。他自有盘算，但金步摇未必愿意理解和接受。从某种不能为人道的私心上来讲，楚北望不想让金步摇有更多误解。为什么？他没时间也没精力细想，只是这份心思在了，躲不开也不能装作没有。

这操作起来不难，留下一个缺了口的瓷碗，躲在暗处看着赤木一点点划开绳索，然后进去继续审讯，暴露给赤木一个可以攻击的背影。赤木果然跳起来，用拳头重重砸向他后脑，他应声倒地，拔枪相对，赤木夺路而逃，他浪费一发子弹送行。

逃走了就好，这样楚北望才能让老路和小丁宝继续跟进线索，寻找还藏匿着的"暗樱"。

渡边死了，很显然是被灭口的，所谓壮士断腕，说明"暗樱"要完成的任务比楚北望之前想象的还要重要。到底是什么，楚北望想不出，也不敢想。他太希望现在有人能来找他接头，希望组织上给予帮助和指示，可在希望没有达成之前，必须尽力而为。

赤木当然会回去找胶卷和相机，拿回其中藏匿的情报。因为不确定东西是不是藏在华胜集，会不会引来危险，楚北望想提醒金步摇多加防范，可想想还是没开口，若是金步摇有了警醒，可能会打草惊蛇。他知道这样不够体面，用别人的安危赌自己的任务，可为了寻找"暗樱"，别无选择。何况，他真的不确定。他努力让自己相信所为正确，但这让他感觉到一种对自己的厌恶，更多的是从没有过的挫败。因为这是一次冒险，胜负难测，他不在乎危险，自从走上这条路，每天都好像在危机中度过，但这次赌上的是别人的安危，他没有任何资格拿别人的命冒险，也没有理由让别人为了自己的理想做出牺牲。他曾经坚信会守住这条准则，还曾口口声声和唐文博争论，但情势比人强。就如当时唐文博苦笑说，真心希望你能做到。

做不到，于是心里堵上了一层沙，楚北望时时会觉得喘不过气来。相比之下，在警署被张一相斥骂，看着陶量小人得志，倒没有那么不舒服了。

张一相到底是让顾旅长抓到了错处，官面文章上不能白纸黑字写出来，但谁都知道楚北望闯去了南满株式会社，然后那边爆炸又死人，这就够了。眼下大帅还在北平，南边老蒋下野又上台，带着北伐军一路进攻，虎视眈眈，直系不甘失败，投了老蒋，都在寻机生事，安国军边打边败边谈。此举要是惹恼了日本人，就是在大帅的自家院子放了一把火，就为了一个卫戍司令的官职，如此不识大体不顾大局，怎么得了？楚北望只是个刑侦队长，还不够格背这么大的黑锅。就有人说，一定是奉命而为，破案升官就这么要紧，连大帅的根底都不在乎了？这话是老虎头在会上义愤填膺嚷出来的，让张一相心里恼羞成怒，脸上还要因为御下无方表现出羞愧来。升职的事泡汤了，值得安慰的是顾旅长也没讨到便宜，少帅一封电报回来，自家兼任，张一相还做副司令，必须保证奉天城内治安，为将来做好稳固图谋。话到这份儿上，张一相只能接受结果，然后立下军令状，一定确保奉天平安。

回到警署，再看见楚北望，张一相恨不得一脚踹飞了他。好好的前程鸡飞蛋打，还让别人看了大笑话。必须惩治，降职，罚俸，滚去行动二组给陶量打下手，当躲不了跑不掉的副组长，一切要听从陶量安排。张一相知道，这绝对会让楚北望难受至极。如果不是还有许汉文的影子戳在楚北望身后，张一相会有更要命的折磨法子，可眼下，不想再多树敌了。

楚北望低着头挨骂，态度极好地接受了调令，张一相气性大，但来得快去得也快，见楚北望这副可怜样子，心里把他之前办事得力的好处又想起来几分，嘴上骂，滚吧王八羔子，省得老子心烦，好好干，别他妈再惹事丢脸。

楚北望在履新前把老路和小丁宝送到了总务科。科长余昌平酷爱下棋，胸无大志，只要能坐稳位置保住平安就好，且素来和楚北望关系不错，知道楚北望走背运，答应全力照应着。楚北望塞过去两包上好龙井，只一条，可能他们时不时还得帮他跑腿儿，要是耽误了科里的事，多多包涵。余昌平忙点头，这是应该的，就知道你有后手，将来再度飞黄腾达，别忘了给我个容身之地。楚北望苦笑，说的哪里话，搞不好还要到老兄你这里来养老呢。两人说笑着，楚北望快走时，余昌平才压低了声音说，知道吗？安远贤成了咱们警署的人，接替你刑侦队长的位置呢。楚北望确实不知道，故做天真状，这可太不符合情理了，且不说那安远贤能力够不够，单论他是顾旅长的人，张一相就不能答应啊。余昌平笑了，署长当然不想答应，可刚出了那么大的纰漏，又当着众人的面，顾旅长就只要这个好处，又是许汉文亲自来说项，不看僧面看佛面，他怎么好小气了？不过也不用担心，这小子毛还没长齐呢，成不了气候，怕过不了几天，就得被署长想个办法弄走了。楚北望假装气恼地点点头，以表示对失去的不满，可心里他有另一层担心，安远贤的出现和留下，想来都不简单。

行动一组组长迟家良已经五十岁了，从皇上还在的时候就在警署，一步步靠着自己升上来，抓了不少贼，也受过些伤，现在就等回家养老，不争不抢、与人为善，要求下属也不许强出头，更不许行差踏错，不求有功，但求无过，免得惹出麻烦，耽误他安享晚年，和余昌平并称奉天警署哼哈二将。陶量爱出头，迟家良喜闻乐见，相处和睦。就连陶量占据一层走廊里最南边的三间办公室，把一组挤到靠北一间屋，夏热冬冷，也没二话，还帮着陶量一早叫人把它们打通了，成为整个警署最大的房间。

平日里陶量和十几个组员混在一起办公，为求一马平川平易近人，连个挡眼的屏风都没有。他日常和下属也没大没小，好吃好喝供着，只求冲锋陷阵的当口别丢人。手下算是和他一条心。

楚北望进来的时候，如菜市场般的嘈杂戛然而止，警员们向各个方向散开，让楚北望和陶量在一个足够长的视线空间里面面相对。

他们是有意让楚北望难堪。这次内斗，看起来是他们老大赢了。楚北望站定了，心里怎么想没人看得出来，但面上是平静的，甚至有些没羞没臊的喜悦。陶量慢慢绽开一个笑容，带头鼓掌。

欢迎欢迎，楚大探长屈尊，是我们二组的荣幸。蓬荜生辉啊，以后多提点啊。陶量把巴掌都拍红了，然后斥喝手下，必须一起鼓掌，以显诚恳。

楚北望抬了抬手，示意大家停止，好说好说，以后我会好好指导你们的。众人愣了一下，不知道根底的还真以为他是上头派下来的督查，微服私访，藏着尚方宝剑。陶量脸沉了，狠瞪着楚北望。楚北望四下看，就是不接陶量的愤怒。他在给自己找办公桌，门口闹，靠窗冷，墙角太窝气，最好还是陶量对面那个。他走过去，点着桌面，就这儿吧，也方便日后沟通工作。楚北望站在桌边，指着上面层层叠叠的文件杂物，那个谁，过来，处理一下。然后在众目下，楚北望看着陶量，没问题吧陶组长？

陶量早就收起笑容，眼睛瞪成了金鱼，他真没想到一个人可以无耻到这种地步。见楚北望看着，陶量冷笑，你不会把我这儿当自家菜园子了吧？

楚北望眨巴眨巴眼睛，认真回答，难道不应该不拿自己当外人吗？你看咱们都在二组，虽然你正我副，但不能真分出上下来，必须同心协力不是？这下谁都能听出楚北望是在调侃和挑衅了。

要不是安远贤适时出现，陶量很可能扑上来揍楚北望。当然，楚北望也会反抗，他们会把二组办公室变成战场，碎一地破烂，出各自恶气，然后被张一相一起关进地下一层的禁闭室。好在安远贤来了，带着可以称之为单纯无害的笑容，邀请陶量共进晚餐，之前叨扰了，今儿必须还席，楚探长也一定要赏光，喝一杯薄酒，泯一点恩仇。

楚北望想要拒绝，可安远贤现在是刑侦队长，又说他在同泽俱乐部订了位子，最好的位子，视野清晰，一览无余。楚北望笑着领情了。

三人一起出门，各怀心思，楚北望还要分些念头出去，要知道老路到现在还没回信来，不会是横生了什么枝节吧？

2

小西关曾经是奉天城最要紧的地方，守着龙兴之地，"陪都重镇"

匾额下，罩着的都是达官显贵、皇亲国戚。十几年风云，城头换了王旗，贩夫走卒、引车卖浆之流也可以会聚于此。兴亡更迭，无所谓欢喜哀愁。

金步摇坐在香堂院落的石凳上，看着银锭儿和李婆子出来进去地忙碌着，今儿是给薛小钗办祭奠，无亲有故，门下姐妹会来，相熟的段五潘爷也都送了奠仪。刘簪儿把自己当了主家，一直守在灵堂，给每个人燃香，引她们落泪，一天水米未进。银锭儿几次偷偷送去吃食，都被拒绝了。还是李婆子在茶里加了参片，哄刘簪儿喝下两口，免得悲戚过度伤了身。

天黑透了，火盆里的纸钱烧尽了，巧蓓、花钿几个被金步摇打发各自回家。生生死死，日子总还要过下去，多事之秋，更要打起十二分精神。刘簪儿上了最后一炷香，摘下鬓边菊花，走出来，挨着金步摇坐下。她有话。

姐，我不想做了。

刘簪儿哭了一天，眼睛还是亮的，黑白分明，不见丝毫浑浊，声音依旧清脆，压低了声线，字字清楚。这是打小在戏班子吃苦熬出来的童子功。若不是命运陡生变故，她应该是能红遍大江南北的名伶。

如果是因为前日我说的那些话，我跟你道个不是，情急之下，不是真心。金步摇看着刘簪儿，丫头心里苦，她可不得不多担待着。

我知道，不是因为那个，就是不想做了。刘簪儿低声说。

想好了吗？金步摇端起凉茶，想喝没喝，又放了回去。

刘簪儿点点头，又摇摇头。什么算想好了？意思是以后再不后悔？她不敢保证。很多时候人做了选择，过了几年十几年不知遇到什么挫折，就会悔不当初。人这一辈子，可能就没有真想好的时候，只不过是当下想了，就做了，后悔也是以后的事。且这荒乱的年头，谁知道有没有以后呢？

那就再想想。金步摇又把茶杯端起来。应该叫银锭儿出来续些热水，这丫头本是个有眼力的，这会儿怎么糊涂了？

不想了。刘簪儿看着满天星，深吸一口气，累了。本以为在华胜集总可以求个平安，可最好的姐妹还是死于非命。她不想拼命了。

以后有什么打算？

先歇一阵吧。想去南方。我还没去过呢。奉天太冷了。

南方很热，你不会习惯的。不过去见见世面也好，你现在一身本事，说不定还能闯出点动静来。

刘簪儿扯出一点笑容，姐，你说咱们这一辈子图什么？

这是多少年多少人都回答不出的问题。金步摇想过，活着，拼命活着，平安活到死。难不成活着就图个死？一定不对。她以前问过具秋平，他说要干点大事。什么算大事？没法定规的。问泉姐，泉姐说活一辈子就图死的时候体面些。金步摇知道泉姐是信轮回往生的，死得体面，来日好投胎。可她不信，人生实苦，佛菩萨若真有法力，怎么舍得好人世世做人？金步摇真的不知道该怎么回答，于是沉默着，等着刘簪儿自己开口。

刘簪儿垂下头，小钗跟我说她什么都不图，嫁过人，受过伤，脸毁成这样，也不指望以后能遇见不嫌弃的真心，就想踏踏实实地在门里过日子。姐妹们对她好，她也愿意和咱们一起过。可就连这……

刘簪儿说不下去了。最卑微的希望都破灭，她看不见前路。

金步摇继续沉默着，多说无益的时候少话最妥当。何况刘簪儿向来是个有主意的，想到想不到，都不耽误干了再说。金步摇看着刘簪儿，心疼了一下。那就歇歇吧，先别把话说满了，门开着，我早说过，你来去自由。

刘簪儿站起来，施了一个万福。

华胜集最不缺孤苦伶仃、身世凋零的女人，就算这样，刘簪儿也是里头最为坎坷的一个了。小时跟着唱戏的爹娘在戏班子里讨生活，别人多少还有一张暖炕一个屋顶的童年记忆，可她打生下来不是睡马车就是住破庙，辗转四乡风餐露宿。爹娘生了五个闺女，她是老小，最不受重视，偏最要强，练功比别人勤勉，嘴比别人甜。五六岁就登台，给大户人家唱红白事，该祝寿比南山的时候跪得清脆，该落眼泪的时候哭得真切，有她，总能多得点赏钱。她是靠着本事赢得了爹娘的一点宠爱。眼见着慢慢长大，模样比几个姐姐俊俏，也在十里八乡唱出了一点名气，都说前途无量呢，爹娘也指望着将来有一步好运。谁知道半路杀出来一伙胡子，下山砸窑，被刘簪儿扮相唱腔吸引了，索性杀进来，杀死了戏班老小，掠走她一个当压寨夫人。

再聪敏的女娃进了胡子窝也只有傻眼的份儿。胡子头等不得黄道吉日，当夜就要洞房花烛。刘簪儿的花拳绣腿瘦弱身板不是对手，被压在地上，泪水混着泥土，鲜血染了一身。胡子头得了意，提上裤子出去喝大酒，喝够了进来，折腾完出去，一夜到天明。刘簪儿瘫在地上，成了一堆连自己都厌弃的烂泥。

这样的日子过足了一个月，刘簪儿站不起，走不了，身上没一处不带伤。一个月后，胡子头玩够了，把她赏给了手下。独乐乐不如众乐乐。地狱只有十八层，刘簪儿的苦没有尽处。想过寻死，可人家怎么会让她死？平日绑着，不吃就生灌，敢露出个决绝的眼神，就把她踢到屋子当中，扯开衣襟儿，给众人玩乐。死不了只能活受，除非一窝子胡子都玩够了，他们会把她卖给山下的窑子，换两壶酒钱也是好的。胡子头说到那会儿你才知道什么是生不如死了。刘簪儿看着他狰狞的脸，不敢想，也想不出，这世上难道还有比这里更肮脏凄苦的地方？

刘簪儿躺在稻草垛上，死不了，就要想办法逃。她在戏文上看过"穷极生变"四个字，一直不知道其中意味，现在明白了，就是悲惨到了极处，绝望到了极处，总要寻一条路，死路，活路，生路，绝路，反正不会比被卖进黑窑子再被万人践踏更差了。

人总要先有了心，才看得到、寻得出一点机会。也是戏文里唱的，车到山前必有路，柳暗花明又一村。在一窝子畜生不如的胡子中，刘簪儿发现总被安排守夜的小胡子眼里还有一丝怜悯。小胡子也是被抓来的，爹妈都病死了，房子早塌了，逃走也没指望，才混在此处。深夜无眠，刘簪儿知道自己的烂身子对小胡子没什么吸引力，于是总会说外头的世界多好，城里有灯光，饭馆里有想不到的山珍海味，汽车开在路上，有本事的男人可以拥有最漂亮的姑娘。可留在山上，他一辈子也难出头。小胡子被刘簪儿说动了心，谁不想过好日子呢？可是他没办法啊。刘簪儿这才抛出根由来，她有体己，只要他们逃出去，她就都给他，让他换个码头当少爷，做人上人。

小胡子终是被说服了，也是因为成天被胡子们欺负，三天两头儿挨打挨骂。这天胡子头带着大家砸窑的时候，他趁着留守，打开了房门,和刘簪儿一起逃了出来。跑到山后林子里,看见林中扑腾的野兔山鸡,刘簪儿才明白,她活下来了。一个头磕在地上,她说了实话,眼下没钱。但她指天盟誓,只要日后有了好光景,她必报答。小胡子气她骗人,可想想,她还能有别的办法吗?逃出来也就没有回去的路,就算他现在杀了刘簪儿,胡子头也不会饶了他,不如留一步恩德,赌一把后运。小胡子咬了咬牙,以后的事以后说,眼下必须要点报答。找了一处挡风、够容半个身子的山洞,小胡子把刘簪儿压到身子下头,把这些日子偷眼看来的花样都使了一遭,整整半天一夜,等到第二天下山的时候,小胡子腿脚都不稳了。刘簪儿足足躺了两天才爬起身,穿上裤子,盖住两条腿中间的血迹,连滚带爬地离开了。这两天,刘簪儿不知道淌了多少眼泪,梦见多少次爹娘,以为自己活不过去了,但老天爷没收她这条烂命。刘簪儿自此着男装,这辈子再不把自己当女人。

下了山,进了城,刘簪儿又吃了一些时日的苦,然后被泉姐收进了门。她比金步摇几个来得晚,一直冷冷的,和大家总透着生分。开始她们以为她是傲气,还有意冷落了阵子,后来才知道她是自卑,内里总觉得自己不算女人,连人都不算了。可她和薛小钗倒交好,一来薛小钗也有伤,半人半鬼,谁也不会嫌弃谁;二来想来是借一些温婉之气,她不会再有,但总还想有点女人味儿。就算被人误会有见不得光的癖好,她也不在乎。

金步摇和刘簪儿安静地坐着,天下没有不散的筵席,走也好留也好,心里舒服就好。刘簪儿端起了凉茶,敬龙头,日后门里有需要,我义不容辞。金步摇终于想起要喊银锭儿来换杯热茶了,可还没喊出来，就见李婆子慌张张跑过来，手里比画着，银锭儿不见了！

茶到底是没喝成，天边滚过几声春雷，春雨细碎洒下，把干涸已久的黄土打湿了。金步摇眯起眼睛，看不到纷乱烟雨后还有多少危机候着她。

人活一辈子，到底图个什么呢？

3

银锭儿怎么也想不到再见赤木，居然又成了他手上的俘虏。

如果说第一次他是无奈，求自保，拿她当护身符，那这次根本就是故意为之。也怪她大意，她本是到柴房抱柴添火换热茶，听见角门有动静，打开门察看，赤木站在门外。两人虽是第二次见，但银锭儿心里已经把他当了熟人，刚扯出一个微笑，他突然掏出匕首，顶着她的脖子，捂着她的嘴，只问怀表在何处。这会儿的赤木眼珠通红，嘴里喷着隔夜的臭气，再没有初见时候干净的学生样子。银锭儿想跑，拼命挣扎时，看见他绑在腰间的炸弹，知道他是拼着同归于尽的心，于是只能服软。银锭儿手指着墙外头，怀表在另一处，你跟我去拿。赤木只能相信，前院还有人声脚步声，他不是真心想死。

小西关路口，老路带着小丁宝追踪而来，小丁宝不敢吭声，因为老路一脸黑气。真的该怪小丁宝，他们一路跟着赤木，可赤木警觉，带着他们满城转圈，到了一个岔路口，两人分头跟踪，小丁宝怕跟近了被人发现，有意拖延几步，就这几步，让赤木抓到了机会。老路没开言责怪，但不说话的谴责比骂出口更让人难受。老路管不了小丁宝的心绪，更不想辜负楚北望所托。虽然两人只是在办一桩差事，但楚北望仗义豪爽，肯背黑锅，不牵连别人，是个汉子。老路是个要脸的，答应好的事不能办砸了。他不清楚赤木的来历，楚北望也没交代过往根节。不说，他就不问，这也是规矩。所以现在人跑没了，偌大的奉天城，他上哪里找？

老路叹一口气，从兜里掏出一角半个巴掌大的黄纸，叠了一个六角星出来，招呼街上一个半大小子过来，低头嘱咐几句，半大小子接了六角星，扭头就跑。老路走到屋檐下蹲着，看起来就像是初冬时节常见晒老阳儿的懒汉。小丁宝还在一边低着头，老路有些不忍，到底是孩子，掏出点零角子，打发他去买几个羊肉包子当午饭。

小丁宝捧着包子回来的时候，看见一个拉车的人正在和老路说话，边说边指指点点。老路蹙眉听着，听完掏钱塞给车夫，抬眼看见小丁宝，喝了一声，还磨蹭呢？小丁宝吓得差点丢了手里的包子，几步跑过来，然后跟着老路奔了小西关。

到底还是晚了半步，堵到街口，正看见赤木拖出来银锭儿，上了路边一辆汽车，老路再猛，也知道两条腿追不上四个轱辘儿，只能再分兵。小丁宝去寻楚北望，他去想办法追踪赤木的车。小丁宝担忧，大哥，咋能追上呢？老路无奈，只能彻底破自己的戒了。

当年老路有老乡在木帮，潘爷和木帮为一条私路开战，老路从中斡旋，都是卖命吃饭的苦哈哈，各走一边，不必赶尽杀绝。潘爷那会儿气盛，乱世草头王，兴许能从草莽脱身，根本听不进劝，说到后来，还怀疑老路吃了两家茶。老路在离开家礼教的时候拍着胸脯告诉潘爷，以后山高水长，再无瓜葛。潘爷守诺，从来没有找过他麻烦，就算兄弟惹了官司，也都没来要他照应。这些年他绕着以往的路走，宁愿多走几步，也不想落人口实。可没想到，短短一天，他居然借了两次道，就为了楚北望的仗义和照顾。老路甚至有些后悔，早知道一开始就不去承楚北望的恩，现在也就没这些麻烦，可天底下哪里有后悔药呢？

这些事小丁宝不知道，连他姐姐丁玉兰也只是略知皮毛。她是个省事的，父母早亡，和弟弟相依为命，十六岁许了人家，哪知道未婚夫外出跑单帮，染了病死在他乡。她算是望门寡，还有了克夫的名号。倒是也有媒人登门，但说的不是缺胳膊断腿的，就是老朽鳏夫。与其这样，她不如过一个人的清净日子。

丁玉兰有做筋饼的手艺，揉面极讲究，天不亮起床，面要揉三遍，赶天亮烧红大铁锅，擀好的面饼两面金黄又香又有嚼劲，不少人宁愿多走几条街，也要吃上这一口。累，但是养活自己不难。当初老路也是主顾，来得晚，吃完了抽一袋烟，站起身找活儿干，挑水扫地修房梁，干完就走，没多余的话。一来二去两人之间的窗户纸自动破了。老路要明媒正娶，丁玉兰想想没答应，就这样稀里糊涂过着吧，总好过真应了命数，给老路招灾。她越是这样，老路越是心疼，两人感情比正经两口子还要好些。也是因为这样，老路格外照应小丁宝，但凡有些风险的事，都把小丁宝拦在身后，这会儿老路让小丁宝赶紧去找楚北望，然后回家告诉丁玉兰，这几天他怕是回不去了，让她收拾两件衣服，再弄点筋饼一起送到警署，想这口了。

小丁宝找到同泽俱乐部，被拦在门外。小丁宝掏出证件，可惜一个小巡警还真入不了门岗的眼。小丁宝脸色沉下来，刚在警署已经被二组那些眼高于顶的家伙好一顿奚落，走出来，又被狗眼看低，血气方刚的小伙子，生这副身子板不为受闲气。门岗见他不吭声，自以为得了意，嘴里不干不净地嘟囔，也不看看这是什么地方，猫啊狗啊也想进？小丁宝忽地冲了上去，狠狠一拳揍在门岗脸上。两人撕扯在一处，华贵的门口乱了营。有人赶去报信，有人上来拉偏架，把小丁宝往门外顶，正好顶在了柳映辉的车头上。车上还坐着人称老虎头的顾旅长，当着美人面，旅长显虎威，拔枪下车顶着小丁宝的头一气呵成。

什么东西！不长眼，这是你闹事的地方？张麻子就是这么管教你们的？顾旅长露出一口金牙，混着鱼肉海参的浑浊口气冲到小丁宝脸上。

小丁宝又羞又恨，眼泪下来了，我是来找人的，是他们先骂人！

按照顾旅长的意思，张麻子的手下不问也要打，何况还自己撞在枪口上，倒是柳映辉在一边软语相劝，孩子还小呢，你看给人家吓的。说，你要找谁？

小丁宝呆愣愣地看着柳映辉，这辈子没见过这么好看的女人，更没想到这样的女人会这么温存地和自己说话，瞬间脑海一片空白。

柳映辉假装嗔怒，难不成真是故意来闹事？傻孩子。好心到此为止，柳映辉扭身要走，小丁宝忙开口，楚探长，楚北望！柳映辉站定了，慢慢回身，先招呼门童和赶来解围的经理，好歹哄着顾旅长先进去，又把旁边的人驱散，才走到小丁宝跟前，低声问，什么事？你能告诉我吗？我帮你传话啊。

小丁宝直起了身子，一五一十把知道的都说了。那个逃走的人，绑架的经过，老路的安排。小丁宝觉得这样看起来更像个男人，有本事的男人。

柳映辉微笑着,门廊下的灯光闪耀,把她的脸映衬得清晰细嫩,她答应一定把楚北望叫出来。但你也要答应我,我们说话的事,不能让别人知道。你也明白,那些都是亡命徒,若知道了,我怕……

小丁宝点头如捣蒜,很想说会舍出命去保护她,但还没开口,她已经消失在旋转门里了。小丁宝有些怅然,刚刚发生的一切太像一场梦,梦里有仙女,他绝对不会让别人知道。

4

金步摇独个儿守在香堂,十七个龙头的牌位前都燃了香,祖训匾额下头烧着长明灯。从发现银锭儿被掳,到安排李婆子通知门下寻人,再让刘簪儿速返万柳塘,在小楼门前挂上金边银灯,警醒散落四处的门人华胜集有难,前后不过半炷香。几句话,可里头的凶险她们都已经心中有数——原本以为这香堂是最安全的地方,现在看来,竟也是镜花水月,让人一口气就能吹散了。贴己的几个还能拿住心神,平日里本就在华胜集挂名活命的,开始有另外的想头。这不怪她们,乱世保身,人不为己天诛地灭。说到底,世道、人心、能耐,都是一环扣一环。所以刚也叮嘱了传信的,事态紧急,树倒不能耽误猢狲散,想来就来,不想来就躲好,各自保命,她不怪罪。日后若能熬过这个劫数,大家想回来,自然还有一碗茶饭吃。

金步摇觉得自己有些犯傻,就在不久前,还总觉得能救人于水火,现实是她也是过河的泥菩萨。咬碎牙咽到肚子里,当龙头的,没资格丧气。做人就是这样,顺遂的时候要夹起尾巴做人,别引人妒忌,招无妄之灾。逆境的时候要支棱，越是凶险越是要坦然轻松面对，不然那些凶险更加得意。

金步摇找来一盆冷水净面，打开备在客房的梳妆盒，细细打扮了一番，务必眉是眉，眼是眼，让最挑剔的人也看不出一丝慌乱来，然后换上真丝红绸旗袍，戴上点翠步摇，再回来看香，香头明明暗暗。金步摇忽然有些后悔，当初泉姐要教她看香占吉凶，她嫌烦，说这劳什子没用，若是有些耐心，哪怕只看个皮毛，这会儿也不用白白等着。心里烦乱，思绪混杂，一会儿想求祖宗庇佑，一会儿想银锭儿从无仇家，一会儿琢磨搞不好还要请段五、潘爷出面，一会儿挂记其他人安危。香燃尽了，她还是找不到半处抓手，连逼到门口的脚步声都没听见。

好在来的是巧蓖，她就住在北市场里头，李婆子先找了去，让她回香堂陪金步摇，有什么事也能使唤上。

巧蓖团脸，脸颊生着两个梨涡儿，笑起来跟年画上的娃娃一样喜庆，心比谁都细，曾在探听消息时，仅凭一处桌面上两种不同灰尘，判断出屋里藏着人，当即放出迷烟，全身而退。平时她不喜欢玩闹，有空有钱就钻药房，金步摇玩笑说，奉天城里怕没有比巧蓖家更全的药铺子。不过药铺救人，巧蓖的药则有一半可以伤人杀人，另一半的一半治暗病。什么时候用，用在谁身上，全看她心情如何。这种规矩就是没有规矩，也就更让人惧怕。同门姐妹背后说巧蓖是巫女，当年村里人要烧她祭天，不算冤枉。金步摇阻止了这些议论，但也明白，表面上越是不说，私下里越是沸扬。巧蓖什么都没干，倒承受了不少排挤。好在她不在乎，她的手艺在华胜集是独一份，就算她们都看她

春寒

不顺眼，也只能忍着，遇见事了也得来求着。有时候甚至有意做出一副云淡风轻的狠毒姿态，越是闲人莫近，她越觉得安全。要说人都犯贱，这么一来，大家倒又高看了她一眼。她跟花钿就这点不同，别人高看的时候，她反倒放下了身段，凡是有求于她的，只要是门下事，没个不答应的，也绝对不会在嘴上占半点便宜。日子久了，人缘好了。

金步摇也喜巧蓖，她有薛小钗的稳，刘簪儿的灵，花钿没有的独当一面的手艺，最难得的，有心胸，从来不会小家子气，不记没是没非的隔夜仇。就算俩人相对无言坐着，金步摇心里也舒坦了点。巧蓖见金步摇无话，默默起身往后院走，银锭儿应该是从柴房被人从后门掳走的。上次也有人闯香堂，李婆子设了一层陷阱，巧蓖还帮忙在墙壁上留下了带迷药的箭头，来人都没碰触，除非是道上高手，或者是银锭儿自个儿放进来的。

道上高手谁会对一个丫头下手？恐怕还真是银锭儿的熟人。金步摇倒吸一口气，银锭儿有什么熟人，平日出门都是跟在她左右，轻易不知根底的一概没有接触，思来想去，只有一个可能。如果是这样，这件事怕也跟楚北望有关。他曾说过把那个赤木抓了起来，怎么好端端又冒出头？

楚北望得了侍者传的话，匆匆道了一声抱歉，甩下黏在背上的陶量和安远贤的目光，跑出来找小丁宝。小丁宝惊过了、怕过了、喜过了，找回了几分机灵，应该说是多了点机灵，言简意赅地把所经所见汇报上来，重点是老路已经去追查。虽然他不清楚老路用什么办法，但看样子很快会有消息，然后补一句闲话，他是求了侍者好说歹说才让人帮的忙。楚北望点点头，这不算意外，如此看来赤木手中确是有在奉天搜集到的重要情报，需取回才好和"暗樱"联络。铤而走险掳走华胜集的人，在赤木是无奈之举。楚北望回头看看灯影中的同泽俱乐部，看来赤木一时还不会来，而金步摇说不定正在满城搜捕。看来又是他们应该见面的时候了。至于小丁宝最后那句闲话，楚北望真还没往心里去。打发小丁宝回警署，等老路的信儿的工夫，他先去了趟华胜集。

楚北望千算万算，没算到他和赤木送来的绑票信一起站在金步摇面前。恨屋及乌，金步摇看他的眼神像是要吃人。楚北望心里多少有些愧，要是之前知会过金步摇，起码银锭儿就不会有危险。可若是那样，线还是会断在赤木身上。解释不清，楚北望索性不开口。

金步摇摊开信，赤木直白，拿怀表来换人。金步摇之前揣着的万分之一希望也破灭了，内心悔恨莫及，早就应该让银锭儿把怀表交出来，说不定就能免去这一场杀身之祸。一开始为了找杀死薛小钗的凶手，她忘了这一茬儿，后来见银锭儿时不时抿嘴偷笑，不忍心打破小姑娘最天真的梦，又觉得万一只是谢礼呢，留着也无妨。说到底还是她不够缜密，银锭儿不出事则已，如果真的受了伤，她无法原谅自己。

5

同泽俱乐部三层赌场里，顾旅长坐了整晚庄家，赢得鼻子尖上都泛红。李秉毅输得手发颤，说话也有些语无伦次，更让顾旅长笑得合不拢嘴。楼下传来柳映辉婉转的歌声，顾旅长扔过一把筹码，笑骂李秉毅不成器，几个小钱难受什么？你老子要是活着见你这个鬼样子，真要活活气死。李秉毅抓着筹码不说话，眼角余光看见陶量带着安远贤走进来。顾旅长见到安远贤，一张胖油脸笑开了花，将牌推到一边，拉着安远贤去见各位叔叔伯伯，外甥初来奉天，还要仰仗各位栽培啊。不才不才，没本事，在张麻子手下混口饭吃。顾旅长故意说得酸甜苦辣，都是明眼人，知道他和张麻子的恩怨纠葛，摆明是放了一枚自家棋子来给张麻子添堵，甜自己的口，辣张麻子的眼，倒是都对安远贤高看一眼，敢去摸老虎屁股，到底是后生可畏。

这边热闹寒暄，觥筹交错，李秉毅走到陶量跟前，后者也是一副皮笑肉不笑的鬼样子，李秉毅掏出上好的雪茄递过去，看似无意地问，楚探长呢？哦不对，应该是副组长，人呢？不是说你们今儿是鸿门宴吗？

陶量垂下眼皮，李处长说笑了，都是给人跑腿的，可没有翻天的心思。李秉毅看看四处，你没有，别人未必跟你一样。陶量这才把眼神顶过来，话里有话啊。李秉毅压低声音，姓楚的这么争功，图什么啊？陶量压抑的怒气再次被点燃，啐了一口，他就是想压我一头，奶奶的，官迷心窍，早晚遭殃。李秉毅笑了，这么简单倒好了。陶兄，你还是提防着点吧。眼下可是不太平，别让人钻了空子。陶量到底也是个警探，李秉毅皮里阳秋的话，前后一串，好像说楚北望确实有旁的心思。难不成和南边勾连？那楚北望可是天大的贼胆子。李秉毅想了一下，敢到附属地撒野，你这么说也对。陶量再想，还是摇了摇头，楚北望生在奉天，长在奉天，讲武堂出身，平日里结交虽然多，可从没见过楚北望和外人有什么蛛丝马迹。他可以担保啊，他查过啊。何况现在楚北望在警署里不说人人喊打，起码是避之不及，应该会夹起尾巴做人。李秉毅点点头，如此最好，倒是我多虑了。

李秉毅说完，把刚得手的筹码都给了陶量，算恭喜你老兄收下一员大将，说完踢踢踏踏走开了。陶量倒是白得了一注彩，等不及做过路财神，赶紧去找个台子挥霍一空。

后台化妆间里，李秉毅和正在换装的柳映辉说出了他最后的判断，楚北望并不是有意找麻烦，应该说是麻烦找了来，他犯傻犯拧罢了。听说他刚从讲武堂出来，路上遇见个蟊贼，不过是偷了三个烧饼，硬是让他追了一天一夜，抓进去关两天，再出来他还给拿了做生意的本钱。是个人才，不如……李秉毅边说边端详柳映辉的神色。柳映辉知道李秉毅的心思，但不能轻易点头。楚北望总有她意料之外的地方。比如赤木居然被他软禁了这么久，比如他居然能从戒备森严的南满跑出来，毫发无损，他会简单到只是为了警署那点人事权力之争？还有李秉毅，也过分热心了些。

柳映辉沉默以对。

李秉毅转身把柳映辉换下来的衣服铺展挂好，一下下刷去衣服上或许根本不存在的灰尘。

门外传来三短两长的敲门声，李秉毅见柳映辉点了头，才把门打开，接过一封粘着火封的信。

柳映辉撕开封口，一眼看过去，眉头紧蹙。李秉毅放下手中的零碎，走到柳映辉身后。柳映辉忽然又笑了，闹吧，大闹一场，兴许这奉天就干净了。她说着，把手里的信纸扬了起来，人往门外走，今儿还要继续和顾旅长周旋，希望老头子赢高兴点，少折腾会儿。

李秉毅在确定柳映辉离开后才沉下脸，捡起落在地上的信纸，原

春寒

来赤木打算用银锭儿做诱饵,灭掉碍事的金步摇,还能拿回丢失的怀表,一举两得。

李秉毅把信纸攥在手中,想了想又马上展开铺平。他现在没有资格对此发出什么评论,就算明知道他们痴人说梦,也只能作壁上观,早晚有一天,他们会知道自己的愚蠢,到时候他可以好好喝一杯,笑一场。

柳映辉到了赌场,顾旅长已经从牌九换成了麻将,见她来了更是笑得合不拢嘴,连着嚷你就是我的福星,赢了一晚上,桌面上堆着的筹码值三经街上一栋小洋楼。柳映辉当然要分彩头,不光自己要,还给荷官侍者酒保都要了一份,筹码塞进了酒保手中,两杯调制好的鸡尾酒推了过来。

酒保眼风瞟着远处的顾旅长,嘴唇微动,要很仔细才能听见他说的日文,第三行动组已经上了马耳山。

柳映辉端起酒杯,嘴角荡起一抹高傲的笑,告诉赤木,金步摇若是能为我们所用,留她一条命也好。若是不能,除去就是了。

这是她的预谋。她们有瞒天计,她有过墙梯。

看谁比谁强。

第六章

机关算尽各自路，
绝处有生并肩留

金步摇又攥住了刘簪儿的手，两人的手一样冰凉，都是打小缺人疼，握在一处，还能多些温度，好对抗漫天下来的春风烟雨。两人站在老爷庙门口的剪影落在楚北望眼中，这一刻他感觉到了久违的平静。家国也好，恩怨也好，死活也好，全部从心头消散，他只能看着这一幕，长久一点。

春寒

1

月朗星稀，无风，天地间轻浮如无物。一辆黑色福特车安静穿过沉默的夜色，一路向南。银锭儿从晕厥中醒来，咬死了嘴唇一声不吭，只仰起头隔着车窗看天上好大的月亮。当初金步摇第一眼见就看出她是个有主意的，一点没错。

刚刚陡然生变，银锭儿有些措手不及，看见赤木腰间的炸弹，心里只一个念头，绝不能伤了门里，所以宁愿当人质。赤木要怀表，可怀表早就不见了。当天银锭儿得了怀表，是她生平第一个贵重物件，思来想去，也不知道该收藏在何处。后来觉得香堂是顶妥当的地方，厨房平日里李婆子很少用，一个人懒得开火，门口随便弄点吃食填饱肚子，只有每次银锭儿跟着金步摇来，才抹灰扫尘生炉子，干脆放在橱柜里，外头用一块手帕细细包好，是她贴心的秘密。

华胜集接二连三地生变故，赶到今儿才重开了香堂门，银锭儿赶紧去橱柜瞧，怀表和手帕都不见了。她以为是自己记错了，四下翻找，水缸面缸都不放过，可哪见踪影。她涨红着脸问李婆子，话还没说完，李婆子转身就走，那意思银锭儿清楚，是恨被当了贼。天地良心，银锭儿没这层用意，她想说可能是好心给收了去。这边怀表没下落，那边赤木登了门。银锭儿看着前头的赤木想，说了，他怕是也不会信的。只盼着那东西别那么金贵，她愿意赔，他说个数儿，她这辈子不吃不喝也赔。这么一想，心下又安了几分，难不成还能为一块怀表送了命？说到底，还是他送的，不是她抢的、偷的。天下没有这样的道理。

银锭儿看了眼前头开车的赤木，心里还有一丝不敢细想的贪念，他应该不是坏人,或许是有什么苦衷,不会对她太狠毒。

赤木把车停在宗人府北巷的暗影里,要银锭儿引路,怀表到底在何处。银锭儿声音有些发抖,那东西很要紧吗?我赔银子行不行?赤木面红耳赤,呼吸急促,眼神里透着凶光,像要把银锭儿击穿。要不是为了怀表,赤木会让银锭儿死在当下。银锭儿怕了,那丝贪念没了。就是从这一刻起,往后在银锭儿漫长的一生中,鲜再相信男人。

一个背着竹筐的人从巷口过来,赤木交代一番后回到车上,汽车继续在暗夜里飞驰。

出了奉天往南三十里是马耳山,因山顶双峰并峙形似马耳得名。山下原来有个千户屯,前朝时候热闹非常,每月两场大集,关里和蒙古都有人拉着货物来。日俄战争打起来,两边各有一队人马把这里当战场,屯子里的人能走能跑的都去逃难,有几个汉子不舍得家,翻出打猎的抬枪守在山脚下,碍了两边的眼。大炮架起来,子弹满天飞,汉子们没一个活着回来。自那以后屯子成了荒地,偶尔有人路过,说能听见鬼哭。那是汉子们的哀鸣。

赤木把车停在山脚下,拉着银锭儿上了山。山上有久无香火的老爷庙,原本被一小伙不成气候的胡子占着,三个月前收了赤木一笔钱,现在就成了赤木的老巢。赤木没跟楚北望说实话,他不是什么学生,而是关东军的情报人员,他的任务是秘密调查奉天兵工厂,包括在奉军内部都属于顶级机密的新武器生产情况。他费尽心机,伪装成运煤工人,混进兵工厂,冒着发现就会被射杀的风险偷拍下不少照片。他把微缩胶卷藏在怀表里,在继续调查城中火力部署的时候被发现,无奈之下只好把怀表转移到银锭儿手中。现在他要用银锭儿的命来换回怀表，也是换回他继续效忠天皇的锦绣前程。刚刚那人应该已经把信送到了地儿，赤木迈进老爷庙，胡子早点燃了篝火，把财神爷让在上席。火光跳跃，赤木心里空落落的，原本打算建功立业的心越发淡了，很是怀疑当初离家闯荡的对错，而他现在能做的，只有做好万全准备，迎接或好或坏的结果。

2

香堂灯火通明，人在灯影里坐着，悄无声息。来的人不多，刘簪儿、巧蓖、花钿，其余人有告病的，有告假的，应了金步摇的揣测。不过分期待也就没什么失望。就算一个都不来，金步摇该怎么办也要去办，这是她的事，也是她的命。

眼下这几个来了，都在盯着金步摇，等她拿个主意。金步摇在等李婆子，老人家心细，说不定能在延寿寺或者万柳塘找到那块怀表。用怀表换银锭儿，金步摇必须亲自出面，这没什么可犹豫的。

楚北望坐在一边，心里转着七八个念头，每个都是计算怎么把怀表拿到手，然后再琢磨如何抓捕赤木，到时候就有办法撬开赤木的口，就算不行，也会引出他的同党。当然也要救人，可救人需要万全之策，不然屋里这些女人怕是会把他活剥了。所以他也在等怀表，比金步摇还要心急。

李婆子回来了，空着手，两处都细细搜检过，别说怀表，用的就算是一根头发也能查出的检法，可就是没找到。两处都没去过外人，香堂被人闯过，李婆子退敌，但不能肯定来人没顺走什么东西，想来倒有最大可能。但现在不是抓贼的时候，谁偷的，为什么偷，金步摇没心思理会，只惦记被抓走的银锭儿。她冷笑，看来华胜集果真落魄了，堂堂龙头的贴身侍女也保不住，传出去，要笑掉多少牙齿。她没什么雄心，本事也稀松，但拼了命也要保住这张脸面。话句句落在自家头上，但听者有份，门里丢人，大家脸上无光，谁又是不要脸面的呢？连刘簪儿也放下了离开的打算，众人齐心，金步摇的恼火少了些，眼角余光瞥到楚北望。

楚北望打从听到怀表不见，脑子嗡一下就炸了，谁偷的？为什么偷？赤木到底扮演什么角色，还是如渡边一样要被当作弃子？难道这条线也要中断？唐文博尸骨未寒，他却把任务执行得七零八落，如何交代？心思纷乱如麻，情急下开口，金老板，还是找东西要紧。

一句话露了根底，金步摇冷笑，好啊，那我现在报案，宅中失窃，有劳楚大探长了。

从此楚北望明白了，千万别得罪女人，哪怕只是一句无心的话，也能让你在足够长的时间里为此付出代价。虽然他已经及时醒悟，闭嘴站在一边，可金步摇总能在安排部署的间隙里，给他刺几句针一样的话来。

别跟我说什么大道理，我们懂什么呢？胭脂水粉，柴米油盐，我们活着已经是用尽力气了，没心思懂道理，更不想拿命去换个道理。天底下再大的道理也大不过人命吧？

女人的命不是命？银锭儿在你眼里还不如一块表？

我不讲道理，我就知道银锭儿不能白死，华胜集不能白白被人羞辱。我管他是日本人还是哪儿的人，谁也不行。他想干什么，也跟我没关系，我没拦着没挡着没去他们家杀人放火，我没招他。我就是不明白，他们打哪儿看出来我是好欺负的？

别以为我不知道你心里琢磨什么，要么升官发财，要么名留千古，说出口都是好词，看着脸也像好人，就是不把别人也当人。所以咱们最好还是大路朝天，各走一边，谁也别耽误了谁。

楚北望脸上红一块白一块，实在没脸留下，更没脸离开，干巴巴地戳在一边，还是巧蔻看不过眼，走过去轻轻拉了一下金步摇的袖子。金步摇急转身，张嘴就要骂，巧蔻拦住了，飘一个眼神到门外，刚刚散出去的眼线没这么快回来，是老路等在门口呢。楚北望赶紧亲自过去，把人拉了进来。

老路对着金步摇拱手抱拳，做足了江湖规矩和礼数才开口，银锭儿的下落探听清楚了，赤木的老巢就在马耳山。

不用金步摇吩咐，巧蔻刘簪儿几个开始动作，不一会儿，车已经备好，该带的东西也装齐了，可以出发去救人了。

金步摇领着李婆子、刘簪儿、巧蔻、花钿往外走，楚北望硬着头皮挡在前头。

金老板，还是要慎重，他不是寻常胡子，这样冒失，会中计的。

我从没说不救人，只是我们需要一个万全之策。

你知道山上有多少人、多少枪？他公然挑衅，还要你亲自上山，难道就没有安排？你仗义不怕死，不怕连累她们？到底是谁不把她们当人？

要是眼神能杀人的话，楚北望这会儿已经死了十几遍。但金步摇好歹是站定了，不能再有人受伤，这是根本。

你自己去也不行，到时候人没救出来，你再出了事，这些谁管？

楚北望觉得自己苦口婆心，像个老妈子了，金步摇没枉费他一番唇舌，安静地等着下面的话。

我不是你的敌人，我承认我想要找到怀表，可更想抓住他，我抓人，你救人，我们合作，想个万全之策。

金步摇翻了一个白眼，她顶讨厌女人有事没事翻白眼，透着没城府的小家子气，可现在她觉得只有一个大白眼能代表她全部的情绪。楚北望只能当没看见。知道金步摇没什么耐心，他必须在最快时间里真的想出一个办法来。老路在一边低着头，不知道楚北望和金步摇在搞什么花样，只明白轻易不能牵扯进去，容易被误伤。

3

天亮了，马耳山下蜿蜒小路上，金步摇带着装扮成脚夫的老路往山上走。刚过两颗冒了细小嫩芽的歪脖树，有人端着枪从树后头转出来，金步摇可以上山，老路必须留下。金步摇回头看看老路，不过是个光棍汉子，难不成山上的爷们儿还怕被端了老窝？胡子怕激，尤其怕漂亮女人戏谑的激，脸涨红了，横着拦路的枪收了起来，下巴一扬，那意思是金步摇就算带着天兵神将，山上的爷们儿也不怵。老路憋着笑，老江湖心里想的是，到底是雏，不知道有没有命活到明白那一天呢。

照例要搜身，胡子伸出手，金步摇不躲反进，双臂舒展开，左右晃动，胡子差点喘不上气，胡乱摸了一下，在自家泄气之前赶紧收手。

胡子搜老路倒是仔细，前后左右都不放过，老路都替他累，大家都是江湖人，谁会带着家伙去谈判呢？

往老爷庙去的山路崎岖，路边居然有黄色的小花，第一个冒出来迎春。金步摇弯腰细嗅，看得仔细，再直起身走路，走出了闲庭信步的架势，不急不慢，还有闲心拿胡子打趣。

爷们儿怎么称呼啊？

振山虎。一共三个字，说得一个比一个小声，虎字都快咽回到肚子里了，又觉得不应该如此胆怯。也是的，不过是个女人，他怕什么呢？

振山虎，真威风。金步摇故意大声重复，眼风绕着胡子转圈，小哥有二十？

胡子点点头，又是一阵心虚，虚岁十九，明年就二十了。

金步摇笑了，这次是看着老路说，模样怪周正的，应该寻个漂亮媳妇儿。

胡子有些高兴了，被漂亮女人夸总是让人心情愉快。

干吗当胡子呢？金步摇替他惋惜，语气柔柔的，搓着人心，又痒又麻。

下个月我就回家，我娘给我说好了媳妇。胡子说了实话，也露了一伙人的根底。

东北胡子很多是半民半匪，农忙的时候种地，都是庄户人家的好小伙，大半年冻土，窝在家里没吃喝，屯子里几个商量好了，起个名号，上山拦路，不求富贵，混个肚儿圆，还能贴补家里老的小的，弄好了攒下个娶媳妇的本钱，总比闲在炕上喝酒打牌强。百姓心知，有些看得开的人家还觉得这样的男人有本事，有担当，愿意把闺女嫁过来。

金步摇和老路交换了一下眼神，山上的多半如此，不凶不恶，心里踏实了几分。金步摇继续在前头摇曳生姿地走着，老路趁着胡子意乱情迷，在树干上刻下记号，让藏在后头的楚北望也能心里有数。

此时，楚北望带着刘簪儿、巧蔻几个正在千户屯最破烂的废宅里准备。巧蔻铺展开随身携带的药箱，拿出让人眼花缭乱的各种粉末。瓶子都好看，画着各色翠鸟鲜花。楚北望好奇观望，被刘簪儿挡在后头。楚北望忙退几步转过身去，刚刚是他不懂规矩了，眼睛看着外头，话一点不落下，算上这次，是第三次强调行动步骤了。从楚北望本心来讲，这是一次根本就不该存在的行动，因为所谓行动计划，用四个字形容，听天由命。金步摇反对，她说是见机行事。楚北望有心让大家表决，可那些女人一个个的居然都还觉得这已经足够了。楚北望哭笑不得，咬死了要老路跟着金步摇一齐上山，起码可以留下标记，多少也能让下面的人有所准备。至于上面发生什么，金步摇用假怀表会不会激怒赤木，够不够时间发信号，现在还是一无所知。

按照最好最顺利的打算，金步摇和老路在山上斡旋出足够时间，他带着刘簪儿和巧蔻偷偷混到山上，占据最好的风口，施放迷烟，然后抓捕赤木，解救银锭儿。可是楚北望自己都不信事情会如此发展，这都不是老天爷庇佑了，简直可以算是把几辈子攒足的狗屎运都发挥到极致。他是没这个运气，再看看身边这一个个，也不像是被命运之神偏爱的，所以从一开始，楚北望就说这不行，这简直就是开玩笑，闹笑话。金步摇就一句，你害怕可以走，没人求着你来。楚北望只能苦笑，是他蠢了，试图和女人讲道理。

巧蓖很快整理好机关，楚北望不用回头，只需跟上。刘簪儿在前头探路，她从胡子窝里逃生过，知道再烂的山头也有一处密道，防止被官兵包了饺子。密道一般都连着活路，千户屯村口的老树按照阴阳风水占了活路的眼，顺着树影，应该没错。

4

不讲道理只拼运气的金步摇和老路进了老爷庙，一眼看见被绑在柱子上的银锭儿。赤木坐在丢了佛像的莲花宝座上，除了一个守在门边的，左右胡乱站着四五个胡子，手里的枪拄成了烧火棍，面孔憨厚耿直，简直就是把"庄户人"写在脑门上，这也正好印证了他们之前的判断。金步摇只顾看着银锭儿有没有受伤，有没有被欺负，老路却从粗糙和伪装的凶狠下头闻出了一丝不详。

这不对，老路喃喃自语，终于把金步摇从晃神中拽了回来。

这不对，他可是日本人，干特务的，拉着这么几个庄稼把式就敢跟你硬碰？一定有后手。老路左右看，老爷庙在山顶，不像有地道密室，窗户破烂，四处透风，也不像有伏兵，可越是不像，越是让人惶恐，就怕哪一点大意放松，最后成了送命的根由。

金步摇深吸一口气，既来之则安之，怕也没有转身跑走的退路。她看着赤木，附赠鄙夷不屑的笑容，提醒赤木他在恩将仇报，将怀表掏出来，临时让刘簪儿在八杂市买的旧货，禁不住看，所以晃了一下又收起来。

放人。金步摇没废话。她冷下脸的样子有些吓人，可一屋子泥腿子还是不错眼珠儿地盯着。他们很少见女人进了这地方不哭不闹的，何况她还绾着云鬓，穿着锦缎，唇红齿白，没吓到跪地喊饶命，也没扯着衣襟求饶。

赤木坐在上首的假招子因为没被在意而破功，从这个不舒服的地方跳下来，伸手要东西。先交东西再放人，这是规矩。

金步摇点点头，那咱们就好好掰扯掰扯规矩，眼风扫一圈，视线落在顶门用的木墩子上，老路明白，吭哧吭哧搬过来。金步摇侧身端坐，怀表又拿出来晃了一下，东西在呢，没碰没磕没坏，人是不是也得让我验下？若是被伤了皮肉，咱们这买卖就要重新谈了。金步摇边说边看指甲，真像人贩子老鸨子，占据了交易的主动权。

不行吗？金步摇终于看够了指甲，抬眼看赤木，不行的话我就先走了。

赤木自认是个优秀的战士，合格的间谍，心里有骄傲，被金步摇三两下撩拨起了怒火。谁都能看出来他血冲头顶，声音颤抖，你以为你还走得了？

业余的胡子们听了这话，马上想起自己的职责，挡住门口。他们端枪的姿势像拿锄头，老路怀疑他们下一个动作是用枪杆子刨地，而非扣动扳机。

金步摇笑出了声，就这？你也太小瞧人了吧。金步摇说完开始掰手指，一、二、三……外头事先被老路藏在鞋底带上山，后来绑在枯枝上做悬线延时的炮仗炸响了，唬得胡子们差点扔枪逃跑。赤木也做了一个抱头的动作，因为没有发生任何实质危险而更觉屈辱。金步摇笑得更大声，然后继续掰手指，这次是一、二……九……赤木气疯了，掏出手枪顶着金步摇的头。

金步摇看似要躲，一抬手从堆起的绾云鬟里翻出一个小巧的炸雷。这东西可是我花大价钱从洋人手里弄来的，威力不大，女士防身专用，反正我又不想伤人，但炸了你的怀表总是够用的。

一句话，让赤木进退两难。老路又要憋笑，他想若是在时间和条件都许可的情况下，这女人能把任何她想玩弄的男人都活活气死，另一个念头是，这辈子他都不会和这女人为敌。

金步摇看着像说笑，其实心下也急。按照楚北望死活要安排的计划，这会儿他们应该已经上了山，接下来就是巧蓖放药，救人下山。可他们现在何处？

金步摇眼神动荡的时候，赤木已经调整了呼吸，听见外面传来脚步声，脸上露出了笑容。金步摇知道，她的等待已经落空，计划全部泡汤。没一会儿，楚北望和巧蓖、刘簪儿被几个一看便是经过正规训练的假胡子押了进来。赤木的笑容更灿烂了，他看着金步摇，现在我们可以继续谈谈交易。你觉得怀表可以换几个人？

这是根本没有任何必要回答的问题，人都在他手上，金步摇只有投降的份儿，虽然一开始赤木曾表示不用支援，但现在看来，在别人的地盘，多一手准备总是没错的。

扮成假胡子的行动组带队的是平川义夫，算来是赤木的学弟，典型军人行动派，从接受任务到侦察地形再到布设埋伏，一组人在黑土枯草地趴了大半天，把准备潜上山的楚北望几个堵个正着。其实他很想遭遇一下抵抗，顺理成章开枪，驱散满肚子凉气，可惜楚北望连反抗的姿态都没有，在见到他们的第一时间，拉着巧蓖，拦着刘簪儿，双手高举，就差喊救命了。平川很是看不起这样没有骨气的男人，也越发认定，这里需要他们大和民族高贵的灵魂和思想来拯救。

刘簪儿打从进来，眼神就一直落在门口一个胡子身上，似笑非笑地盯着他看，胡子别扭地转到一边。这不寻常，可是因为大家还在生死关头，实在无心理会。

金步摇看着楚北望，楚北望看着老路，老路看着门外……

赤木冲过来，把怀表抢了过去，东西拿在自己手中，人质随便处置，谁知道，怀表是假的。赤木瞪着金步摇，金步摇羞涩地低下头。

东西呢？明明这女人已经输了，可赤木感觉自己才是被愚弄的那个。东西呢！

金步摇咬了一下嘴唇，真是不好意思，谁知道你们日本人送人礼物，还是报答救命之恩的礼物，还是送给人家小姑娘的，居然还能往回要？

东西呢？赤木脸白了。我会杀光你们，东西呢！

平川站在一边，他有限的中国话文化程度令他无法清楚明晰听懂金步摇的言外之意，半胡子们却都懂了，心里开始腹诽，更多的是惊讶，本来以为赤木是南方人，小个子，带口音，江南再往南吧，谁承想居然是日本人！

振山虎开始喘粗气，他可不想当汉奸。他知道千户屯的事儿，知道那些死在日本人、俄国人手里的汉子，很想把枪口掉转，可惜手不听使唤。

金步摇轻叹一声，放他们走，我来当人质，他们去找东西，找不到，你处置了我。

楚北望明白，这才是金步摇真正的计划。她本就是来换人的。他钦佩，但是还是觉得有些愚蠢，她们用江湖上的仗义情分对待日本人，就没想想，他们如果懂，还会大老远跑来这里？

赤木又气又笑，这女人真把自己当了一回事，处置了她，和杀死一只蚂蚁没区别。她这条贱命和怀表中的情报相比，不值一提。她居然连这个都不懂，所以，死有余辜。只是在弄死她之前，他还有话问，你们如果想要活着，以后必须听从我的调遣。

金步摇眨巴眨巴眼睛，懵懂且明媚，你说什么？我没听懂。

为我们效力，我可以考虑放你们一条活路。

金步摇的表情极尽夸张之能事，她看着刘簪儿，又看看巧蔻，最后眼神落在绑在柱子上的银锭儿身上，她们商量好了似的，一起笑，大笑，若不是每个人身后都有一杆枪顶着，楚北望怀疑她们是遇到了天大的好事，听见了天底下最大的笑话。

华胜集，老祖创山门留下两个字，一字为忠，一字为义，你居然让我当汉奸，你莫不是疯了吧？金步摇笑出了眼泪，你真是够蠢，如果你是个女人就好了，我收了你，教教你怎么看人，怎么做事，省得丢了东西再丢人。可惜你是个男人，还是个不成气候的日本男人。

赤木不想耽搁，也气到不想再气，对平川做出了一个灭口的手势，平川君，辛苦了。

不等听见子弹上膛的声音，楚北望挺身站在跟前。

怀表在我手里。楚北望看着赤木开口，两人见过几面，算熟人了。楚北望语气诚恳，好像还有些惋惜赤木愚蠢。不然你以为我为什么放你走？我手里有你必须要回来的东西。

赤木冷着脸，当然没忘记被关在地窖子里的羞辱，现在他占据上风和主动权，掏出枪，对准楚北望，交出来，不然她们都会死在这里。

楚北望笑了，你不会把我看成救美的英雄吧？说实话，这些人死不死，跟我有什么关系呢？我要的是你。楚北望看看站在一边的平川，还有你。你们真的很蠢，暴露得这么彻底，要是让你们的老板知道，应该会很不开心。哦，我还要谢谢你们，本来以为升职无望，你们倒送来了阶梯。

楚北望越说越轻松，脚下慢慢踱步，在赤木和平川气急的时候，侧转身，给了刘簪儿一个暗示。刘簪儿和巧蔻同时发动，各自攻击身边的假胡子。事发突然，他们在没有准备下被踢中，发出不受控制的痛号。在赤木和平川愣住的当口，楚北望第一时间扑过去，他想控制赤木，然后对着金步摇嚷，快走！声音戛然而止，因为赤木扣动了扳机。

枪响了，楚北望的身体从半空中掉落，重重摔进尘埃里。他听见耳边错落的惊呼，然后是更多枪声，夹杂着胡子们的呼啸。刘簪儿巧蔻之后，金步摇也开始对最近的胡子发动进攻，只招呼男人最要紧的地方，楚北望看见他们捂着下体身子蜷缩一团，像刚入热水锅的活虾米，居然还有一丝想笑。

5

时间应该不久，老爷庙外还有些许天光。楚北望靠着不太结实的

春寒

柱子，看着眼前凌乱的一切，老路在搜检赤木的尸体，金步摇和巧蓖在安抚痛哭的银锭儿，李婆子和一个留着络腮胡子的方脸汉子站在门口，指着远处下山的路。

方脸汉子是段七，李婆子和花钿拿着段五的请柬搬来的救兵，在金步摇等人最危险的关头及时杀来，击杀赤木，打败平川，假胡子也多被击毙，但平川逃了出去，刚刚李婆子和段七就是在商量要不要去追人。金步摇听见，过来反对，眼看天就黑了，万一遇到什么陷阱埋伏，白吃亏。

楚北望想，他才是最大的傻瓜，还带着刘簪儿和巧蓖玩特洛伊木马。没想过，金步摇还有最后的后手。金步摇扭头看见楚北望，多少有些不好意思。

楚北望苦笑，还真以为你指望我们呢。

金步摇嘴上不肯饶人，也要你能让我指望得上才行啊。拿自己身子堵枪眼，算什么本事？我们华胜集行走江湖，没那么多命生拼，可不得狡兔三窟？这三窟指的可不光是藏身之地，还有保命的本事。

楚北望这才明白，金步摇看似错漏百出的计划里，算计的不是天衣无缝，而是人心。她一步步把赤木逼急，再让他误以为胜利，全部人马杀出来，后手暴露，她才能一举得中。唯一算错的是楚北望，她没想到楚北望居然会在以为计划失败后杀出去，挺身而出鱼死网破的玩法，伤的只能是自己。

好在也没真伤，子弹擦着过去，伤了一点油皮，巧蓖都懒得给他上药，马虎包一下了事。

楚北望真的没打算让金步摇感恩戴德，但好歹也是拼了命，还落得如此评价,伤不致命,心如死灰。又错了,金步摇点出楚北望的做作矫情,你是心疼断了的线索吧,虽然我不知道你为什么死盯着日本人不放,但我可以送你一份礼。附耳过来,那个你抓到的三角眼,逃了。楚北望愣了一下。金步摇叹口气,难不成你以为段七不想一网打尽?我告诉他有陷阱,让他放虎归山,因为只要那个人还活着,奉天城上天入地,你也有办法把人翻出来。不是吗?

楚北望看着金步摇,一个聪明绝顶的女人,表面上冷漠,说着对门外的世界漠不关心,其实仗义有智谋,他很庆幸现在她已经把他当伙伴了。

许是楚北望的目光过于直接炽热,金步摇承受不住,干脆站起身走到一边,楚北望自觉有些失态,扭转了视线。好在一屋子乱象,总有可看之处。好在除了金步摇,没有其他人看到这一幕。

半民半匪的那伙假胡子有伤无亡,此时蹲在莲花宝座下,垂头丧气,胆战心惊。刘簪儿走过去,站在其中一个跟前。那人一直低着头,两人之间弥漫着奇怪的平静,让所有人都忍不住多看了几眼。

你不认识我了?刘簪儿低声问,抬头看看,真的不认识了吗?

胡子心里不知道转了多少念头,最后猛地站起身,还是不开口,但腰杆挺直了,要杀要剐随你便。

刘簪儿面无表情地开口,本以为这辈子没机会再见了。

他就是当年放走刘簪儿的小胡子,下了山,又上了山,占老爷庙的是他,被赤木几块银圆收买的也是他。他到底是找不到别的活路,还是只想为匪,谁能说得清呢?

胡子忽然跪下,看在我放过你的分儿上,求你高抬贵手。看在我俩好歹也是一夜夫妻的分儿上,求你放我一马。

一屋子突然安静了,刘簪儿开始发抖,金步摇把刘簪儿拉到一边,刘簪儿的手冰凉,往昔的噩梦重现,她没有想象中那么淡然坚强。她为了活命出逃,委身于他,强咽下所有破碎,假装享受其中。如果再不相见多好。她可以继续遗忘,假装什么都没发生过。可现在不行,过往如潮水涌来,没人真的能忘记仇恨,不过是埋在心底,等待落潮吧。

谁跟你是夫妻?你就是个翅膀没硬的王八蛋。我发过誓,如果再让我遇见你,我一定杀了你。

胡子看着刘簪儿狰狞的脸,预感到自己命不久矣,忽然发了狂,指着刘簪儿骂,臭婊子,破烂货,骚娘儿们,敢跟老子这么说话,当初要不是老子把你放出来,你早他妈的生了一身杨梅疮死在阴沟里。老子睡你是积德,你如今恩将仇报,老天饶不了你!

金步摇抽下发髻的点翠步摇,尖处精光闪现,在小胡子喉咙上划下血口。血滴飞溅,可惜了她一身锦缎。

你记住,我的人从来不会白白让人欺负!

这是小胡子在这人世间听见的最后一句话,若有来生,希望他能记得住。小胡子手捂着脖子,向前跟跑了几步,猛然扑倒在地上。金步摇把手中凶器扔到地上,不想再沾污自己半分,然后转身,平静地看着段七,好像刚刚杀人的另有其人。这般分寸冷漠,连自称豪强的段七都要叹声佩服,他手下的胡子们更是收起了看女人的眼神,换上了整齐划一的敬重。

段七瞧着另外蹲着抖如筛糠的几个,本想几发子弹处理了。金步摇半转身,撞上了振山虎的眼神,心下一软,他们没死罪。七爷,要我说,不如收下吧。添人进口,也算是不白跑一趟。

段七笑了,既然金老板说情,那就都跟我走,有不愿意的吗?

有也不敢开口啊,难不成要步死人的后尘?于是感恩戴德地兵和一处了。

眼见一屋子乱局终了,银锭儿被李婆子揽在怀里,忍了许久的眼泪吧嗒吧嗒掉下来。金步摇没吭声,希望是终了,希望接下来的日子可以平静,回到以往。

段七离开之前,走到了花钿身边,挺凶狠的汉子,忽然有点不知怎么开口。花钿穿着一套改良骑马装,两条麻花辫盘在脑后,手里捏着一根小马鞭,透着英气俏皮。昨儿在山上见到,段七心里咯噔一下,当着手下的面不好表现,只能越发英勇豪横,希望引她注目,这会儿要分开了,总觉得还有该说的话没说。

花钿看着段七,大方浅笑,七爷辛苦了,有时间来门里聚聚,我们姐妹没别的手艺,家常菜还是能做出点风味来,七爷不嫌弃,尝尝可好?

好。段七只说了一个字,然后大步往外走。手下们急忙跟上,女人们心明眼亮,个个看出端倪,藏着笑。更笑花钿吹牛,她也就会烧水,做菜能烧了厨房。可惜男人都是傻瓜,上头的时候更傻,恐怕端上来的是一盘焦炭,七爷也能吃出海参味儿。

刘簪儿走到金步摇身边,瞧着庙外渐渐阴沉的夜色,像是下了老大的决心才开口,只一句,我不走了。

不走,是因为知道天底下再没谁能像金步摇一样,为了她们豁出命去，为了她们报仇雪恨。不走，是从此以后把华胜集当了家，因为知道就算平日没有太贴心的甜言蜜语，她也不再是孤单一个了。

　　金步摇又攥住了刘簪儿的手，两人的手一样冰凉，都是打小缺人疼，握在一处，还能多些温度，好对抗漫天下来的春风烟雨。两人站在老爷庙门口的剪影落在楚北望眼中，这一刻他感觉到了久违的平静。家国也好，恩怨也好，死活也好，全部从心头消散，他只能看着这一幕，长久一点。

第七章

灯光烛影几千秋，
各自风流各自愁

负责吧台的酒保亲自送了一杯威士忌过来，柳映辉眉头轻蹙，非常时期，每个超乎寻常的举动都会引来麻烦。可下一秒，酒保在她耳边轻轻开口，这是竹内君送给你的礼物。柳映辉接过酒杯，把杯底粘着的纸条攥在手心，微笑谢过后，假装整理妆容，迅速展开一阅。

怀表在警署。

柳映辉深吸一口气，这件事似乎越来越有趣了。

春寒

1

顾旅长，字玄松，保定人，在军中不算大帅的嫡系，因为和南方国民军某些将领同样出身保定军校，后来投奔了在关外的旧友，加入了奉军。这应该是一次不太成功的选择，因为毕竟不是同乡旧人，时不时还要受到其他人的排挤，明里暗里，绊马索、陷马坑地招呼。幸好他同少帅交好，又在出关作战时候表现英勇，对直系同窗下手无情，才慢慢站稳脚跟。

他自认没有雄才大略，也就省了雄心壮志，想要和张一相争一下卫戍司令之位，有表忠心的意味，也真是想在奉天城彻底安家，戎马半生，至今孤寡。前头的婆娘一个死于难产，一个死于肺炎，还有一个在跟着他走南闯北的时候死于流弹，人说他是个克女人的男人。再主动寻上门的，就没什么良家女子了。玩玩可以，解决一下男人的欲望也行，但他不会像那些莽夫臭丘八一样，真的弄回家当老婆，乱了一个宅院。所以名义上，顾旅长还是光棍一个，大帅有时候拿他玩笑，说他身上的枪闲生了锈，一定要找人时不时擦擦才行。听话听音，顾旅长明白，这可能是怕他没有家小，不好安稳。他开始琢磨总该有个自己的安乐窝，做个体面又安全的官，娶一个漂亮又本分的老婆，好上加好。没想到张一相横竖要把他当对手，两人争锋，花落别家，梁子结下了，谁也别想轻易抽身。所以他才把安远贤送到了警署。官场上讲究个你来我往，礼尚往来才好下一步交锋。

安远贤的娘是顾旅长的远房表姐，丈夫年轻时候在天津杨柳青一家年画店当伙计，勤奋好学，心灵手巧，没几年就做了掌柜，写一手好字。杨柳青逢年大集,天津城里的洋人喜欢逛新鲜,成群结队地来,他还跟着学了几句洋文,后来得了其中一人的青睐,干脆带进城,从了洋行里的买办,从此西装革履,气度不凡。洋人信天主,对家庭特别看重,他有心换妻,但为了前程,还是忍痛把表姐接了来,一家子改头换面过上了好日子。

安远贤自小在津门受新式教育,偶尔回家乡祭祖探亲,透着与众不同。在顾旅长做旅长之前,表姐一家算是村里荣耀,后来被顾旅长占了风头,两家倒走动得近了起来,比正经堂兄亲姐都透着亲。安远贤有空没事来奉天玩,总是投奔这个舅舅,现在提出在洋人手下混不出头,想留在舅舅身边,倒是一拍即合的好事。

顾旅长私下叮嘱外甥,不用做什么危险的事,只要人能留在里头,对张一相来说就是个眼中钉肉中刺,不敢任意妄为。等过个一年半载的,张一相谋了去处,或者他跟着少帅多了一步前程,必定不会让外甥吃亏。安远贤涨红了脸,他能跟在舅舅身边学习,已经是天大的福气,哪里还有吃亏一说?顾旅长被哄得呵呵笑,虽然不是自家骨肉,居然也有点天伦之乐的感觉,心里一高兴,让安远贤干脆住在家里,反正他一个月有半个月在军营,这处三经街上刚修好的小洋楼空着也是空着,白便宜了管家厨娘老妈子。安远贤一边道谢,一边替舅舅鸣不平,堂堂旅长,怎么还要如此辛苦?

顾旅长瞧了瞧左右,没旁人,可以掏心窝子说话,北伐军大肆讨奉,阎锡山冯玉祥都站在老蒋一边,豫北冀南,会战平津,奉系安国军一路退败,现在大帅正在张罗和谈,但人家兵临城下,谈起来也没有好果子,弄不好就得返回老家来。南边人心叵测,打着北伐统一的旗号，说不定直捣黄龙。日本人更歹毒，多年来跟大帅斗心眼，南满表面支持大帅独立，实际上是想抢占更多地盘。关东军蠢蠢欲动，不甘心只是像南满那样名不正言不顺地占领，谁知道什么时候发起疯来就是一通乱打。两下有一点倒是一致，都盼着在东北的权势更多些。这叫前后夹击，腹背受敌。大帅看着粗，其实心比谁都精细明白，几次来密电，让他务必守住奉天，不管谁有异心异动，他都是大帅用来保路保命的棋子。何况去年南昌闹出那一场动静，大帅担心自家队伍里也有赤色惑乱，到时候不受摆布趁机作乱，搞不好让老蒋抓住把柄过来剿匪。所以他必须要盯紧了兵营，下到排长，上到参谋长，不能出一点差池。大帅的意思再清楚不过了，只要老巢不丢，总有翻身的时候。

顾旅长长叹一声，年轻时候心里盼着乱，乱才有出头的机会。如果天下承平，他可能还在保定乡下种田呢。可到了这把年纪，心里盼着安稳，他不盼着一将功成，更不想看到万骨枯，只想过些闲散富贵日子，娶个老婆，生一窝儿子。说着，酒劲儿上了头，顾旅长倒在沙发上发出鼾声。

安远贤到卧房拿了一床毯子盖在舅舅身上，外头雪花漫舞，看来奉天城比他想象的还要复杂混乱。看了一会儿，安远贤起身到了楼上客房，管家已经帮他铺好了床，让老妈子热了牛奶放在床头，掏出两封红包递了过去，以后还要多多辛苦。管家和老妈子脸上露出了真诚的笑容。

关上门，安远贤才松了一口气。他喜欢一个人安静地待着，只有完全独处，才能放松下紧绷的神经。他走进浴室，用冷水冲脸，然后一动不动地看着镜子。

安远贤用手指在镜子上勾勒地图，长江、黄河、北平城……他脸上露出一丝微笑，顾旅长说得没错，此时北伐军应该快进北平城了，奉系倒台的日子不远了。

而他，安远贤，国民革命军特别调查处调查员，奉戴长官命，为领袖尽忠，为国民存亡，保北伐胜利，调查监控奉系军阀，免于赤化危机、勾结外倭、心怀异志，虽危险阻难，万死不辞。

2

同泽俱乐部的舞台是按照巴黎红磨坊的规格仿制的，地台上的射灯据说也都来自法国，明亮灿烂且柔和，观众不管盯着柳映辉多久都不会感觉到一丝疲惫。大多数时候，柳映辉享受这些追随的目光，他们用最赤裸和贪婪的方式表示赞美，为了得到她的青睐，甚至可以献出生命。这种对肉体的追逐，充满了欲望的腥臭，牺牲也只不过是说说而已，不过聊胜于无，多少可以补偿她对掌控欲的渴求和从没满足过的虚荣。可现在柳映辉在台上摇曳腰肢，浅吟低唱，那些粘在身上的目光，在她内心激起的只有憎恶和厌倦。她已经受够了这种生活，她要的是堂堂正正凌驾于其他人之上，而非猎物或奖赏。她拼了命地在关东军里寻找出头机会，就是要摆脱女人只能为他人点缀的宿命。但不幸的是，这一天似乎遥遥无期。

赤木失败，好不容易搜集的关于奉军军备机密情报丢失，第三行动小组除了平川外全军覆没。柳映辉作为"暗樱"行动组负责人，被关东军参谋部特情少佐竹内君严斥，并被要求暂停行动。竹内君设计了另外一次行动，现在正在紧张进行中。

春寒

这是多么重要的一次行动啊，关东军参谋部及特情官员多次讨论，才最终确定了计划内容，争取收买奉系可用将领，发动他们刺杀大帅，瓦解帅府对东北的控制。大帅死去，整个东北必将陷入乱局，各方野心诸侯自相残杀，关东军出面收拾残局，用最少的兵力实现最大的价值。柳映辉听得心潮起伏，拼了命也想加入，为此不惜把全部责任都推到了李秉毅身上，是他的无能才导致这样的下场，她不介意亲手处置，也不介意在计划中充当马前卒。她和青壮军官交好，完全可以说服他们参与计划。竹内君骂她不够清醒，还不知道自己到底犯了什么错，必须继续反省。

柳映辉心中窝了一团无法发泄的怒火，她必须要有仇恨的对象，才能避免自身被火焰烧灼。金步摇、楚北望，这两个名字日夜撕咬着她，她很想亲自将他们除掉，但是竹内君明确说，作为关东军特殊情报人员，你必须服从命令。柳映辉当然不会违抗命令，但知道是一回事，内心的不满和挫败感是另一回事，就算竹内君随后又用尽可能舒缓的语气，向她解释整个战局、奉系的颓败以及帝国将因此得到的收获。他希望她明白，现在的蛰伏是为了不久之后的崛起，她明白，她愿意为此做出牺牲，哪怕要她继续忍受敌人近在眼前的挑衅。

此时楚北望和金步摇正坐在台下，耳鬓厮磨、软语浅笑，像是从没经历过杀戮，没看到春风春雨下的鲜血。他们到底是什么人？柳映辉绝对不相信李秉毅所言，楚北望只是一个想要立功升官的警探。这些年在奉天，柳映辉太知道那些想要升官发财，对一切忠诚忠义都不屑一顾的无耻之徒是什么样的嘴脸了。楚北望看似放浪，三不五时地在同泽彻夜饮宴，交游钻营，嘴里吞吐着酒色财气，可他的眼神总是精明冷静，就算周围人都已经烂醉，他身子摇晃，目光也从未迷离。他掏钱请客，帮人说项，跟着投机囤货，但从没有任何一样是伤及旁人更别说国家利益的。前日李秉毅入了一个局，几个军官和北伐军中旧友私下做棉布生意，把安国军运往前线的军服送到了战线另一侧。听起来是个笑话，难道不怕打起来误伤友军？李秉毅点着雪茄，在烟雾弥漫中笑说，当然不会，只要在胳膊上帽子上扎一条带子，照样势不两立。最难得的是，走一趟就是两倍的利，这个钱不赚才是傻瓜呢。柳映辉在给关东军特情部的例行报告中记录这件事，并给出自己的解读，中国人不足虑，一盘散沙而已。

中国人贪财、惜命、算计、小气，做事只求不出错，不求有功，就算在战场上也是对天放枪，敷衍了事。她看得都没错，只是算错了一点，要到很久以后，柳映辉才能明白，这只是中国人对中国人，一旦面对外来入侵，散漫的中国人会凝聚在一起，把所有的不可能变成可能。不，就算在很久之后，柳映辉和竹内君也没有完全明白，甚至在战后的法庭上，他们的同类依旧不解，为什么这些人可以忍受蒙古铁蹄践踏，皇帝宰相崖山殒命，忍受清朝挥军入关，扬州十日嘉定三屠，却不能接受日本人的统治。他们是来拯救中国和那些愚蠢的支那人，实现大东亚共荣的，中国人却不知感恩，拼死抵抗。他们悲愤的样子，十足像蒙受了欺骗和凌辱的好人，至死也不想接受这种羞辱。倒是有不知名的报人在刊物角落回答了她的疑问。

泱泱中华，有容天下，五千年传承，朝代更迭，百姓其实无所谓谁来坐皇庭，所谓亡国，不过是又一次的皇帝变更，如蒙人与清廷，

春寒

非士人无弘毅，终究让他们坐了三百年江山。中国还是中国。可日人入侵，要改文字，改语言，改姓氏，国人原本没有什么信仰，儒道佛都是有求之时才临时起意，唯有祖宗是唯一信仰，遇见好事了是祖宗庇佑，遇见坏事了求祖宗庇佑，家中穷困，祠堂和祖先牌位供奉从不马虎，日人来了，祖宗没了，张王李赵变成了山下龟田，祭奠谁呢？活活灭了种，于是不可忍。斗大的字不识一担的湖南农民，满肚子墨水的北平大学生，在橡胶园里娇生惯养的南洋华侨，东北没了家乡的旧兵，统统走到一起。武器破旧，给养不足，一场接一场地败，从白山黑水退到了滇缅边境，只是不放弃，不认输。于是，终得惨胜。中华大地上还有一户户祠堂一栋栋牌坊，告慰祖先在天之灵。

柳映辉不在乎李秉毅借本生利赚点小钱，也因此知道了楚北望从来不沾染这种生意。她心中清楚，楚北望不简单，她有足够的证据证明楚北望是冲着"暗樱"来的，渡边、赤木、平川，楚北望像一个嗅到血的苍蝇，拼命缠绕，早晚会成为她最大的敌人。

同样不简单的还有金步摇。柳映辉从到奉天第一次见到金步摇时，就已经有了拉拢利用之心。华胜集门徒虽不算多，可个个儿都能行走官家军家的宅门，探听消息也是根本，用在江湖获利上太过浪费。柳映辉不吝惜钱，她想如果金步摇肯合作，"暗樱"应该是最好的主顾。就因为洪门之前保华夏的名气在外，柳映辉才迟迟没有付诸行动，想先品品，再试探，何况她也不是没有建立自己情报网的本事。知道金步摇向来倨傲，段家五公子明晃晃追了多年，金步摇都可以不理不睬，何况一个还不成气候的"暗樱"。如果非说她是为了面子也行，反正这一耽搁就是一年，倒是发现金步摇只做生意，不管其他，心里又小看了两分，到底只是个女人，看着外面耀武扬威，为人处世还是关上门过日子的那一套，没什么大出息。可柳映辉哪想到，冷雅琴盲灯扑蛾子，撞上了华胜集的门，金步摇懵懵懂懂入局，然后大闹天宫，把所有铺排好的场面搅和得稀烂。她到底是有意还是无意？若说有意，"暗樱"与华胜集井水不犯河水，她干吗无利强出头？若说无意，但凡出点事故，就逃不开她的参与，次次都是无奈？恐怕也没这么巧。可金步摇到底知道多少？她和楚北望到底在聊什么？柳映辉心里乱纷纷，脑海中也是一幕幕走马灯一样地转，终于踏错节奏，唱错调门，乐队指挥有些吃惊，好在酒过三巡的看客无人发现，只爆发出惯常的掌声。

那就这样吧，柳映辉心里有了不是主意的主意，上命绝对不可违，竹内君的话说得清楚，战争打打停停，对他们来说是千载难逢的机会，已经有人去了北平和大帅密谋，只要他点头答应接受日本人的合作，最好的武器和支援通通出关，保证他碾平阎锡山、冯玉祥那些乌合之众。以后东北独立，大帅在日本人的支持下经营统治，成为东亚最紧密的盟国。这种情况下，奉天绝对不能乱，一丝风吹草动都会减轻谈判合作的诚意，因小失大。柳映辉就算焦虑躁动，心如刀割，也明白什么叫顾全大局，当然不会在这个时间下手惩治，不会亲自下手，但一个警察和一个女龙头，最不缺的就是仇家。柳映辉随便转一个弯，就能让他们死于非命。当然，这种意外死亡，对她来说得到的快感绝对不如死在自己手上来得酣畅，但为了大局，聊胜于无。就算竹内君知道了，不让他抓到什么证据，不给他面子上抹黑，根据她对他的了解，一定也是明贬暗扬。

再看关内战局，大帅一定坚持不久，不想被逼下野老巢被占，唯一办法就是接受日本的帮助。所以，这奉天城，早晚是他们的天下。到时候，她冒着风险剪除潜在隐患的行为也就能大白天下，所有的委屈都会得到补偿。柳映辉终于坦然微笑了。

见她终于转换了思路，竹内君才点头应许，作为情报人才，冲动和莽撞是天降大敌，所以，该停止的行动要停止，但有些事情，也该做好两手准备。利用奉军内部反对力量进行刺杀有破坏谈判，打草惊蛇的危险，但可以另辟蹊径，比如我们自己想办法渗透，一旦大帅执迷不悟，宁死不肯合作，我们也有克敌制胜的充分准备。柳映辉这才恍然，原来竹内君已经思考周全，明退暗进两手准备。且"我们"里头，自然有她。柳映辉心悦诚服，耳边的乐曲也悠扬起来。她听着最后一个音符渐渐消失，作为乐队指挥的竹内君从乐池起身离开。她看着他修长笔挺的背影，眼神中流露出从没有人见过的一脉温情。她想她会帮助他实现所有愿望，到那时候他应该知道，她就是全天下最值得的女人。

金步摇还在楚北望耳边低语，脸颊绯红，柳映辉进入后台之前，远远招了一下手，面上她们还是相熟的姐妹呢，总要做出点样子来给大家看看，可惜竹内君没看到。

没关系，他也懂她的。一定懂的。

3

金步摇听出了乐音起伏和往日有不同，但也没太过深想，俱乐部经常会请外面的乐队来驻演，风格不同乃至炫技都是有的。她倒是好奇楚北望怎么能找到消失的怀表，毕竟这是他今天把她邀请来的唯一借口，他说有办法。已经喝了许久，微醺半酣，他还没有揭秘的打算，开口说的还是搭七搭八的闲话。

段七爷的手下果然不一样，楚北望叹口气，那天一战，对面都是训练有素、经验丰富的士兵，居然也能让他一举拿下。若是警署混饭吃的有三分这样的本事，恐怕奉天城也不会让那些人说来就来，说走就走。

金步摇不知道楚北望葫芦里卖的什么药，只好跟着打太极，老路也不错，不到两天，就把平川的老巢找了出来，是你自己按兵不动，难不成是不想做出头的橡子？

楚北望笑，我是巴不得抢功呢，好官复原职，省得天天受气。

他现在屈居在陶量手下，出来进去听些冷言冷语，行动上也处处受限，幸好还有老路和小丁宝帮衬，不然真就是孤家寡人一个了。这些事不光金步摇，恐怕俱乐部里这些人，十有八九都知道。

金步摇不上当，一句点破窗户纸，你还是惦记着怀表和线索吧？

显然赤木弄丢的怀表极为重要，日本人在大帅眼皮子底下冒险装土匪也要弄到手，怎么会轻易善罢甘休？金步摇前日还特意亲自登门拜访了潘爷。

潘爷在城外小西湖圈了一块地，盖了一座江南风格的宅院。每年开春后，地里冒了绿色，他就搬过去住，清净又养生。对外还做出半隐退的架势，说着是不再管江湖事，但关外这一摊大事小情，都瞒不过他的耳目去。

金步摇见到潘爷的时候，他正装模作样地拿着鱼竿坐在湖边钓鱼。

春寒

湖面才开化，最多弄上点不成样子的鲫鱼，他心急，钓竿动来动去，像是追着鱼跑，多过等鱼上钩。见金步摇走过来，他干脆把鱼竿扔到湖里，扯着嗓子嚷，我说怎么鱼不愿意来，合着是有贵客，怕我今儿不放生，直接炖了汤。

金步摇赶紧笑，潘爷这身气派，我要是鱼也不敢近前啊。

在湖边亭子坐下，不远地方伺候的下人一路小跑送来茶叶点心咖啡蛋糕，摆满了圆石桌。吃，多吃，看你瘦的，要是泉姐在，不知道得心疼成什么样呢。潘爷拿出长辈的架子，又吩咐厨房炖肉杀鸡烙饼，就得吃点实在的，才有力气呢。

潘爷足不出户，什么都知道。金步摇从来不在明白人面前装聪明，捏了一块炉果一口吃下半边，应该是早上刚出锅，透着油香面香，蜂蜜的甜润在嘴里融化，把整个人都浸染了。潘爷点点头，是个识货的，这是宫里的手艺，御厨的亲传，这果子除了我这儿，你在外头，多少钱都吃不到。金步摇又喝了半盏绿茶，应该也是刚从南边送来的，透着江水春晴，放下杯子，用湿手帕沾了沾唇，晚辈的懂事听话都尽到了，该她开口。

潘爷，您是看着我长大的，向来疼我。我没出息，就想守住泉姐留下的这份家业，带着姐妹们平安过日子，可这年头，你不去惹事，也不耽误祸从天降。小钗死了，看着像是找到了凶手，但后头捣鬼的还阴着。堂口那么重要的地方，居然也有人能闯进来偷了东西走，还把我的人绑到山上，潘爷……金步摇还想继续说，潘爷摆了摆手，这些他都已经听说了，该帮的忙、该派的人，也都给足了。连那个反出去的老路借道，他看在是同一件事上，也睁一眼闭一眼放过去了。

所以，你干吗要招惹日本人？潘爷垂下眼皮，声音低且凉，透着一股子不应该有的苍老。

金步摇愣了一下，潘爷，怕是我没说清楚。

潘爷又摆手，你说得很清楚了。这件事的首尾我也找人问过，南满会社里死的是日本人，山上死的也是日本人。他们不会善罢甘休，别说我了，就是你找到帅府里去，人家也会叫你认了吧。

金步摇人都来了，怎么甘心白跑一趟，就算潘爷已经露出了不耐烦，还是要把话说清楚。潘爷，我就是想知道那夜闯香堂偷走东西的，到底是什么人。这跟日本人没关系。不，我说错了，是日本人也在找，我不想东西落在他们手里。

那东西与你什么相干？丢了是好事，你这丫头，难不成真要把华胜集祸害没了才放手？

这话极重，两人对坐着，能听见风过水面惊起的涟漪声。

金步摇能说什么呢？日本人图谋奉天，小钗的死，门里的危机，都与那东西有关，且牵扯到的可能是一城一省乃至一国的危亡。她没开口，因为这话好像不是她该说的。她就算说了，潘爷还是那一句，与你什么相干？于是她掏出泉姐留下的印信，一枚刻着潘字的印章，旁边加上一包让李婆子从八卦街上黑烟馆里弄出来的鸦片膏。

潘爷沉下脸，这算什么？图穷匕见？恩怨都叠加在一起，有今儿没明儿了？当长辈的，话总要说到，这么闹下去，华胜集会断送在你手里。别忘了泉姐怎么叮嘱你的，想平安，离官家是非远一点。

金步摇苦笑，她倒是想躲呢，可惜啊，总有事故找上门。

那就是必须要？

金步摇点点头，她要来有用处。

潘爷端茶送客，你要的消息一半天我叫人送过去，以后咱们两下再无瓜葛。

金步摇到底年轻，有些话还是没忍住，潘爷，您见谅，当说不说的，算我一份心，跟他们做买卖，早晚也是祸端。

潘爷差点砸了茶杯。

金步摇往外走的时候，心里忽然一阵唏嘘，潘爷年轻时候也是一方叱咤风云的人物，和木帮抗衡，三刀六洞不含糊，现在成了这样子。

到底还是家礼教的路子广，门人多，果然不出一天，有人送来消息，怀表在安远贤手里。金步摇想起两人曾经在唐文博家中有过一面之缘，他给她的印象是涉世不深，又无城府，真是看走了眼，于是火速叫人去查，脾气秉性，来奉天的缘由，这不难，却吃了一次意料外的瘪——居然一点有价值的都没打探出来。有人暗中拦着，有人私下提醒，连顾旅长都放了话，说这安远贤是过客，要各方都抬抬手。金步摇是个不信邪的，越是如此，她越想要个究竟。

这件事，金步摇一开始没让楚北望知道。也正因为如此，楚北望决定守着平川，等待"暗樱"再次发动，给他继续追查的线索，这很笨，但也是无奈之下的唯一办法。金步摇等的就是这个无奈和唯一，这样才能继续和他谈条件。

楚北望一边做出和金步摇耳鬓厮磨的样子，一边用目光搜寻舞池中每个看似无辜也看似可疑的面孔。负责盯死平川又尽量不暴露的老路汇报过，平川入城后，曾经来过俱乐部，加上从赤木身上找到的火柴，楚北望几乎可以确定，同泽里面有"暗樱"的人，且应该有上层人物存在。他私下调查，花了大价钱买到俱乐部工作人员档案，每个都不错落地翻查考证，最后只能赞一声吕少校是个精细到极点的人，就连门童和负责厨房打扫的婆子都有根底。特别是负责赌场和四楼套房的服务员，个个儿家中都有人在军中或官场，且每三个月，吕少校考评后，会将他们分别送到讲武堂或军工厂，给他们一个家人期待的好前途。如此一来，就算有人起心动念收买，怕也不会真有目光短浅之徒。

楚北望看着翩翩起舞的客人，这些军中新贵不乏凌云志，有些也总抱怨被上级压制没有大展拳脚之机，关外还在边败边谈，他们担心将来奉系蜷缩关内，前途更加暗淡。有了无法消解的欲望，自然就给人可乘之机，可一个个地明察暗访需要时间和人手，唐文博死后，楚北望一直在等新的上级和联络人出现，甚至开始用期待的目光看着每个与他打交道的人，可惜得到的只有按压在心里的失望。在确定无可奈何后，楚北望明白只能继续和金步摇合作。

这让他有些开心。

楚北望说了实话，我没查到怀表下落，骗了你来，实属无可奈何。金老板见谅吧。

针扎一样的话咽回肚子里，眼前这个男人看着云淡风轻，但眼中透着一股疲惫，金步摇突然觉得有些心疼。男人都不易，想做事难，做好事更难，她不忍心了。

柳映辉猜得没错，接下来楚北望和金步摇在巧笑下已经达成了一笔交易，简单地说，金步摇接了楚北望的委托，调查出没同泽俱乐部里军官的私密，这不算坏规矩，华胜集一开始做的就是这种买卖。何况唐宅事件后,坊间的传言让门里生意冷落,有些自诩清白的太太小姐着意要跟华胜集划清界限。顶门立户过日子,金步摇必须赚足了钱,才能照顾姐妹。楚北望没讨价还价,出手给了一半当定金,比之前的主顾都大方,金步摇没有拒绝的理由。

金步摇晃晃手中的酒杯,快要融化的冰块轻撞杯壁,发出最后一声清脆声响。她盯着楚北望,丑话永远要说在前头,我收钱办事,至于你到底图谋什么,跟我华胜集无关,这是规矩。

楚北望看着柳映辉往这边来,笑着按住金步摇的手,尽量用旁边有心人能听到的声音说,我都听你的。

金步摇贴近楚北望脸颊,你的生意谈好了,现在该谈我的了。她知道楚北望表面不动声色,内里应该颇为警惕,轻笑了两声。

我知道怀表在哪里,你若想知道,拿具秋平的案卷真相来换。

金步摇说完,抽身回来,将杯中酒一饮而尽。你有办法的,在日本人那里搅出那一场风波后全身而退,这点事对你而言还不是动动手指头?

这话没错,金步摇查不到的案卷,楚北望军中警中的人脉自然可以找到端倪。女人为了心里一点不舍,苦苦追究,自古有之,傻或者是情深,都有吧。能把交易算到骨子里,榨干净所有价值,也能仗义情深,两样看着矛盾的特性融汇一身,她也算奇女子了。

楚北望看着金步摇,每次交锋,都自以为了解了她,但每次她都让他出其不意,且认定自己又小瞧了对手。他无力反驳,只好也干杯,两人相视而笑,各自的心思都清楚。

柳映辉当然知道这是虚情假意,可挡不住心里还是有一丝嫉妒,扭头看见吧台边的李秉毅,也是剑眉星目,却不知为何总带着一股猥琐味道,好像是察觉到她的目光,李秉毅讨好一笑,更猥琐了。好在,这一切都不会继续很久。

负责吧台的酒保亲自送了一杯威士忌过来,柳映辉眉头轻蹙,非常时期,每个超乎寻常的举动都会引来麻烦。可下一秒,酒保在她耳边轻轻开口,这是竹内君送给你的礼物。柳映辉接过酒杯,把杯底粘着的纸条攥在手心,微笑谢过后,假装整理妆容,迅速展开一阅。

怀表在警署。

柳映辉深吸一口气,这件事似乎越来越有趣了。

4

晚春的风穿堂而过,安远贤看着手中金步摇的名帖,第一个念头是,终于来了。金步摇约他明儿中午一叙,地点任选,务必赏脸。他让来人传话,六合茶楼就很好。听说有昆曲名角来献艺,他很是想一饱耳福。送信的人走了,安远贤坐回到阴影里,脸上带出一丝微笑。他大概知道她为什么邀约,想看看她能拿出什么筹码来。

戴先生在关外的铺排不多,胜在经费充足,加上战场一路凯歌,奉天城里有远见者和墙头草,纷纷投靠。安远贤孤身前来,却像是胸有千军万马。比如远房舅舅顾旅长,嘴上不争不抢,心里比谁都明白,打从他来,便发了几封电报要人盘查底细,知道后找他举杯,说是心系国家,希望早日一统。安远贤跟着笑,舅舅这份爱国心,一定有施展的舞台。

比如六合的段五，看着不过是一个票戏的纨绔，眼线众多耳目也灵，他初来，以为无人知晓的工夫，段五就找到了旅馆，话里话外流露出可以协助合作的意思，图将来一统后自家的富贵和段七的前程。求上门来，自然得有见面礼，段五豪气，任他挑选。他出关之前也知道"暗樱"，更想抓到奉系里头跟日本人勾连的汉奸，于是点名要细作活口，段五安排了人跟着赤木，却被斜刺里杀出来的楚北望抢了先机，段五就叫人弄来了怀表。这可是不容作假的证据，交给戴先生，大帅谈判桌上也就多几分难受。

安远贤连夜找到最可靠的人把怀表送走，随怀表送走的还有一封密信，写明了奉天局势要比想象中好得多，人心所向，北伐有望，话不多，表明了段五和顾旅长等人的功劳，一来表示自己不贪功，二来更说明自己工作展开有成效，两样都是戴先生看重的品质。当初戴先生亲命他出关，有些一起在训练班的小人还隔岸观火看笑话，都以为关外凶险又对大帅愚忠，白忙一场没任何功劳可拿，现在他们应该笑不出来了。安远贤甚至开始幻想自己功成后回到南边，还是那些小人，势必会用不一样的嘴脸前来接风洗尘，逢迎巴结，到时候他该如何应对？大度，一定要大度，这会让戴先生更明白他才是可造之才。此乃机密，也是安远贤故意给外头放出的饵，想要钓出给日本人办事的人，若是和帅府有瓜葛，拿到切实的证据，谈判更是稳操胜券了。

打从金步摇派人去查他的底细，那些想要和南边挂上关系的人就送了信来，口口声声地担心，拍着胸脯要帮他解决麻烦，要华胜集和那不知深浅的娘儿们远离，他笑着按住了，没什么好担心的，说到底还是他先给她添了麻烦，拿走怀表，让她跟日本人在马耳山开了火，虽然没有损伤，但他还是觉得欠她一份人情。戴先生一贯喜欢和江湖人来往，曾说过，他们义气且简单，使用得当了，是个好助力。安远贤结交了段五，也不怕再多一个金步摇。该让她知道的，他会给人情；不该让她知道的，他自然会藏好。想来能吃这碗饭的人，也不会没有这点眼色。

金步摇思来想去，到底还是咽不下一口江湖义气，不管他什么来头，闯香堂就是大忌，若这样也能装聋作哑，日后可真就没办法做人了。很多事情，需要一个说法，既然查不出，那就当面锣对面鼓。于是头天给段五送信，要最好的包厢，先吃饭后看戏，要宝发园的熘肝尖、熘腰花、摊黄菜和煎丸子，还要帅府小厨房的王宝田秘制的一坛子错菜，酒要老龙口的酒头，劲儿大，开盖满屋子酒香。再跟昆班班主说好，加份红包，单点一出《牡丹亭》。这是先做足的礼，到底要不要后面的兵，就看安远贤是否识相。

这天有些初夏的意味了，走出来，可以看见街边的树发了芽，柳枝随风摇摆，甩动一街春色。这应该是奉天最好的时节，不冷不热，一切透着生机勃发，就连北市场里那边摆摊的小贩也露出了笑模样，天长了点，生意好了点，家里头懂事的孩子到城外可以挖回不少野菜，虽然日子少油盐，但不会饿肚子了。

金步摇和安远贤居然就在六合茶楼高大的雕花门廊下头撞见了，一个顶着翠花步摇微微颔首，一个摘下黑色礼帽点头致意，一个举步收裙带出缥缈香气，一个黑色皮鞋背影笔挺，走在后头，一只胳膊虚撑在女人腰间，绅士且从容。街边背着擦鞋箱的小孩子看得直愣眼，心里琢磨若是长大了，也要像这样。

伙计满是抱歉地解释，段五爷家中有事，今儿不能亲自奉陪，交代了大家伙儿，一定要让贵客满意。金步摇点点头，安远贤知道段五这是怕下不来台，躲走了。两人前后跟着伙计进了包间，桌上摆好了酒菜，窗台还安排了一盆盛开的迎春花。这是最寻常的小花，路边开出簇簇黄色，不需要打理培育，因为常见，也不怎么受人待见。可这是金步摇的心头好，迎春花开万物生，再难的日子也能过下去。

安远贤帮金步摇拉椅子，又从怀里掏出一个红色丝绒长盒，推到金步摇跟前。他知道是鸿门宴，也清楚金步摇知道了多少，于是要占个先机。

先给金老板赔个不是，前日心急，为的是不想日本人得逞，在下又是初来乍到，只好贸然派人行事，可实在不知道那里居然是重要地方，只一心保国，未做他想，知道金老板一定不会轻饶，先表个态度，金老板看如何惩治，才能解气，在下甘愿领受责罚。好在怀表现在已经送到了南边，连戴先生都在赞金老板一介女流，巾帼不让须眉，有爱国心，又识大体。一份薄礼，希望金老板笑纳，日后还要金老板多关照，待北伐成功，在下一定帮金老板请功。

一番话说下来，金步摇听明白了三重意思，安远贤靠山在南边，奉天城也有大把能用的人。南边要插手东北，他来做先锋。如果她不合作，将来会有苦头吃。

金步摇盯着安远贤，她不是被吓大的，三两句话就把事情抹平了？安先生青年才俊，身后有大树，做的是大事。华胜集门面小，但也有立足的规矩，若是江湖上传出去，我就算不追究，怕是姐妹也不会服气。

安远贤忙正色，这是当然，所以戴先生也知道，东西是金老板着意交上来的。您怕是还没听说，戴先生送了门生帖给上海的万老爷子，青洪本一家，若是金老板怕江湖道上有话，我们可以请万老爷子出面，必须给华胜集正名。这件事，出了这道门，没第三个人知道。金老板也应该清楚，鱼饵不在，鱼就跑了。这关乎国家，不用我说，您也知道深浅。

话到这份儿上，软刀子硬刀子都亮了出来。金步摇自然知道青帮万老爷子的名头，若论起辈分来，她还得叫一声爷，那口口声声提到的戴先生，自然也是叔父辈。长辈用东西，提前没打招呼，过后给足面子，这样的事之前也不是没发生过。若还要追究，黑白道上她都站不住脚了。何况她已经得罪了家礼教，日后真有事，说不定青帮说句话，能帮她度危难。不是居家小女人，没资格小肚鸡肠，金步摇于是伸出手，把横在桌子当中的锦盒勾了过来，打开看，是一柄金镶玉的步摇，看做工手艺，怕是宫里流出的物件。

金步摇再看安远贤，眼里的凌厉就收了几分，故意表现出点女子见钱眼开的小家子气，笑着收下，谢过那些还没见过面的叔爷，将来若有机会，还要亲自道谢呢。且请安队长务必放心，做了这么久生意，别的本事不说，嘴严是第一位的，不然也活不到现在。接着，金步摇站起身给安远贤满上一杯酒，将来还需要您多多提点。只是先生不怕吗？话说猛龙不过江，眼下这里还是大帅的地方，您明晃晃地帮南边办事，这不是要摸老虎屁股？

安远贤笑了一下，以后这也是大帅的地方，不过天外还有层天罢了。

春寒

两人都笑，又几乎是一块收了笑意。安远贤喝酒上脸，一杯下去，脸颊透出了红。他看着金步摇，目光如寻常男人般贪婪。金步摇手捏着酒杯，看起来也放松了些。

安远贤声音低且轻柔，目光慢慢转到红丝绒盒子上，开口道，金老板，说句交浅言深的话，楚队长看着不简单，您要是真心为了门里好，还是躲远些。

金步摇没接话茬。外头什么时候开始飘柳絮了，看着像雪，刮出了丝丝凉意。她听明白了，安远贤和楚北望不是一条线上的，红丝绒盒子这会儿看着有些刺目，像是安远贤隐喻中楚北望的身份。安远贤看起来什么都知道，包括她和楚北望之间的交易，要停止吗？金步摇心中有些狐疑，别的话不论，为了门里那些苦命的姐妹，总要谨慎才是。但为了一个陌生人的几句话就止步，恐怕太小瞧了她。

你不怕我告诉他？不管怎么说，我和楚先生算是老相识了。金步摇看着桌上的菜慢慢凉透，诱人的油光凝住了，透出一股子腻歪。

安远贤笑了，伸出筷子拣了一口摊黄菜放进嘴里，咽下去才开口，金老板，你是聪明人，何必招惹跟你无关的大是大非。话说到这儿，我也不怕惹你笑，其实还有一笔生意想跟你商量一下。

金步摇心里一紧，猜也知道安远贤接下来要说的是什么，聊了半天江湖，可到底还是官场上阴里阳里那一套。

安远贤吃起了兴致，凉透的肝尖腰花都塞进嘴里，眼睛亮了，脸更红了，嘴角牵起了笑意，刘簪儿入你门下之前在街上偷窃，被失主抓住，为脱身，扎瞎了人家一只眼。花钿，冒充道外花家人，骗了东田洋行一笔款，挂在天津租界警察厅，至今未结案。巧蓖当初要被村里人祭河神，为逃走，杀了村里两个庄丁。

金步摇听着，这些她都知道，泉姐死前细细交代过，但之前也以为只有她知道，这是华胜集比印信香堂更重要的秘密，现在被人掀开摊在桌面上，像那盘吃了一半的黄菜。

刘簪儿偷窃伤了人，失主是开娼馆的主家，一年死在他手上的姑娘少说三个。花钿骗钱，那笔款是东田和道外花家交易的鸦片钱，花钿不姓花，爹妈都死在烟枪上。至于巧蓖，要么等死，要么杀人逃命，换成她，怕也会如此。

金步摇把筷子摆在盘子边，淡淡开口，你还没说我呢，一把火烧了祠堂，送到警署，也能拿点花红。

安远贤继续笑着，我想姐姐帮我一个忙。他笑容诚恳，唇红齿白，眼神透着一丝戏谑，语气轻松快乐，若不是刚刚那一番刻骨阴寒的话，很容易让人心生喜欢。

不是很为难的事，只要盯住了楚北望，看看他到底是什么人，平日做什么事就好。

金步摇冷冷地回，安先生手眼通天，你都说了他不简单，按照你们的手法，做掉就好，干吗费这个周章？

安远贤皱眉抱怨，本来是这样的，可姐姐你也说，这里不是关内，如果弄错了，怕是被人抓住小辫子。何况眼下他也不是顶要紧的，只要不坏我的事，先分辨清楚更妥当。你说是不是？

金步摇懂了，若真证实了楚北望是那边的人，按照眼下的态势，若想活命，就要认人摆布拿捏。官腔打得再好，左不过就是想让楚北望当出头鸟，挡子弹，出事当个垫背的，没事再下手来收拾。脏心烂肺，皮里阳秋。金步摇肚子里憋了不少骂人的词，面上只是轻叹一声，算应了，也没应了。这一顿饭吃出了太多东西，总要慢慢消化。

安远贤好像越发觉得有趣，这会儿忽然睁大了眼睛道，姐姐，不让你白忙，你最想知道的那件事，我帮你查，怎么样？

金步摇最恨别人用具秋平来当筹码，若是之前还有些动摇犹豫，打着明哲保身的旗号，出于保护姐妹的名头，可能真会依从他，毕竟楚北望只是个外人，但现在不同了。金步摇心冷气恼之余，刚刚被搅和得有些发昏的思维瞬间清醒过来。安远贤的眼神不对，他之前语气轻松，但仔细听下去，还有一份认真打底，刚才这句问话，却是完完全全的戏谑，像是认准了她会咬钩，这才刚刚开始，金步摇知道，一旦她妥协，将来就会被他牢牢攥在手心。她无法脱身，华胜集也将沦为打手，这是她无论如何也无法接受的。

大部分时候聪明女人会以柔克刚，金步摇从不认为自己足够聪明，有时候宁愿硬碰硬，就陪安远贤下这一盘他开局的棋，可怎么打怎么收，还轮不到他做主。她不是那等居家女子，没有害怕了躲在男人身后的福气，也没有任人拿捏的胸怀。

安远贤到底还是算错了她。

5

银锭儿自从山上下来后像是一下长大了，好几天强颜欢笑，听到门响，眼神如受惊的小兔，脚步总是迟疑。没人过问她在山上都遭遇了什么，毕竟那是漫长的一夜，所有不堪都有可能出现。金步摇知道丫头心里有了一道伤，没办法，一辈子还长，这道伤会好，但疤痕永在。银锭儿说她以后再也不会相信男人了。如果真这样，未尝不是好事，只是金步摇更明白，这话在她遇见下一个中意男子的时候，会自动消失，像是从没说过。不然哪有那么多撞破南墙的笨女子呢？金步摇不会戳破，因为说了也没用，脚下的路得自个儿一步步走。

好事是银锭儿算是正式入了门，从使女成了门人，金步摇着意栽培，让刘簪儿教身手，巧蔻传药理，花钿带着学写字说洋文，还特意寻了一个新婆子打理杂物，好让银锭儿不分心。银锭儿本想跪下磕头行拜师礼，几个姐妹赶紧拦，门人互相传技也是规矩，将来做事谋生，帮扶照顾，彼此倚仗，跟外面的师徒有别。

金步摇早就把花钿、刘簪儿、巧蔻几个撒了出去，按照楚北望给出的名单挨个儿探查。名单上多是经常出没同泽俱乐部的奉军军官，个个儿在奉天城中有私宅外宅藏着金丝雀。男人在外头办事，想要升官发财，心里头藏着八百个心眼儿，嘴上没几句实话，见风使舵，虚伪周旋，面上都是春风，心里累成一片焦土，好不容易回到各自的销金窟，看着眼前的心上人，喝两杯劲儿大的烧酒，紧绷的神经放松下来，想让女人更多崇拜，又想在女人面前给自己挣够面子，或者是有了想不明白的关节，不是说想听女人意见，不过叨咕几句，给自己一个梳理的空间，这会儿真话难免要露几分。这几分传出来，落在金步摇耳朵里就是可以换钱的情报。也不是他们的金丝雀存心出卖，有些甚至还天真以为男人有真心，以为自己有被扶正当太太的时候。可是巧蔻、刘簪儿几个会告诉她，男人精明在官场，女人精明在男人身上，眼下她们再受宠，再锦衣玉食，也不过是金丝雀，说好听了是情人，说不好听是玩物。男人是什么？图新鲜，贪美色，馋嘴儿吃不够。最要紧的是喜新厌旧，他们拼了命地钻营向上爬，为的就是不管到什么时候都能找到嫩草吃。别以为自己和人家家里的原配黄脸婆有任何不同，现在他们能甩下她们，别管是不是一起吃苦，是不是糟糠之妻，都不会有半分情面。这就是前车之鉴，没半点意外的。所以，不趁着能捞到点体己的时候多下手，还等着被扫地出门之后欲哭无泪吗？

都是一心为自己打算的姑娘，哪怕因色因情一时上头，听了这些肺腑之言，也没个不惊醒的。何况将来保不齐有求到华胜集的时候，半遮半掩地，那些话就传到了刘簪儿、巧蔻耳朵里。分配任务的时候，都是私下交代，谁和谁都不许私下串通，这是铁打的门规，怕有人心存异念，探出底细，卖给外头有心人，回来汇报也是各自有各自的时间，汇总在金步摇的小屋里。

听了真有些心惊，都说奉军是父子军，上上下下都是帅府的忠臣良将，可谁知道关上门，各自都有小九九，有人私下联络直系和北伐军，有人确实参与了南满的生意，还有人正在组建青年军官会，打着为国为民统一大业的旗号，为即将出现的变局做准备。什么准备？具体细节没人透露，只说会变天。金步摇原以为楚北望是在危言耸听，现在看来，表面平静的奉天城，比想象中更加危险。变天，最后得意的是谁，便宜的又是谁？

金步摇想着好歹应了安远贤，背后下手表面功夫就更要做足。此刻银锭儿正在楚北望的公寓里头，被金步摇派出来做事，盯着楚北望，看看他日常都干什么、吃什么，品品他的本性如何。银锭儿一脸惶恐，她还没学几天，怎么知道该如何行事？金步摇笑了，不知道也没关系，只要你去了就好。于是银锭儿坐在沙发上,看着楚北望煮咖啡、煮面,还不知从哪儿翻出一块西洋点心,摆在满花小瓷盘上。尝尝,看看喜不喜欢。我平常不喜欢,太甜了。

确实甜,但满嘴的奶香让人愉快。银锭儿忽然笑了一下。

楚北望伤已经好得七七八八,正转动肩膀,加速活血,有一搭没一搭地跟银锭说话。多大了?家在哪儿?平日喜欢看书还是看戏?喜欢吃面还是吃米?金步摇严厉吗?学不会本事会挨打吗?刘簪儿和巧篦好,还是和花钿好?李婆子多大年纪了……银锭儿一五一十地答,答到一半想起来,她是来查他的,怎么倒自己成了被审问的人。

你呢?你多大了?家在哪儿?你喜欢做什么?你有老婆吗?你和谁相好……

楚北望一个问题没答,只是哈哈大笑,笑够了说,回去问问金老板,我出钱,送你去念书可好?大南门天主堂开了一所女子学校,神父是有名的教育家,可以学到不少本事,学好了,将来还能去意大利留学。你是个好孩子,这么年轻,该有一个不一样的未来。

银锭儿回来的时候,脸上似笑非笑,站在金步摇跟前,低下头,手指拧着衣襟儿,半天才说一句话,我觉得楚先生是个好人。

为什么?

楚先生说,以后我们都能过上好日子,再没有危险,也不会被人欺负的日子。能这样说话的人,是好人。银锭儿说完,脸红了。

吃完了饭,金步摇让大家都留下,事儿办好了,凑在一处松散一回。金步摇给了银锭儿一把零钱，让她们在一处斗纸牌，也好多增加点感情。经过这几档子事儿，门下又凋零了些，不算外头挂名的梳发女，留下来的也就眼前这几个了。金步摇平日里不太跟她们玩闹，但心里知道，就这几个，也不是看起来的那么一团和气。刘簪儿和巧蔻更近些，但是死活看不惯花钿，嘴上不说，眼神里的不屑瞒不住。花钿看着不介意，但心里也是咬着一股劲儿，隐隐要争一个头名的意思，着意对银锭儿好，也是想让金步摇看到。李婆子年纪大了，自然不会参与，但前两天私下来找金步摇，露出了想到乡下养老的念头。金步摇不想再失臂膀，追问下，李婆子居然说是因为金步摇做的事会让华胜集遭难，她无力阻止，只好回避。金步摇赶紧安抚，以后若有什么，一定事先和她老人家商量，这才让李婆子继续留在香堂。好在刚刚银锭儿表了态，绝对不会离开华胜集，什么女子学校再好，她也不想孤身一人。

　　金步摇换上初夏的烟青色素旗袍，再下楼，几个女子已经把心思都放在牌上，这样好，算计牌总好过算计人，两两捉对，没固定的搭子，谁和谁都有远的时候近的时候，牌斗酣畅了，心里的疙瘩就能小一点。她没惊动她们，从柳塘后门穿树林小路，奔了楚北望的公寓去。

　　偌大的楼沉在夜色里，初夏的风绕过月和云，在街头蔓延游走，细细体会，能察觉到即将而至的温润。金步摇难得素颜，头发绾成最简单的发髻，只戴了米粒儿大小的珍珠耳环，像是哪户人家的管家姐姐，走在街头，无人注目。

　　如银锭儿所言，楚北望今儿不出门，像是知道金步摇会来，一早准备好了红酒火腿，切好了奶酪等着。金步摇站在门口，看着灯光下的男人，心中忽然有一丝恍惚，这幅画面不止一次出现在她的梦境中，只是梦里的男人不是他。

金步摇没再往前迈一步，今儿不喝酒，只说事儿。事儿也简单，一是那些军官的各自心思，已经查出的结论，不过还要找到那个领头人，二要小心安远贤，三是你要找的东西已经被送走了。这件事算我办完了，也算没办成。具秋平的事，怎么办，办不办，你拿主意就好。

楚北望关心的是怀表最后的去处，金步摇坦言已经送到了南边。楚北望点点头，这样也好，只要没落在"暗樱"和日本人手中，总算不负所托。同时也获悉了安远贤的身份，他是南边来的。

金步摇忍不住提点一句，现在你更该担心的是自己。他可盯着你呢。

楚北望笑了，我说怎么银锭儿巴巴儿地跟我聊了一个下午，金老板，现在你知道我是什么人了吗？

金步摇索性诈他一下，人说你是这个……金步摇手里捏着落地灯罩上垂的红丝绒，心里七上八下，想他承认，又怕他承认。

楚北望沉默半晌，说，我不是坏人，我也不会做坏事。

金步摇心里哗的一声，果然是。这男人也是疯了，这年头认了这个，等于不要命。他就不怕她出门报官拿赏金？

楚北望往暗影里藏了藏。金步摇来之前他已经决定，若是她问，他就如实答。争取金步摇的支持，争取华胜集的力量，不不不，这只不过是其中一层，还有一层是，他不想再骗她。这些日子她冒了多大危险，若是再不说实话，还一个劲儿地拉她入局，他还算是男人吗？

金老板，你可以不再接我的生意，走出这个门，以后我们素不相识。你放心，不管发生什么，我也不会牵连到贵门下。这些日子，抱歉，多谢。

金步摇自然知道话里的分量，她可以和潘爷一样，管他什么日本人，什么间谍，什么家国，关上门来过小日子……问题是，关得住吗？她能带着姐妹独善其身？她没什么学问，但也知道她们命贱，外头凄风苦雨吹进来，第一个伤的就是她们。莫不如在伤及自身之前能做就做点，日后也不怕见老祖儿。

生意归生意，华胜集从来没有把买卖推到门外的道理。你交代我的事，我会继续盯着。你，保重。

金步摇说完转身离开，怕自己再待下去，心里会更加摇晃不安。

楚北望眼里的光亮了几分，这会儿他才知道自己刚刚有多担心，如果她真的走了，此生不复见。

半晌站起，楚北望把所有酒菜都送给隔壁邻居。他们不熟，只在走廊碰过面，收礼的惊诧，送礼的难免尴尬。也好，这样就掩盖过了刚刚那一点失望，楚北望转身大步走开，毕竟还有那么多正事要办呢。

6

总务科在警署算是养人的地方，没油水、没危险，余昌平又是个不惹事的人，要论人缘，还能算上警署头名。老路琢磨几天，跑到中街古玩铺子寻了一套上好的檀木象棋，包在一个棉布包袱皮里，塞进了余昌平的办公桌。余昌平一边说破费，一边答应教小丁宝科内庶务，将来好顺理成章做文职。小丁宝知道这是老路一番苦心，可年轻男人，谁还没点雄心,难不成这会儿就养老?跟老路说不通,小丁宝回去求姐姐,姐姐听完骂他不识好歹,然后备下一桌上好的酒菜,专门款待老路。小丁宝泄气了,他从小是姐姐带大的,从没想过不听话。

楚北望找来的时候,小丁宝还在灰心丧气中,看着别人走在街上带着枪,耀武扬威的,三天两头立功,再看看自己,被余昌平安排打杂,哪里要搬家要维修要换灯泡,处处都找他。这算什么警察?小丁宝想说等下个月,姐姐过生日,趁着她高兴,再去说说,哪怕进不了二组,去一组也是好的,总比现在让人看不起强。要是光局里这些小人狗眼看人低也就算了,他又去了两次同泽俱乐部,远远站着,没敢靠前去。

他是想看看柳映辉,那个仙女一样的女人,看见了,人家从汽车上下来,身边跟着的都是军官,再低头看看自己,旧警服,破布鞋,凭什么往前凑?他本以为好好拼命,弄点功劳,早晚能成为柳映辉的座上宾,但现在看来,压根就是痴心妄想。归根结底,弄到眼下这步,起头就在楚北望身上,他看见楚北望,知道他落魄了也是长官,需要恭敬,但脸上还是带出不高兴来。

楚北望以为小丁宝是嫌总务科工作零碎,哪里想到还有女人这一层,劝的话也就没踩在点上。他说你安心工作,等过些日子,风波平息了,我再帮你想办法,可是现在需要你帮我一个忙。若是放在之前,小丁宝还会心生感激,但这会儿只觉得自己和老路一样,就是被姓楚的利用了,于是只冷冷瞧着,没说话。楚北望再次忽略了小丁宝的情绪信号,也不是粗心,委实觉得一个十几岁的孩子,身家清白,涉世不深,能有什么多余的心思?

事儿不算难,档案科库房在地下三层,每年怕返潮,到了这个时候总要搞一次晾晒整理,人手不够,余昌平派小丁宝去帮忙。楚北望要小丁宝在那些陈年案卷中找出八年前一件贪污案的卷宗,经办律师是唐文博。要小心,不能让其他人知道。小丁宝应了一声,转身就走。

楚北望离开警署,余昌平一路送出来,嘴里还是惯常的客套话,楚北望感受到温暖的同时,多少还有一点诧异,但也是一闪念而过了。一个以"与人为善"为生存原则的人,可能习惯了奉笑脸吧。

楚北望去了曾经和唐文博光顾的居酒屋,老板还认识他,也知道了唐文博的死讯,特意支开服务生,将他带到后头。开门见山,说吧,需要我帮你做什么?

楚北望心头一暖,老唐人不在了,可留给他的依然很多。楚北望知道这件事极为冒险,但别无他法,希望老板能够从关东军或者南满的客人里,寻找到"暗樱"的线索。"暗樱"是杀死唐文博的凶手,正在谋划一项颠覆奉系的行动,一旦被他们得逞,东北会乱,眼下所谓的和平也岌岌可危。老板沉吟,他同情中国革命者,但更爱自己的国家。楚北望情急,正因如此,你才要帮我,帮我就是帮你的国家,你应该比那些狂热的所谓大和战士更清楚,一旦发生战争,一开始你们可能会有胜利,但最终也会自食苦果,你应该不想你的国家和人民陷入这种泥沼中吧。

几乎就在同时,小丁宝见到了柳映辉,自然是柳映辉主动现身,圆了小丁宝好几夜的梦。坐在柳映辉的车上,小丁宝连喘气都放轻了,生怕惊醒自己。柳映辉还是先叹息,一个女人的种种不易和艰辛,都在叹息里做足了。对于小丁宝而言,为了身边这个女人去死也是值得的。何况她只是想问问,楚北望到底在图谋些什么。小丁宝一五一十地说了，还不忘加上一句，日后如有需要，他必全力以赴。柳映辉感动得眼眶都红了，好像整个奉天，不，整个世界，只有小丁宝一个肯如此对她。这是他们之间的秘密，万不能说，这不是为了她，是为了小丁宝好。小丁宝照单全收，于是想起自己无意中偷听到老路和姐姐说过，楚北望要老路帮着找人，找那些被通缉的人，他们有不同的理想，所以遭受了不幸。柳映辉心里怀疑许久的事，在这一刻找到了答案。她真心觉得小丁宝有用了，眼神中带出更多水色。这比塞进小丁宝手里的大洋有用许多，钱也还是要给的，这是心意，是对他的疼爱呢。

下车许久，小丁宝站在街边，心里鼓荡着一股劲儿。他第一次感觉自己成人了，能顶一方天地，是比老路更男人的人，老路不过是帮姐姐干些活儿，而他帮柳映辉干的是大事。

柳映辉在车上拍了拍司机的背，一直低着头的司机转过头，是李秉毅，柳映辉轻声说，看来还是我赢了，该怎么做，你清楚吗？李秉毅点点头，露出已经用惯的心悦诚服的表情。

楚北望喝了一杯清酒，吃了两块生鱼片，人冷静着，血热着。离开的时候天已经黑了，楚北望已经走到车门处，忽然想起要给金步摇打包一份寿司，转身又往回走，刚走出三步，身后传来一声爆炸轰鸣，他被气浪掀翻，整个人扑倒在街上。

楚北望的车在暗夜中燃烧，火光冲天，驱散了春夜微寒。一切都要变了，该来的不该来的，排山倒海一样，楚北望一边忍受耳鸣气闷，一边爬起，用最快的速度钻进小巷。他忍着腿上被炸出的金属碎片切割出的剧痛，用力奔跑。他要活下去，因为太多的事才刚刚开始，他没有结束的权利。

另一边的街口，李秉毅坐在车里，很遗憾没有看见想看到的一幕，还好，平川已经带着人追击过去，也许很快会传来好消息。

楚北望知道自己带着伤，爆炸声已经惊动了附属地里驻扎的日军，他们应该在十几分钟内就会赶来，他再没办法全身而退。身后脚步声逼近，楚北望躲在死巷子深处，靠着墙壁，脑海中想到的都是未竟之志，不能追查到"暗樱"，还没找到组织，答应了金步摇的事也没能做到，如此种种，都要成为遗憾。他苦笑，掏出枪，两个弹夹，十几发子弹。也好，最先追上来的，就应该闹个鱼死网破。

或者还能赚一点，他枪法算不错，虽然没有顾七那么好，但比一般警察强太多了，十来发子弹，三个吧，最好能打死三个，把买卖往划算了做。

忽然有枪声，本来已经纷至沓来的脚步声停住了，继而渐行渐远，楚北望在惊喜之余居然还有一点失望。没时间琢磨，这是逃出生天的唯一机会，他冲出死巷，钻进马路尽头铁道边的树林。他曾仔细研究过附属地的地图，树林不大，穿过去就是奉系统辖之地，那边是一片贫民窟，烂泥洼，低矮的棚户挨着连成片，仅供一人行走的影壁小道七扭八拐，看着都是死路，但个个连着活口。寻常闹事被抓捕的市井流氓贼盗都会藏身其中，一般军警都对此皱眉，知道就算冲进去也抓不到人，还会挨上几块不知从哪里飞出来的砖头瓦块。

不远处的枪声更密了，人声和警哨声都往那边会聚，楚北望忍着疼，逃进了最曲折穷困处。

第八章

柳塘避暑，花泊观莲，
不过一场春梦如许

她站在夕阳光影下，楚北望压低的声音丝丝缕缕钻进耳朵，金老板，我知道不该要你冒险，日本人手段毒辣，你不做我不怪。

金步摇轻笑一声，楚先生，我做事收钱的，你别不认账就好。

都是明白人，再多的情愫起伏也不能压过正事去，玩得起儿女情长的都是闲散富贵人，没前尘往事也没国恨家仇，才能踏踏实实地计较真情假意。

他们眼下还没那个资格。

1

盛京八景中夏日最佳除了金步摇买下的万柳堂塘边，就数奉天城北柳条湖的花泊观莲了。李秉毅父亲还在时，曾买下湖畔一处前清举人别院，还没来得及修整，人便过世了。为了保住这一处宅院，李秉毅找了一个信得过的忠仆——跟随父亲多年的马弁，将院子转给他和老婆，就说是李家欠下的人情加钱债。马弁和老婆守着院子，无力装置，只能尽力不让凋落罢了。直到年前，李秉毅手里攒够了私房钱，交给马弁，将其中主院收拾出来，当作自己的一个私密之处。外人不晓得，连柳映辉也不知道李秉毅还有这样一个巢穴。如同马弁和妻子也不知道李秉毅的情妇柳映辉是日本间谍，只当成是外头的闲花野草，打发时间罢了。这让老两口颇觉欣慰，毕竟是李家独子，将来光耀门楣传宗接代的唯一人选，哪有娶个歌女的道理呢？而对李秉毅而言，想活得久，活得好，重要的就是不能什么都让人知道了去。

只有在这个小院，李秉毅才能摘下面具，关上房门，不需要看任何人的脸色，也不需要假装成一个傻瓜。装得太久了，有时候他觉得自己真成了一个傻瓜，特别是在柳映辉面前。他琢磨不透柳映辉到底在想什么，都说女人心海底针，柳映辉的心是淹没了针的那片不可计数的海底沙。

一开始和柳映辉在一处，他曾经期盼过一点真心，因为两人算同路，都要争气，都想出头，都经历过冷眼和波折。但那点期盼很快因为柳映辉的冷漠和鄙夷消散干净了。她凭什么看不起他，以为他只能依附于她？愚蠢的女人。李秉毅此时的目光里透着没人见过的阴冷，

"卧薪尝胆"四个字于他而言成为生活中的常态，就算在这间独处的小屋里，也不忘把在外面遭遇的狠绝和欺辱一遍遍翻出来温习。他必须记住这些，才能在漫长的琐碎日子里保持冷静和耐心。

应该快好了。李秉毅吃了一口马弁老婆做的手擀面，咸了些，喝一口茶，苦了点。应该快好了。虽然平川刺杀失败，可楚北望现在成了被全城通缉抓捕的共党嫌犯，他的"暗樱"甩开了这个恼人的苍蝇，可以继续行动。安国军败局已定，大帅不日将会撤回关内，由他发起的少壮派军官同盟将会发动一次刺杀，名义上是响应北伐，促成统一，实际上是趁机夺权，依靠关东军的力量占据东北。李秉毅总会忍不住想到成功的时候，到了那一天，他站在制高点上，一呼百应，让所有人刮目相看。这世界成王败寇，辉煌可以让所有经历过的苦痛都变成值得。

如果现在他能完全做主，绝对不会再去追杀楚北望这个落水狗，应该积蓄全部力量，等待致命一击。楚北望翻不出花样来了，连他曾经倚仗的华胜集也被连累，上了军警的黑名单，那些自以为可以走宅院如平地，探听消息出卖色相的女人都蜷缩起来。金步摇亲自去求了五夫人，据说涕泪横流，才没被关进警署地牢中去。可惜，柳映辉这个短视之徒并不这么想，现在还在追查躲避起来的楚北望，口口声声说什么，楚北望不死就是他们计划的最大隐患，现在他只是嫌犯，死了就是板上钉钉的罪犯，再寻顾旅长之流多加运作，金步摇就算跪死在大帅府也逃不出被灭门的结局。李秉毅忍不住猜测柳映辉不是单纯为了计划才如此行事，她对金步摇和楚北望的恨，更像是私愤。她难不成是嫉妒金步摇？柳映辉暗恋楚北望？李秉毅被自己的猜测吓了一跳，这有点太不像话了，柳映辉不是好人，但也绝不是那种小肚鸡肠的女人。他不喜欢她，但也要公平点。

敲门声打断了李秉毅的思绪，这个时间这个地方，能出现的只有一个人，李秉毅深吸一口气，换上一副老实又忠诚的面具，才把门拉开。

竹内君此时看起来是一副可以泯然于众人的平凡面孔，戴着草帽，挑着扁担，竹筐里还有一把带着露水的青菜。李秉毅脚后跟磕在一起，行了一个标准的军礼。

竹内君笑得也诚恳，他自诩是个军事家，最爱三十六计，拨弄人心比把弄真刀真枪更过瘾。在柳映辉和李秉毅之间下楔子，利用本就有的嫌隙激发他们的潜能，做起事来更加事半功倍。但拨弄人心最要紧的是不能让人察觉出故意来，掏心掏肺和理解鼓励都是必要条件。

你的计划很好，如果我们能利用军官同盟将他们阻拦在关外，实现权力平稳过渡，对奉天乃至整个满洲都是好事，救了很多人呢。

李秉毅表示出了适度的激动，热血沸腾，是的，他做这一切都是为百姓，为满洲。既然竹内君也认同，在下必将尽力而为。

竹内君满意离开，将进入下一个身份，一个成功的商人，经营最好的大和旅社。没人知道他到底是谁，柳映辉以为他的伪装身份是指挥官，李秉毅以为他是走卒，有时候他还会是一个老师，有时候是医生。他是关东军里最好的伪装者，也是无人能敌的阴谋家。

2

事实上华胜集的处境并没有外面谣传的那样糟糕，或者说经过唐文博一案，华胜集的名声已经不可能再坏了。那些注重清白的良家女子像是串通好了一样，自己不做主顾，也盯着别人，不许人家自甘堕落。金步摇甚至听说，在某些夫人举办的家宴上，有段日子大家拿来消遣的话题就是谁谁谁又找了华胜集，这几乎成了即将出轨或者是正在私通的代名词。盯着别人身上的蛛丝马迹，特别是家中那些不省心的偏房小妾，只要找出一点端倪，就可以正大光明地告状训斥，出一口盘桓在心里已久的怨气。

小妾们忍了一些日子，后来发现就算她们循规蹈矩荆钗布裙也挡不住大太太们挑刺儿，小浪蹄子装这个样子给谁看呢？难不成是抱怨在家里受委屈了，更方便找人诉苦找人疼？若是仅有这些也就算了，要命的是男人们不喜欢，娶妻娶德，纳妾纳色，要的就是唇红齿白、软玉温香。这点好处没有，男人脸色就冷下来，弄不好还会便宜了外头的妖精。妾不如偷，自古真理。于是她们拼着被抓到要承担闲话的风险，还是要来找华胜集，谁让她们个个儿手艺出色，还有各种暗香秘药，足够把男人们拉回身边来。再多加钱，求金步摇一声令下绝不外传。金步摇自然答应，只不过她也要交换，比如那个军官同盟到底要搞什么鬼。

这事不好查，刘簪儿心眼儿到底直些，问出了口，楚先生都已经失踪了，这客单还要继续？

金步摇知道刘簪儿另一番没出口的打算，巧蓖半遮半掩地透露过。一路查到现在，姐妹们心里也都清楚奉天城要有一场大祸，刘簪儿悄悄问巧蓖，想不想去上海，不，直接去南洋。巧蓖没回话，配秘药的手轻抖了下。她想走，但是不能走，其中根底只有金步摇知道。这也

春寒

是金步摇放任刘簪儿拉拢巧蓖的原因，本是想往外拉的，说不定事与愿违，就得让巧蓖绊住了。

巧蓖不是巫女，可是她的外婆确是萨满巫师，这事儿全村人都知道。早些年，村里人大事小情，生病去世，婚嫁下葬总来求外婆，宽裕的拿些米面粮油，贫寒的捧一张笑脸，外婆从来都是相同对待。外婆说本事不是她的，是老天借着她的手给别人的，她已经得到了启示和福祉，尽心尽力不辜负老天才好呢。

巧蓖爹娘外出采购药材遇见兵祸，死在了外乡，有好心人把他们的尸首送回来，外婆掉了一夜的眼泪。外头人说，巧蓖是天降孤星，克死了爹娘。从来与人为善的外婆第一次像个母老虎一样冲到人家门口大吵大闹，还搬出老天爷威胁说欺负孤女，会招来灾殃。村人敬外婆，敬里自然带着三分畏，谣言便听不见了。

巧蓖自幼跟在外婆身边，看着外婆把手放在病人身上，把从山野里采来的草药煮成一碗浓浓的苦水，倒进病人的嘴里去。外婆做着这些的时候，总是哼唱着没有词的歌谣，悠远的声音像能穿透世间种种，连接天地鬼神。巧蓖听着，心里就一点点稳当下来，病人有的好了，有的死了，没人怪外婆。外婆只是一个沟通天地传递信息的使者，不是神灵。

第一次眼见到病人笑着合上眼，旁边的家人哭天抹泪。这人死了，跟爹娘一样，再也见不到了。

巧蓖拉着外婆的衣襟问，你也死吗？

当然，是人都会死。

你死了我怎么办？

你活着啊，看看这山这水这些人，好好活着。

那我想你了怎么办？

我就在天上看着你，你想我的时候，就是我想你的时候。你还小，听不懂，长大了就明白了。

外婆不知道，巧蓖全懂了。

没几年外婆死了，没病没灾，有天夜里做了一个梦，醒来告诉巧蓖，我要走了。那三天外婆做了好多针线活儿，衣服被褥，还把外头的粮食都收了进来，三天没合眼，最后走到一户相好的邻家，说我走了，以后不来了，能照应一下我的巧蓖，我在天上也谢你。半夜无星无月的时候，外婆坐在炕头闭上了眼，没笑，满脸的不放心。外婆跟巧蓖说的最后一句话是，守住这房子，有房子就有家。

村人都记着外婆的情，相帮着把外婆葬在村外小山坡上。巧蓖接了外婆的衣钵，帮村人消灾解难，哼唱的曲调没变，本以为可以守着家和村子过一辈子，最后也老死在自家炕上。她还不晓得，这年头最容易变的就是世道人心。巧蓖到现在也不知道，她怎么就成了祸害全村，导致洪水泛滥的巫女。村民看着被淹没的家园和死去的亲人，忽然联想起她死去的爹娘和她孤星入命的八字，硬是要她沉塘谢罪。那些人是叔叔、大爷、婶娘，是曾经求过外婆的邻居，也是看着她长大的乡亲。他们变了嘴脸，狰狞破败。她被关在庙里，他们从外村请来仙家，等天亮就作法。他们笃定，她死了，一村人都得救了，说不定淹死的猪羊还能活过来呢。

巧蓖靠着墙壁坐着，安静地流着眼泪。她怕到了极处，连哭喊都不敢，万一再惹恼了人呢？黎明前最黑的光景，有人突然来到庙里，偷偷开了门，巧蓖认出是外婆托付的那家女人，女人当年生子难产，差点丧命，是外婆救下了。女人让她赶紧逃个活命去，以后再也别回来。

巧蓖跑了，刚到村口，遇上了两个巡查的村丁，他们拦着路，不给她活。好在身上还有一点迷药，洒过去，她抢下他们的佩刀，闭着眼捅，刀插进活人身体里却感觉不到一丝抵抗。她胡乱捅了十几下，眼睛到底没睁开，血倒溅了满身。要不是被村中不安分的土狗唤醒了神，她可能还会一直捅下去。

接着跑，她不回头地跑。

一路逃到奉天城，她投了华胜集门下，泉姐又请了城里最好的郎中给她做老师，教她用药下毒，这都是后话了。金步摇永远记得，她叩拜泉姐，答应做最忠心的门人，只是有一条，她不离开奉天，这里离老家很近，她不想离外婆太远。每年清明，她都要偷偷跑回去祭奠，外婆的坟永远有人照料，外婆应该很开心。可房子到底是被村人占了，巧蓖每每看见，都觉得欠了外婆的，早晚要把房子夺回来。

巧蓖看着孤僻、沉默，但永远不孤独，因为每次想起外婆的时候，她知道这是天上的外婆也在想念她。

金步摇暗中物色下一任龙头的时候，巧蓖是薛小钗之后的第二人选，没赢过薛小钗，也是因为她要死守一地。金步摇不知道奉天城能否永远容得下华胜集，所以巧蓖有不能做龙头的短处，现在看来，倒是维持门内不至于立马零落的长处了。

3

巧蓖的另一个长处如今也派上了大用场。那夜老路悄悄寻来，告诉她楚北望重伤，此刻正藏丁玉兰家。

那夜楚北望从附属地逃进贫民窟就晕了过去，醒来时候发现外头满大街的警察都在铆足了劲找他，街上贴了告示，他的照片明晃晃地印在上头。贫民窟的人看着他，像饿狼看见了肉，恨不得马上扑过来咬几口。楚北望花光了身上的大洋才算保了平安，可也只是一时平安。那些人吃了花了赌干净了，他还是棵没死的摇钱树。楚北望在散发着腥臭气味的茅草屋里寻不出对策，四周都是危机，哪里有能信任的人能活命的路？最担心的是任务终究没完成，上级的人到底没来联络。他可以为了理想和信念牺牲，但此时若死了，真是不甘心啊。

老路寻来的时候，楚北望连他也不敢信，直到老路言明前夜在附属地，是他带着江湖道上的朋友帮楚北望解的围，时间地点细节全部对得上。老路之前一直带着人死盯平川，那日见他突然出门，便一直跟在身后，这才及时救下了楚北望。楚北望放下手中枪，跟着老路转移到丁玉兰家里。

现在他们不敢去医院也不敢找郎中，没办法了才求到这里来。他们都信金步摇。虽然外头都说华胜集就是一群见钱眼开的女人，卖人换钱的事可以眼睛不眨就办。

可他们还是信。

这很没道理。就如当初楚北望第一眼见到金步摇，心里已经知道她的风情都是表面功夫，心里干净得容不下半分玷污过的情感。

金步摇让巧苋赶紧回去拿药箱,又让老路赶紧把楚北望送到八卦街薛小钗的住处去。老路和楚北望熟,丁玉兰家不稳妥,很容易让人按图索骥找了去。薛小钗死后,房子一直空着,外人再怎么琢磨,也查不到那里去。

老路把楚北望送到的时候,楚北望已经晕了过去,许是因为一下安了心,吊着的精气神断了吧。这让金步摇的心提了起来。她不想他死,绝对不行,抓着巧苋要巧苋必须救人。若不行,宁愿被抓也要送到医院里去,教会医院,她和洋大夫打过交道的,对,花钿也认识不少好医生,去找他们,坐牢怕什么?先救命啊,以后的事以后再说。

金步摇一迭声地嚷着,老路心里也乱了,若不是巧苋还稳当,取弹片,缝伤口,敷药止血,熬药补血,一点不耽搁地忙着,楚北望恐怕真要被他们送走了。也幸亏有巧苋,金步摇的慌乱随着她麻利的手脚慢慢平静下来,嘴上还是问,怎么样?怎么样了?巧苋抹了一把额头上的汗,松了一口气,伤很重,但不致命,且没伤到骨头,只是失血过多,人很虚弱,若是休养得当,应该很快可以痊愈。这话是定心丸,金步摇悬着的心落进肚子里,这才觉得脚步有些虚浮,赶紧找了张椅子坐下。

这会儿也觉出了刚才的失态,金步摇心里暗骂自己,你和他最多算是朋友,至于如此吗?让人见了,说不清的。她偷眼看巧苋和老路,幸好这两个是明白的,没讪笑或挤眉弄眼,就当刚刚什么都没看见,什么都没发生。

巧苋的手艺是真的好,也就半个钟头,楚北望苍白的脸上又见了活人气。他从鬼门关里晃了一圈,倒没见惊诧顿悟,没心惊胆寒,声音极低,思路明确,继续查,一定要查出日本人的阴谋。金步摇也找回了龙头本色,愈加淡然处之,只说你放心,事儿还继续办着呢。

楚北望死盯着金步摇,从来没用过这样放肆的眼神,像是要看到她心里,像是刚刚装晕,把那一幕都看在眼里。丢人一次就够了,犯不上自己翻来覆去地反刍,让自己难堪,金步摇继续想正事,转话题,开口道,你真要好好琢磨琢磨,堂堂警署楚探长,居然还有人敢如此追杀,到底是谁如此招摇,不怕死吗?

说这话的时候,老路和巧蔻都在厨房忙着弄茶汤,屋里光线昏黄,笼在金步摇身上,楚北望确是伤糊涂了,忽然抓住了金步摇的手。金步摇猛地抽回来,连退了几步,楚北望吃痛又尴尬,一时也不知说什么才好。金步摇没办法跟一个伤重的人计较,扭头不经意看见镜中的自己,镜子里那个焦虑担忧心疼的女人,是自己?刚刚不是已经缓过劲了吗?心里松缓了,她的眉眼目光没跟上,所以他才误会了吧。

可能过了很久,也可能只是沉默了一瞬,初夏日头长,阳光冲进来,把灰尘逼得无处遁形。金步摇远远地坐在桌边开口,只给楚北望一个逆光的侧影。你得有个打算。眼下你才是众矢之的。身上的事不择清楚,就算我查出来究竟了,又有什么用?

楚北望笑了一下,金老板,其实是日本人故意陷害我,你把害我的人查出来,我自然就会脱身了。

金步摇不由自主地看向楚北望,他正在微笑,全部身家都交给她了,居然还笑得那么踏实。

这是个危险的男人,看似乐观,实则绝望,随时随地把自己置身在危险之中,对生命不屑一顾。在戏里唱词里,这样的人被称为英雄,但在金步摇看来，实属愚蠢。她忽然有些莫名气恼，于是对着老路和巧蓖发号施令，老路以后不能来了，知道他谨慎小心，但碍不住人家处处留神，总怕有一时疏忽。巧蓖负责在楚北望伤好之前照应着，有什么需要人跑腿帮忙的，去寻段五爷，那边吃的喝的用的一应俱全，旁人也不会太过关注。至于暗查的事儿，她自会尽力。

一番安排下来，几个人并无异议，楚北望多加了一句，这样也好，老路可以去警署点卯，反正现在没有实证关于他的身份传闻，也不会有人对老路下手。对张一相而言，甚至不太想有实证，毕竟他是张一相的部下，真印证了赤色身份，署长到底要背一个疏漏责任，还会被对头抓住把柄，若是赶上大帅气不顺，之前救主的情分兴许都救不了他。

老路琢磨了一下，问道，还要不要继续找平川？杀人未遂，平川再次消失，继续追踪，不仅能够将犯人绳之以法，还可以顺藤摸瓜找到幕后主使。

楚北望见过平川的眼神，那是一种属于桀骜又狂妄的男人特有的目光。他有种感觉，平川不会甘心，哪怕把平川扔在死水里，也要搅出动静来，所以继续追捕，恐怕有更多预料不到的凶险。老路不在乎这个，一来是做事情有始有终，二来也是顶上了胜负心，想看看那小子到底下一步往哪儿去。

金步摇心思通透，这一番更佩服楚北望绝地求生的精细算盘，她和老路只要抓到"暗樱"哪怕一丝捕风捉影的证据，楚北望就能翻身，又是一石二鸟。只不过这次忙的是他们，累的也是他们，他倒躺个清闲。

见不大会儿工夫，金步摇神色目光变幻来去，楚北望也明白自己的算盘都大白天下了，赶紧笑着说，等到伤好了，自然会有一份厚礼。金步摇冷笑，楚先生这番计算能耐，不求有礼，日后不算计到华胜集头上，就千恩万谢了。

说话的人以为是嗔怪，听音儿的两个听到的却是亲近。老路先行离开，巧蔻又去厨房熬药，金步摇临走的时候听见楚北望说，你放心，我答应过的事就会做到。

金步摇没回头，心里清楚他指的是具秋平，她应该欣慰，心里涌起的却是一种酸涩。她没忘了具秋平，也不该忘记，只是好像已经有些日子没想起他了。

她站在夕阳光影下，楚北望压低的声音丝丝缕缕钻进耳朵，金老板，我知道不该要你冒险，日本人手段毒辣，你不做我不怪。

金步摇轻笑一声，楚先生，我做事收钱的，你别不认账就好。

都是明白人，再多的情愫起伏也不能压过正事去，玩得起儿女情长的都是闲散富贵人，没前尘往事也没国恨家仇，才能踏踏实实地计较真情假意。

他们眼下还没那个资格。

4

从楚北望失踪那一天开始，柳映辉就再没在同泽俱乐部登台，对外说是身体不适需要休息，实则是不想敌暗我明。和李秉毅一样，柳映辉永远也不会和谁说心里到底在想什么，不求理解，坚信孤独和痛苦都会在将来的某一天成为徽章上的金粉，闪闪夺目。

躺在顾旅长安排的绝无外人打扰的养病之处，柳映辉想到愚蠢到极处的李秉毅，气愤已经没了，剩下的只有无奈。她忽然想到一个词，用来形容李秉毅最为妥当，扶不起的阿斗，只能是这个词了。当时在小丁宝口中得知了楚北望的身份，柳映辉知道不能再迟疑，因为"暗樱"的第一行动组已经去往关内搜集情报，第二行动组正在旅顺调查奉系布防，手上能用的只有李秉毅的第四行动组。那些都是市井泼皮、流氓军痞，不堪重用，又只能用，无奈下，她只好启用一直躲避的平川。李秉毅的人负责跟踪，平川亲手在楚北望的车上安装了炸弹，本该一击致命，谁知道老天爷偏偏没站在他们一边，居然让楚北望临时起意，拉开车门再转身回店，躲过这一劫。李秉毅一肚子委屈，柳映辉更加认定是他无能。

按照平川的讲述，汽车爆炸之后，楚北望逃入了小巷，他第一时间追了过去，李秉毅的人跟在后面，一边叫嚷一边就要开枪。平川叫他们把枪收好，这里是附属地，不是可以随便为非作歹的地方，要杀人也要在追到人之后。可不让他们四处乱放枪，他们就没了胆量，只能跟在后头，脚步和嘴皮子一样纷杳。平川不想被这些乌合之众拖累，继续往前追赶，可那些该死的杂乱巷道和身后乱七八糟的注意一样混乱他的视线，目标短暂消失了。

就在这时，他听见了枪声，不是他们的人，那就一定是仓皇逃命的楚北望。平川顺着声音追过去，和对方发生枪战，第一时间已经发现自己犯了错，对面不止一个人，子弹从屋顶、巷子拐角和街边窗口一起射过来，应该是楚北望的后备军。他需要支援，乌合之众倒是不负盛名，一个个躲在子弹够不到的死角，枪口对天，喊得叽里呱啦，打得有心无力。平川眼看着对方有序撤离，最后用一颗手榴弹成功退去。

他们还不如马耳山上的胡子。虽然那些人也很烂，但起码不会烂成这样。平川如此总结。

柳映辉将平川交给竹内君，两次失败，平川已经失去了在城中的价值，会被送到北边和苏联接壤的地方。关东军从来把苏联当作头号敌人，据说将要发动一次试探性的进攻，警告苏联不要在满洲有任何图谋。作为对平川的惩罚，他将从最低级的士兵开始重新服役，并将被所有人鄙夷，冲锋轮不到他，只配饲养战马。不久之后，平川死在了和苏联坦克的对抗上，他身边都是骑着战马冲锋的关东军士兵，他们呼喊着口号，想要重现日俄战争的荣光，却像韭菜一样被苏军的机枪和火炮收割。平川作为预备队最后冲上了阵地，没有马，只靠两条腿奔跑。他身上中了十几枪，仅仅前进几米。平川死了，作为最低级的士兵，没有得到任何战功，尸体被清理战场的苏军推进大坑掩埋。几年之后，坑上修了公路，日军的坦克开过，苏军的战车开过，他不算漫长的人生不管生死，都是别人的垫脚石。

回到眼下，柳映辉还在盘算自己的战局。幸好此时佐木带领的第二行动组结束了在旅顺的任务已经返回，柳映辉要他们追查楚北望，监控华胜集，务必在对方喘息过来得到证据之前，将之全部剿灭。佐木年轻，毕业于陆军士官学院，按照常规，应该继续到大学深造，但选择加入关东军，接受情报、爆破、刺杀等训练，以最优异的成绩成为同期佼佼者，本该留在关东军本部得到重点栽培，但他那个做海军少将的父亲不争气，和主战派对抗。日本朝野上下，现在都发了疯一样要拓土,异类只能遭到排挤,并被扣上畏战胆小的帽子,连累了佐木的前途。佐木在心灰意冷的时候认识了柳映辉,算是惺惺相惜同病相怜,于是加入了"暗樱",在最不被人重视的地方,苦心经营,为帝国打好最危险的前哨战。从之前的表现看,柳映辉认为佐木是"暗樱"最出色的成员,希望不要辜负了她。

佐木稳且缜密。他已经听说第三行动组全军覆没,赤木几人死于敌手,一边鄙夷同行无能,一边在心中给对手画了像,他们狠毒狡猾,不容小觑。这是佐木和平川等人最大的不同,他从来不会看轻敌人,就算他们是无知且低等的支那人。他们能够生存至今,在愚蠢之外一定有其他足够存活的特性,比如狡猾、阴险、满嘴谎言,在利益面前卑躬屈膝者有之,因为某种他所不能理解的信念舍生忘死的也大有人在。

前几日,为标定奉军火炮位置,曾独自潜入一个村落,无意中被放牛的老人识破了口音,佐木本以为用钱可以打发,却没想老人居然大喊大叫,妄图招呼村民来围攻。佐木只好拧断了老人的脖子。他到现在还记得老人眼中射出的仇恨光芒,那是老人留在这个世界的最后印象。佐木不理解这个肮脏贫穷的农民为什么不要钱不要命,用了很长一段时间来思考,最后只能归结为低等人的某种慨然,毕竟生命给他们的礼物不多,所以并不太值得珍惜。这当然是另一种愚蠢的表现,但也足够警醒佐木,不能看轻任何一个支那人。

5

安远贤坐在原本属于楚北望的办公室里，手里拿着的是楚北望拿过的电话筒，嘴上说着的也许是楚北望曾经说过的话，兄弟们帮帮忙，找到人我请大家喝酒。陶量在对着门靠着窗的沙发上边抽烟边抖腿，烟灰迫不及待地落下，他斜眼看安远贤，你怎么比我还积极？

安远贤从抽屉里翻出一瓶威士忌，陶量眼里有了笑意。安远贤长叹一口气，本来以为可以消消停停过日子呢，楚北望是真不让人省心。

你舅舅怎么说？陶量又续了一根烟，烟头直接弹到门上，落在地上，自生自灭。

安远贤看着关着的门，压低了声音，带着些无奈，署长头疼，他的偏头疼就好了。

陶量咧嘴一笑，很快又把笑容收起来，对警署来说，眼下是变局，若楚北望一事查证了，顾旅长大做文章，张一相也难逃惩罚。在不久前的会上，张一相拍着桌子要大家务必抓人归案，彻底清查。听话听音，清查是要查清，对张一相来说最好的结果有两种，楚北望被人冤枉，或者他真是红脑壳，但可以交代出奉天城中藏匿的其他赤色大人物。不管哪种，张一相都能当过墙梯。可这结局怕不是顾旅长想见的，对他来说，楚北望最好是在逃亡路上被击毙，死人不会说话，再没有翻案的可能。

所以安远贤如此积极，怕也是想背后打黑枪，让楚北望冤死了事。到时候这小子说不定就荣升副署长……奶奶的，陶量心里啐了一口，真是朝中有人好做官。就算这人站队，斗争，但论起出头的机会，还是要强过他这种只知道埋头苦干的，所以只能在心里啐骂，该给的笑脸照样不能少，不然前头请客吃花酒的钱不就都打了水漂？

你什么打算？陶量走过来，半个屁股坐在桌子上，眼睛盯着窗外，透着体己和交心。

安远贤又叹气，能怎么办呢？都是上司，他们的话都是圣旨，反正不管怎么结局，还是要先找到人吧。陶队长，好不好帮帮忙？

我的人也都撤出去了，现在就我一个光杆，要不我给你当跑腿？陶量手里的烟灰落到了桌面上，散的细碎的，还有一股不甘心成灰烬的余味。

安远贤实在忍不住，轻吹出一口气，把烟灰吹散，然后才慢悠悠开腔，要是你的弟兄先找到了，老哥哥你怎么办呢？我也是替你发愁，怎么办？弄不好都得罪人。

话挑明了，陶量得罪不起顾旅长，在他这儿是雷，在安远贤手里就是一份礼。要说混官场还是得有靠山，不然干得多死得快。陶量脑子不笨，转念想通透了，干脆送人情，你放心，我心里有数。

陶量拎着威士忌走了，出门没几步又转回来，巴巴儿告诉安远贤，过几日消停下来，他请吃大酒。安远贤见门关严，脸色才落下来，没人看见的时候没有表情，犯不上白费力气。

楚北望不能死，他要人是要问个究竟。戴长官抓捕赤色分子不手软，但也说过，策反一个比杀一个来得更有用。安远贤为前程想，才不会让楚北望落到别人手里去。只是手下的人太过草包，舞舞扎扎满大街闹腾，鸡飞狗跳看着实在热闹，但根本就是瞎猫。他提醒可以跟着老路，自己没找线索的本事，还不懂得顺藤摸瓜吗？可惜晚了半步，他们找到了老路，去了丁玉兰家，筋饼羊肉汤吃了个肚圆，喝了两斤烧酒后还告诉老路小心警署那些王八蛋。都是实话。他们当差吃粮，之前多少都受过楚北望的好处，起码没看过楚北望的冷眼，更没有半点儿私仇，指望他们尽心尽力是做梦。安远贤这才想到陶量，整个警署除了张一相，陶量是最想找到楚北望的，不说是不是一下弄死，光是看看他落魄，听听他求饶也是痛快的。这才有了今天这番半真不假的话，希望有个好结果。

陶量回到自己的大办公室，关上门，把心腹都召集到身边，低声嘱咐，都机灵着点，楚北望就是一个雷，死活都没咱的好处，所以死活也都别在咱手里。明白了吗？还没明白，就是该找找，但找消息就好，用不着找到真人，烫手的山芋，你拿手里了，想抛出去可难了。明白了吗？

不过半天工夫，陶量手下果真摸到了消息，老路和金步摇见过面。安远贤把抽屉里的大洋都翻出来，要兄弟们好好吃喝一场。他没看见自己脸上的笑容，心里光顾着猜测金步摇的下一步应对，她倒也是贼大胆，居然还在蹚这一潭必死的浑水，图什么呢？他的坚持是因为信仰和对领袖的忠诚，为此他可以去死。她呢？一个上不得台面的梳妆女，一群走街串巷的孤苦人，个个儿背着血案和血债，在街巷和其他女人的虚荣笼罩下苟活，随便惹恼一个就要倾巢覆灭。为此她应该谨小慎微，应该趋利避害，抱大树，找阴凉，而不是明知死路还要撞南墙，图什么呢？安远贤想不明白，唯一解释是被楚北望教唆了，和去年开始清剿捕杀的那些人一样，误信狂人谗言，以为可以改天换日，实际上成了刀口下的冤魂，和他们晋升的阶梯。

有一个女孩,住在上海石库门里亭子间,念新学,白净脸庞,漆黑头发,眼珠黑白分明,笑起来左边脸颊有一个梨涡,盛满了温柔春色。安远贤拿着抓捕名单踢开门的时候,她还趴在书桌上写字,那是给广州父母的家信,说她一切都好,因为看见了这个世界的未来和希望。他亲自绑起她,押送到提篮桥。他耐心规劝,如果她能弃暗投明,那些幻想中的未来和希望都能实现。她咬死了不开口,撕碎了他苦心帮她写的认罪书,撕碎了唯一活下来的希望。第二天一早,她和其他人都要被押送刑场了,他急得脸色煞白,狠狠打了她一记耳光。不识好歹,他对她骂。他本没有必要施展同情和好心,但她不识好歹。她说,你真可怜。

女孩死了。他因为立功被提拔进入南京青年干部培训班,三个月课程后北上天津,在租界以警探身份继续搜捕漏网之鱼,后来因为和顾旅长的关系,被委以重任。

金步摇若真是被教唆了,他的阶梯又多了一层。他该高兴,可实际上真没那么高兴。

第九章

机巧空灵凭天定，
入局方知回头难

说到底她们不过是些乱世里拼命求活的可怜女人，可话说回来，女人也是人，中国人，不求个个儿都是梁红玉花木兰，可撞上了，又能伸手做点事，难不成就要扭过身去，用女人两个字把自己置身事外？

1

大帅和南方政府的谈判面上说是机密,但电报飞来飞去,报纸新闻连篇累牍,保密成了白纸黑字的笑话。不说存心关注的奉系军官、日本间谍,就连寻常百姓也能说出一二。幸好三天两头有变化,今儿说北伐军要入关,明儿说安国军继续占北平,后儿说直系有意再反水,为求北方最大的利益与平安。所有消息都成了空话,方便日常闲聊,作不得数。

柳映辉倒是擅于废物利用,让李秉毅去搜集分析这些信息,省得他闲来生事端。她这边自有第一行动组的密报,和竹内君处传来的上层动态,外面流言蜚语打乱不了他们的部署,满洲志在必得,从日俄战争开始到满铁再到关东军主控,眼看就要大功告成,怎么可能让南方染指?现在就看大帅是不是会在最后关头乱了心思,接受控制好好合作自然是皆大欢喜,若非要和他们切割清楚,就是自寻死路。

在此之前,柳映辉还有两样要紧的事要做,一是寻找到楚北望,坐实他的罪名,进而控制华胜集;二是除掉安远贤,竹内君明言,这是南方插进来的暗桩,对奉系不利,对我们也是大患,必须处置,还能给大帅一个顺水人情,让他在谈判桌上分清敌我。

柳映辉在顾旅长的宴会上见过安远贤几次,他话不多,举止礼貌,刻意与人群拉开距离,似乎对所有是非都不感兴趣。为此顾旅长还颇觉无奈,如此淡泊,何时出头?他腼腆地笑,也不见急或恼。总的来说,安远贤是那种特别不招眼的人。若不是竹内君提起,她是怎么也不会想到暗闯华胜集香堂,让楚北望、金步摇和赤木刀兵相见的居然会是他。

安远贤绝对是个人才，若是能为己用……柳映辉动了心思，实在也是李秉毅太过草包，且他在军中的资源人脉也都差不多让柳映辉攥在手里了，失去了唯一价值，或许该是换人的时候了。何况眼下国内时局，南方政府一路坐大，不久的将来定会主政关内，若是能让安远贤反水，成为他们的眼线，一定更有用处。这远比制造一场意外让他横死来得复杂危险，但也不耽误他拒绝后横死的结局。

废物尚且可以利用，何况一个不是废物的人才。他能冒大险到这儿来，一定是有天大的野心和欲望。这就是可以撬动的缝，可以动摇的根，而她对自己有足够的自信，能满足男人的贪念。

奉天城好吃好玩的地方很多，打着顾旅长的旗号，以一个朋友的身份尽地主之谊，安远贤没有任何借口推辞，只能客随主便。

天刚亮，司机已经把车开到门口，柳映辉起得更早，为一天的野游做好装扮，新定做的改良黑色马裤配真丝白衬衫，领口飘带绾成蝴蝶结，外套黑色小西装，只系腰间一个纽扣，黑色马靴亮得可以照见人影，太阳镜别在头上，手里拿着棕色牛皮包，脸上的妆照旧是明艳的，红色唇膏凸显了她的性感，从来只要一嘟嘴，就没有男人能拒绝她任何要求。门口放着一个野餐篮，里面的东西也是提早备好的，红肠列巴是从俄国人开的食品店买的，寿司和饭团来自附属地的料理店，牛奶咖啡果汁分别灌在三个瓶子里包上一层棉布保温，水果洗好切好分别放在三个小盒中，为求好看还在盒子里摆上了嫩绿的叶子，不吃也能心旷神怡。离开家门前，柳映辉把竹内君送给她的生日礼物——一根德国产的钢笔手枪别在西装口袋里，希望用不到。

安远贤提前到了门外,和司机一东一西站在车两边,居然穿着警察制服,偶尔经过的路人加快脚步,心中猜测屋主犯了什么事。柳映辉看见,扑哧一声笑了,恰到好处的音量可以让有心人听见,安警官,我们今儿去棋盘山踏青可好?这本是早就商量好的,设问非问,要的是堵住悠悠之口。安远贤还没来得及点头,柳映辉已经带着一身香风走到跟前,挽住他的胳膊,然后再绕一个圈子走到车门边,等着司机来开门。

本来无事的郊游竟多了几分男女情色,柳映辉要的就是这个风流名气,再看安远贤,居然有些脸红羞涩,目光闪烁,若不是知道他内里江河,她差点就信了。

男人啊,逢场作戏都是好手,但把假戏演得跟真事一样,是需要本事的。柳映辉喜欢有本事的男人。

2

初夏的棋盘山蒙上了一层青嫩翠绿,山下有一汪湖水,据说是天上神仙遗落的茶壶。山顶八角亭有一副石刻的棋盘,据说是天上神仙留下的残局。这里距离奉天城五十里,算是不近的距离,城里百姓鲜少来,再好的风景也犯不上浪费一两天的脚程。山脚下曾有几户庄园,被前朝王族各自霸占着,作为避暑去处,有几户还仿了承德避暑山庄的风貌,却不知承德仿的是江南,转了弯再仿,走调再走调,看不出到底什么风格来,只觉得有些说不出地怪。奉天能有多热呢,三伏天里也就是中午有太阳的时候热,早晚风里还有凉气,实在犯不上避。

有些喜热的，还巴不得赶着大日头晒晒，借此逼出大半年淤积在身子里的寒气。庄园只能空置着，留给老庄户老仆人老妈子，他们在花园角落种上庄稼，茄子豆角和玉米高矮错落。前朝散了，庄园白菜价易主，新主子也不来住，花园彻底成了庄户院，高粱长得喜人，让前后新生的孩子躲在里头藏猫猫。

柳映辉没告诉安远贤，这一片白墙灰瓦里头，有一栋曾是属于她们家的。很小时候听家里老仆人说，花园金鱼缸下头藏着财宝，那是老贝勒爷给子孙留的过河钱。她当了真，亲自来查看，把高粱玉米和辣椒茄子都去了根，挖地三尺，钱没见到一枚，只看见蛰伏的蚯蚓和死去不知几年的老鼠尸体。她扔下锄头笑自己痴傻，真有这一出，也轮不上仆人往下传话了。

几座连成片的庄园后头是通往山顶的小路，司机已经来探过，早早安排了两匹马等在路边，她原本计划是骑马上山，在八角亭看风景野餐，试探也好、推挡也好，有好风光罩着，人心旖旎，容易亲近。可没想事情比她预期的还要顺利，两匹马并肩走着，马蹄哒哒敲在石子路上，安远贤看着她的眼神是直接又带着些躲闪的，每次她看过去，他便躲闪开来。这是演一个情窦初开的男子，还是他本身在情事上就是全无经验，柳映辉有些恍惚了。

说出口的都是任谁听了也抓不到把柄的官话，比如在哪里念书，比如为什么来奉天，比如吃喝住是否习惯。若非要在这些话头里找出点逾矩，或者该是那句，以后怎么打算呢？

安远贤一句不落地答了，用心饰演一个年轻的、攀着裙带关系走上社会的单纯男子。柳映辉听在耳朵里，心里总难免涌上一句，他可真是不简单，真诚、单纯、滴水不漏，没有缜密心思和深沉逻辑是做不到的。

至于以后，他忽然收起了故作的坦诚，直勾勾地看着柳映辉，以后还想柳小姐多关照呢。

就这一句，两人之间可以保持的距离消失了，两匹马像是通了灵，故意往一处挤，后来干脆站在原地耳鬓厮磨起来。无奈人只能下了马，司机一边拎着食盒一边训斥马不懂事。马不高兴了，尥蹶子往前跑，食盒踢翻了，司机差点从小路掉到坑里去。安远贤一把揽住柳映辉，整个人做肉墙挡在她身前，给她一个安稳又踏实的港湾。明知道这一切都是假的，可在当下那个瞬间，柳映辉领情了，感觉到心跳慢下来，胸腔里一口气酝酿着，在胸腔来回激荡，不过是一瞬间，可感觉到了千山万水的绵长。

不久之后柳映辉回忆起那天所发生的种种，可能后面发生那么大的偏差，就是源于这一揽。一个很少在男人处，不，一个很少在人世间被真正保护的女人，在心上竖起长城一样的堤坝，也可能在某个瞬间被白蚁咬出一条裂缝。

安远贤就是那个白蚁，用演绎出的单纯和顺从化解了柳映辉的小心翼翼，让柳映辉自觉已经掌握了主动权，然后开始往她想要的路上引导。比如楚北望是一定要抓到的，这是他在奉天安身立命的根本。比如东北不比关内，南满和关东军经营多年，早已是不可忽视的力量，想在这里立足还想有个未来，就不能不和他们搞好关系。安远贤照单全收，头一点一点，嘴上说姐姐考虑周到，我一定谨记。安远贤语气低沉，还透着一股清亮，让柳映辉以为他是个聪明且懂事的男人，更想多点提点，金步摇和楚北望关系非同一般，若是我，可先找去问问呢。

日后，李秉毅若还继续糊涂，不妨替换上懂事的安远贤。在返城的路上，柳映辉做如是想。

把柳映辉送回家，安远贤站在门口，门半开着，能看见夕阳照纱帐，安远贤要柳映辉早早休息，若有什么吩咐，一个电话就好。若他做得有什么不对，更要及时提点。我那舅舅是个老粗，日后也需要姐姐照应呢。他也站在夕阳下，粉色光晕把他的笑容定格住，成为柳映辉日后咬牙切齿的痛。

3

金步摇在万柳塘边小楼里煮上一壶茶，初夏夜，不远的水岸已经会聚了鸟叫虫鸣，邻居小楼里传来煎牛排的香味儿，偶尔还能听见白俄保安队里那些五大三粗熊一样的男人喝多了伏特加唱民歌。这该是惬意时光，家里有钱粮，手上有本事，姐妹大致算省心，个把的还算得上贴心。她从没有雄心壮志，比如把华胜集发扬光大，只求别在手里有灭门之祸，平安交给下一任龙头。到时候她退隐江湖，说不定也像潘爷那样，在城外圈一块地，颐养天年。

可惜一个楚北望把所有的如意算盘都打散了，或者应该说，他撕开了奉天城的遮羞布，让歌舞升平下头隐藏的危机全部浮出水面。不怪他，只怪自己没有做睁眼瞎子，得过且过的本事。

下半晌刘簪儿来了，许是明白巧蔻不会跟她走，带着点怨气开口问，这件事到底什么时候算办完？以往做事，一桩是一桩，干净利落，哪有这样拖延波折的？且还没什么好处，只见门里姐妹一个个跟着受罪，到底是图什么？

这话金步摇也问过自己，肯定不是图钱，若是想赚钱，宅门女人的钱够她们赚几辈子。也不能说是为了情分，金步摇和楚北望只是萍水相逢，为了他，连潘爷都得罪了。眼下潘爷没举动，但日后华胜集若有闪失，家礼教袖手旁观事小，顶红踩黑来上一脚事大。图忠君？更是说笑了。眼下一片乱局，忠哪个君？她到底为什么要跟着他一路搅和下来？刘簪儿说得对，若是没个服人的答案，恐怕门里早晚会乱。金步摇深吸一口气，图不让那些日本人得逞，行吗？这不是她们的本分，守土保国，有那么多扛枪的拿炮的呢。说到底她们不过是些乱世里拼命求活的可怜女人，可话说回来，女人也是人，中国人，不求个个儿都是梁红玉花木兰，可撞上了，又能伸手做点事，难不成就要扭过身去，用女人两个字把自己置身事外？

奉天城那么多日本人你见过，浪速通你去过，可能只是被人给过几个不太舒服的白眼。针没扎在自己身上，没那么疼。可你不知道日本男人在街上大白天奸淫良家女子，就算被抓住了，弄不好三两天就被放出来吗？没看见那些女人上吊跳河，孩子老人哭天抢地吗？那知不知道他们杀人？杀老实巴交的车夫，杀帮爹娘捡煤核的半大小子，杀没招谁没惹谁的晒阳老汉。他们这才占了一个附属地啊，若是全占了奉天城，占了东北，你想咱们姐妹还能活？

那也不该咱们出头。刘簪儿的气明显短了半截。

金步摇点点头，是，大帅该出头，将军该出头，那些当官的都该出头。可我管不了他们，只能管好我自己。我不想真有那一天，多少就要做点事。泉姐怎么说来着？咱们这些人命苦，天生靠不上爹娘父母，老天爷也不照应，想活要靠自己，想活成什么样，也得靠自己。不想被日本人欺负，咱们就得做事。再说句不该说的，中国人也不都是好人，外头的胡子、城里的贪官，个个儿也没少欺负咱们。可咱们总不能学吴三桂吧？要报仇也要自己动手，轮不上他们日本人隔山跨海地来。

我没有。刘簪儿脸红了。她没这么想过，那些该死的胡子还和日本人沆瀣一气呢，指望他们报仇？

金步摇说到这儿，也没有什么忌讳了，再往不该说的多说一句，华胜集打从哪儿来的你知道，香堂那些牌位都还在。咱们做该做的，对得起师父和老祖儿。也不用遮掩了，我知道你心里还是想走，你不喜欢这个地方，没半点留恋，我明白。要走我给你盘缠，保证你走到哪里都能自立门户。

刘簪儿再没什么好说了，不该说的都被金步摇说了，发现自己只剩下否认一条路，没要走，没打算不尽力，只是想给自己一个师出有名。

金步摇接上一句，收钱办事，有始有终，算师出有名了吗？

出了门刘簪儿才松了一口气，可能找上门只是因为心里不舒服，闹了一下矫情，不是真的决定了要怎样。金步摇封死了她其他的去路，倒也成了好事，起码可以先低头走下去，至于以后怎样，那就以后再说。

风清凉，金步摇拿着茶杯走到院子里，惬意还是遥不可及的梦想。

刘簪儿来这一趟，除了抱怨质问外，还提供了一条线索，这些参与军官同盟的人都曾经和李秉毅对赌过，也都赢过，准确地说他们是在赢了一大笔钱之后才进入这个同盟的。哦，还有件事，不知道要不要紧，同盟里有几个军官刚刚去了关里，什么理由都有，有说上级指派的，也有说去探亲访友的，还有说要去治病的。金步摇提醒刘簪儿，这件事绝对不能告诉别人。刘簪儿点点头，这是不需要多加说明的规矩。

赢走了钱，拿到了入局的邀请卡，李秉毅成为下一个必须要追查的线头。金步摇知道李秉毅和柳映辉之间的关系，想来还是先要从女人处下手，看看李秉毅到底跟日本人什么瓜葛。

风更凉了，身上觉出点冷，金步摇转身要进门的时候，另一个一直追着她的线头忽然出现在眼前。

安远贤无所不知又阴魂不散，站在院门外隔着铁栏杆笑着招呼，姐姐，可好？

4

万柳塘边这个安全屋本以为是谁都不知道的机密，现在看居然成了人尽皆知的地方。金步摇有时候想，到底是她愚笨，还是他们太过精明？

安远贤坐在楚北望上次坐的沙发上，连姿势都如出一辙。金步摇去煮了咖啡，知道夜里不能喝，存了捉弄的意思。若是楚北望，她奉上的应该是威士忌了。安远贤淡淡一笑，姐姐不用忙，我说几句话就走。

既然如此，那就站定了听他说话。安远贤开口就是高潮，楚北望被姐姐藏到哪里去了？这真是天大的功劳，姐姐和华胜集日后登堂入室有指望了。

金步摇垂下眼皮，听够了，找了张舒服的贵妃榻坐下，身子斜着倚，展露出一身曲线。安探长，你说的我怎么都听不懂？这可是天大的罪名，我一个小女子可承担不起。

安远贤知道若接话茬，这样的对话可以持续一夜。他突然觉得有点对不住，为即将而来的翻脸先在心里道了一声歉。

金老板，你这是何必呢？想想你那些手下，她们的命都在你手里呢。

金步摇忽然坐直了，眼睛黑是黑、白是白地盯着安远贤，伸出两根指头，第二次了，你这是第二次威胁我。咱们不熟，可我华胜集也不是谁都能上来踩一脚的。你要是有证据，现在抓我回去；要是没有，现在你回去。

安远贤忽然又想到上海那个女孩，她比金步摇年轻，但一样不识好歹。

真以为署长还会保你？这话的意思是，你现在有什么资格犯浑呢？

金步摇冷笑，他难不成会信你？你可是顾旅长的外甥，南边来的细作，真要撕破脸，恐怕你也讨不到好果子吧？

安远贤无奈叹息，为什么总要把他逼到这个份儿上？他是真为难，但也要做事。于是咖啡杯被砸到窗玻璃上，早就等在外头的一队人冲了进来，金步摇算错了一点，白俄安保能被她收买，也能帮别人做事。就这一点，她成了阶下囚。

安远贤亲自过来绑人，怕陶量手下兄弟没轻没重，在他看来，确实还没到撕破脸的时候，绑人是无奈，消息传出去，看楚北望如何行事吧。

金步摇盯着安远贤，不管是官道还是江湖，你可把路走绝了，日后出什么意外，都怪不得别人！

安远贤那点不忍和怜香惜玉都没了，你以为你还是以前的金老板？华胜集不过剩几个不成气候的女子，潘爷放话出来，家礼教跟你们是要泾渭分明了，哦，你想指望段五，那辛苦你再想想，我是怎么弄到的怀表？

段五居然投靠了安远贤，这是金步摇没想到的，但这种投靠又有几分忠心呢？大家都是在赌，论输赢，讲成败，顶要紧是看人心和那些说不清道不明的情分。金步摇心里稳下来，她是大难临头才能看出根底的女人，她看着安远贤，棋到中局，不是执子为胜的。

我若有事，你不可能活着走出奉天城。金步摇说着，眼睛盯着安远贤手里的绳子。多余。她没有在一群人围堵下逃跑的冲动，跑不出去，倒弄自己一身狼狈。她用眼神逼退了安远贤要伸出的手，头一个走出门，安远贤和他的手下亦步亦趋地跟着，若是有无聊的邻居隔着窗子看见了，怕也会觉得这是一场过于晚的邀约，是人数不符的散步吧。

走到车边，金步摇稳稳站在，扭头看着和自己半步距离的安远贤，本来不想跟你说，但现在也只能跟你说了，李秉毅弄了一个少壮派军官同盟，我收到消息，这里头个个儿都有占山为王的心，又刚刚去了关里，干吗去了？若是他们真闹出事故搅局，谈判势必破裂，吃亏的是谁,占便宜的是谁,不用我多说吧?要是你把窗户纸捅破了,这边清理了门户,也知道背后关东军的狼子野心,可能谈和的机会也多几分。这可是天大的功劳,接着,不谢。

金步摇自个儿开车门上了车,安远贤站着,又惊又喜,额头上冒了汗。这确实要比抓个赤色祸乱有用,不管南北,都算得上头功一件。只是,她怎么这么慷慨好心,便宜了他?

金步摇眼角余光也带着看透心肠的功能,哼了一声,安探长,别多心,一来记住我一分人情,二来我是不想便宜了他。

安远贤不肯让金步摇瞧不起,摆出成竹在胸的样子,放心金老板,这人情我一定还你。说不定,立马就还上了。

第十章

情之起,心含烟;
蓦然回首,两重天

女人得自己罩得住自己,爹、兄弟、男人,甭管是丈夫还是情夫,都靠不住。不是说男人不好,只是谁愿意平白多担一个人的命呢?谁都累,年月光景战乱饥荒,挣挣扎扎喘匀自己的气已经耗光了心力,哪还有力气真的疼惜别个?

1

金步摇被抓走的消息风一样传开了去,可这样漫天飞的谣言有多少是能作数的呢?

比如金步摇不是被五花大绑弄走的,实际上离开的时候有人亲眼看见,四平八稳、摇曳生姿。比如带走她的不是警察,也不是江湖人,而是日本人,这就让她的失踪有了一股子侠义肝胆。实际上这是安远贤故意放出的迷魂阵,不给自己惹麻烦,还能留出引蛇出洞的时间。安远贤确定,金步摇失踪,楚北望一定会出面。这并不说明楚北望和金步摇有多少私人情感,这是红脑壳的共性,他们既然为国为民,就不愿意别人代为受过。

消息满城飞,潘爷和段五几乎同时收到了消息,不用刘簪儿、李婆子找,前后脚到了小西关的华胜集香堂。潘爷坐在主位,市侩慵懒的表象都被扔到了城外河边,跟着钓鱼竿一起闲置着,这会儿的他任谁看也是不可一世的江湖霸主,络腮胡,浓眉重目,不怒自威。段五也没了在茶楼饮宴的悠然浪荡,到底是年轻些,沉不住气,拉着银锭儿连声问,当时怎么回事?现在什么铺排?撒出去的人有没有回信?究竟是什么缘故?潘爷冷哼一声,手狠狠切在桌角,好好的桌面切出缝来,不管什么缘故,同在江湖道,不能眼见着受这种欺辱。潘爷的话有分量,这是要抢人回来的意思。段五不知怎的想起了那些鸦片烟,目光中有了怀疑。

潘爷闯荡了半辈子,最不怕的就是怀疑。他也很少需要对人解释,江湖风雨,真的少、假的多,若费力气辩白,哪还有工夫做正事?那些和日本人勾结做鸦片生意的不肖子弟他都收拾过了，有人丢了耳朵，有人断了胳膊。清理门户是他的分内事，不需要对外人有什么交代，心里硬气，嘴上也能硬邦邦开口，龟孙子需要调教，传我的话，今儿起，不用给他们留脸面。

这比什么辩白都有用。段五心里想起了岳飞，耳边是轰隆隆满江红的曲调，再看满屋女子，一个个也都是肃穆庄重压倒了悲愤。

大街上多了打斗争执乃至杀人，平素横行的日本浪人被不知从哪个巷口蹿出来的黑拳打倒，肋骨被踢折，身上被泼了黑狗血和粪汁儿。平素高傲的日本女人拦不到人力车，买不到东西，还会被狠狠啐上一口。她们没挨拳头，但再也不敢独自出门。南满和关东军都出离愤怒，派出人员到政府交涉，必须严惩凶手，还奉天平安。张一相被拉去听，然后点头表示一定会肃清街头。谁都知道这种表态是一种敷衍，但又没办法当场拔枪，愤怒压制在心底，幻想不远的将来，用十倍百倍的残忍来复仇。

这些事金步摇大概都听到了，此时她坐在顾旅长的宅子里，吃着老妈子精心烹饪的佳肴，桌子对面，安远贤看起来胃口很差，眉头皱着，在年轻的眉心刻下浅浅的川字。这不是他最想要的局面，但似乎也没那么糟。起码在给南方的密电里，他可以给自己加上一笔，发动了民间对日本人的仇恨，并给奉系和日本人联合设置了障碍。但问题是，楚北望怎么还不来？他心里疑惑，嘴上离间，金老板，你到底是信错了人啊。

金步摇从眼前的牛肉汤上拔出目光，落在安远贤的脸上，让安远贤忽然有一种错觉，在这一场计谋中，被软禁的不是她，是他。这感觉太过荒谬，却无比真实，让他的心瞬间凉了一截。她目光那样直白，写着我什么都知道。安远贤受过教育和严格的训练，所以把心慌和心虚生生压制住了。

她在诈唬。一定是这样。这个狡猾的江湖女人。

金步摇不给他自我安慰的时间，悠然开口，安探长，你真打算做汉奸，还是打算借刀杀人？

安远贤手里摆样子的汤匙掉在碗里，桌上多了几滴飞溅的汤汁，屋里安静得能听见心跳，和她再次悠长的叹息。

天大的功劳给了你，你的主子没一点响动，难不成是你压下来了……真是为了她？她就那么好吗？对了，当初在汤公馆，还是我救了她，这不怪你，是我自己造的孽。要不然就是你想也来个一石二鸟，一份功给南边，一份给她，你倒是左右不得罪人。可是，人啊，别太贪心了，小心吃不下，噎死自己。你这点事我都告诉了姐妹，别动灭我们的心思，你没这个能耐。反正要是我出了事，你第一个跑不了。她们现在没找来，是我让她们别来，好戏还要再唱会儿呢。

安远贤没想到自己最深沉的心思居然被金步摇轻易点破了，恍惚了一下，然后发现自己上当了，金步摇是在使诈，一切都是猜测，是他的动摇坐实了她的假想。金步摇死盯着安远贤，把他看得透透的，也就不用他开口证实什么，长叹一声，把身子靠在椅背上，手指拨弄茶杯，缓缓转了一圈。

接下来要怎么做，大家还是先商量一下的好。

这话算是挑明了，她看似被抓，但力量犹在，随时可以翻盘。甚至用不着她自己勾勾手指，外头就已经翻天覆地了，她坐享其成就好。

安远贤被算计得明明白白，眼下这里还是大帅的天下，一个南边来的人又勾搭上了日本人，想活命可不是得好好商量。

安远贤不开口了，一个人在被算计之后总要郁闷一下，更让他气恼的是，这算计里头居然还有自己一份功劳。若不是他想借柳映辉的力量先抓住楚北望，现在也不会让金步摇和楚北望利用他来寻找到柳映辉。所谓天大的功劳，不过是被他们当了枪使，放谁身上都会意难平。问题是，他们是何时商定好的？

金步摇像是会读心术，更明白想合作就得先表表诚意，于是笑说，那天给你们开车的司机姓孙，女儿刚生下来得了怪病，眼看着没救了，是巧蓝帮忙治好的。这本是华胜集不足为外人道的手段，所以柳映辉查根底的时候略过了，她只晓得孙司机老实本分，跟奉系没关系，也就放心用了。

真也没关系，若不是她说出了我的名字，他也不会巴巴地去找巧蓝。老实人最怕欠人情，好不容易找到机会还上了，吃饭睡觉都踏实些。

然后呢，我自然要跟楚先生商量一下，还是要多谢你。若不是你，我们也不会这么快就翻出"暗樱"的线头来，还在李秉毅那小子那儿上心呢。他让我告诉你，柳映辉是关东军"暗樱"小组的头儿，想来若是你的上司知道你和他们勾结，怕会对你不利。你是聪明人，何必给自己添这样洗不干净的一笔？

安远贤一直没有说话，连目光都穿过四壁直通远方。他不想接，也没法接，因为他清楚，对于戴长官和领袖而言，红患比日本人更可怕。但国人的悠悠之口呢？他苦心迎合上峰，放任日人汉奸作乱，上峰为了民心随时可以把他抛弃。

这是一盘没有胜算的棋。

2

金步摇也没有再开口,这是一步险棋,赌的是安远贤的人心。人心叵测,趋利避害,变幻莫测,她没有任何把握赌得赢,说到底还是被楚北望的无奈给牵入了局,也是被自己的江湖义气拉入了局。搞掉柳映辉,拉拢安远贤,报了薛小钗、银锭儿的仇,保华胜集往后的平安,这是能说出口的好处。借此机会,让安远贤出面,将楚北望身上的赤色嫌疑说成是日本人的陷害,这是暗地里的好处。静下来想想,老天爷对楚北望竟是不薄,若只从李秉毅身上着手,没有实证,总会轻易脱身。揪出柳映辉,连夜给北平送信去查,硬是抓到了她半个日本人的身世。这是逃不出的证据,也是楚北望脱身的最好法宝。

电话铃响了,打破了屋子里恼人的安静。警署的人通知安远贤马上回去开会,关东军和南满的人都在,所有人都要去看他们扬威。

电话铃又响了,安远贤在楼上换衣服,金步摇抓起了听筒,柳映辉的声音简直算得上气急败坏,你一定要给我一个解释!金步摇想了一下,笑出了声,小柳,又不是第一次上男人的当、吃男人的亏,何必呢?

安远贤走下楼来的时候还不知道,转身就是另一番天地。他本想缓一步,再想想,去找柳映辉商量一下,这局没死透。可现在他看见金步摇笃定的笑容,像是送弟弟上学的姐姐,知道弟弟最头疼老师教导，三分捉弄、三分怜悯、四分了然。他盯着电话，心里明白了几分。

这就是命吧，若不是这般巧合，安远贤和柳映辉之间还有一步缓棋，他是利用了日本人，挑动了奉天乱局，但只要挖出楚北望和他身后的力量，这种种过错都可算瑕不掩瑜。清除了他们，再来看看奉系中间谁勾结日本人，谁存心卖国，他不下死手，要柳映辉承他一个天大的人情。之前柳映辉来找，是给他饭吃，赏他饭吃的样子，日后他起码可以跟她平起平坐，不，应该是略高一筹。将来天长日久，他走仕途，有的是让柳映辉还人情的机会，可以捞足够的好处。现在，借口和推挡都没了，他被动成为金步摇的同党，若想保住平安，只能和他们沆瀣一气。

先要做的事，拆了李秉毅的局。金步摇那些话有的说准了，有的没有。但有一条，他们都看得明白，戴长官和领袖都不想奉天大乱，大帅能安局，总比四处插满大王旗，又打个乱七八糟来得好。安远贤拿定主意，手脚麻利起来，抓起一张纸写下暗语，交给管家马上往北平发电报，提醒那边有人要破坏和谈，名字职衔都有，很容易一网打尽。

而在不远处，柳映辉也在笑，若有人在身边，可以看见她精致的妆容上居然有一丝掩不住的狰狞。金步摇，她为什么非要来搅局？一次次放她生路不走，一次次闯入鬼门关。竹内君大发雷霆，关东军本部震怒，经营多年的满洲，居然让国民活得心惊胆战，一定要好好给他们一点颜色。下一句话是竹内君自己的意思，之前暂停的计划可以继续实施了，和谈马上结束，大帅即将回来，已经拒绝了我方的善意援助，也是自寻死路。

李秉毅在柳条湖边的宅子里也做着美梦，那些他挑选入局的军官平日里虽然吃喝嫖赌，但拿起枪上了马，也都能征战，且早就对奉系高层一直被老家伙掌控感到不满，和谈成功失败，对他们来说是一样的，就是再无立功机会和上升渠道，难不成要做营长、连长一辈子？少壮有野心，富贵险中求，于是拼上身家赌这一把。

他们当然不会自己动手，也都是私下里联络亡命徒，好保自己一个退路，谁能想到还没来得及行动，就在六国饭店被安国军的宪兵按在了被窝里头。他们没有强撑的意思，忙不迭地交代出了同伙、目标、上级……李秉毅的梦碎了一地，这是他唯一的翻身机会呢，以后怕只有苟且的命了。

在安远贤去找金步摇之前，老路带着余昌平来找楚北望谢罪了。

余昌平是柳映辉安插在警署的内线，日常报备警署动作，后来专盯楚北望。楚北望车毁人伤，余昌平这才知道自己因为贪一份棋谱，差点害死人。他没想害人，以为柳映辉要这些信息是想图个自保，在警署找她麻烦的时候有把柄傍身。余昌平一辈子没行差踏错，就为份棋谱，差点害了条人命。楚北望帮他、对他好的种种往事回想出来，不想害人是他骨子里的良善，就算一时被埋没，善良的本性还是会占上风。他不想后半辈子良心不安，宁愿让楚北望处置了他。

楚北望不许老路动手，什么三刀六洞江湖规矩统统收起来，只说，该回家颐养天年了吧。

余昌平没想到楚北望如此大度,也没脸再谢,出门奔家走,回家砸碎所有棋盘,这辈子再不下棋了。

柳映辉……楚北望脑海中纷乱的线索清晰起来,柳映辉,李秉毅,同泽俱乐部,青年军官们。原来这才是"暗樱"。终于找到了,终于拼凑出来了。

接下来,该他再上场了。

楚北望这会儿还不知道,他和金步摇默契地几乎同步找出了柳映辉,且又心有灵犀地把事件的解决引到了一起。后来他们笑说,这是老天安排。

3

雷声大,雨点小,悲愤交加。安远贤扶着伤还没好透的楚北望站在张一相跟前,两人同仇敌忾。

是日本人设计陷害的楚探长。安远贤愤怒指控。

赤木、渡边,还有"暗樱",楚北望尽量虚弱地开口,上气不接下气,更显尽心尽力。我找到了这条线索,安探长也查出了一个军官同盟,他们潜入关内,妄图发动兵变,幸好被及时阻止。但不知道还有没有漏网之鱼,要看署长力挽狂澜了。

虽然对楚北望还心存疑虑,但有了安远贤出面,张一相乐不可支地接受了楚北望被日本人冤枉的说辞,这毕竟能让他也清白许多。楚北望和安远贤一唱一和,张一相听闻阴谋涉及奉系如此多年轻军官,不敢怠慢,更不敢谣传,加密电文一封接一封传到北平,要大帅千万

春寒

当心。本来该被训斥，现在成了再帮大帅度危难的铁胆良将，得到了口头上一定要重用的承诺，张一相觉得身子骨都挺拔了，也乐意接受楚北望接下来的建议，暗中派人抓捕李秉毅和柳映辉，将这股子潜伏已久的势力连根拔起。

　　还是晚了一步，就在楚北望出现在警署的同时，柳映辉和李秉毅从奉天城里消失了，连最灵通的老路也打听不出一点下落来。牵涉到的年轻军官有的跑了，有的没跑，没跑的多半有够硬的靠山，也是有一封封密电发给大帅，一箱箱古董金条搬进大青楼，说年轻不懂事，被人蒙蔽，已经惩罚过了，望不计前嫌，再给一次机会。张一相拍着桌子骂娘，也还是得把人放回去，有时候还得给来接人的一个笑脸，老钱老赵地叫，透着亲兄热弟的意思，这么好的大侄子，以后可不敢被人带坏了。

　　楚北望叹气，陶量站干岸看热闹，安远贤躲在办公室里不出来。顾旅长不明白这个外甥为什么胳膊肘往外拐，把一个眼看要倒台的张一相救出来，骂得山呼海啸，整个驻地都听得到。安远贤干脆住在了警署，旁人以为他是没脸占舅舅的便宜了，但楚北望看得懂，他是为了躲柳映辉可能射来的黑枪子弹。顾旅长和柳映辉也算关系密切，这次是写了血书才过的关，这也是因为大帅担心奉天会乱，暂时找不到更好的接手人，只能让他继续就任。他心里知道仕途到头了，等大帅回来，不说枪毙杀头，卸了兵权做寓翁是跑不了的。想到这他就难受，要强了一辈子，这下场太悲惨了。他跟安远贤面上撇清，暗地里还在联系，保住安远贤和南边的关系，将来或者还有一步生路。做人啊，千万不能太实在，多吃几家茶饭，多几条路走总是没错的。

至于安远贤，楚北望是想逼他离开奉天就好，毕竟在这件事上安远贤也算帮了忙。谁知道他居然还要留下，两人都遮掩的身份起码在彼此跟前是过了明路的，安远贤愿意帮楚北望开脱红色嫌疑，换的就是楚北望也帮他开脱和北伐军的关系，都是日本人在捣乱，都是他们在撒谎。大家暂时一条船，生同生，死同死，虽然无奈，但也只好如此。

其实这些人情世故自古就有，楚北望再恨也改不了千百年的陋习陈规。他也没那么多心思，他现在就一个心思，抓到柳映辉和李秉毅，这份心思可以摆在脸上，可以说动警署里的人帮忙。心思里头才是真正的担心，他担心金步摇。赤木、渡边的事儿还没走远，柳映辉落到现在这个下场，一定会报复，他身上有枪，平常出门身边一个小队十几个警察围着，金步摇到底是个女人，潘爷、段五虽说也派人来帮衬，但只能在延寿寺万柳塘多加几道守卫，总有照顾不到的地方。

他想到金步摇有可能出事，脑子忽然空白了一下。

4

在洗白了自己的身份后，他第一时间找到金步摇，让她躲一下，不行就去关内，让安远贤出面联络南边，华胜集有功也有用，去了能有不错的前路。金步摇坐在香堂院子里，隔着墙看着牌楼顶的飞檐花砖，想都没想就摇头。她不走，因为一群姐妹，总有走不了的，比如巧蓖，比如跟着巧蓖的刘簪儿。她走了，天大的麻烦就扔给了她们，她是龙头，能惹事能扛事才行。楚北望想说他能照顾她们。金步摇没

春寒

给他机会开口,入了华胜集,泉姐说过第一条,女人得自己罩得住自己,爹、兄弟、男人,甭管是丈夫还是情夫,都靠不住。不是说男人不好,只是谁愿意平白多担一个人的命呢?谁都累,年月光景战乱饥荒,挣挣扎扎喘匀自己的气已经耗光了心力,哪还有力气真的疼惜别个?看看那些把亲生女儿送进窑子的爹,看看那些恨妹子多吃两口粮的哥,看看那些把媳妇打得满地滚的丈夫。他们也都有人心,可天长日久的愁苦穷困让他们没别的选择了,所以干脆自己顾自己,有多少能耐自己使去,不指望,不失望。

金步摇看着楚北望,认识还不到一个月呢,两个人坐在一处,也没有半点生疏感觉,偶尔有脚步声从院墙外头传进来,这是段七安排的人手。他喜欢上花钿了。金步摇突然冒出这一句,说了就后悔,怎么聊起了男女情事?

楚北望还记得在庙里段七看花钿的眼神,那是一种心里轻亮的男人才敢有的一见钟情。听说他还留过洋,是个有本事的。

金步摇没再接话,刚刚说不应该指望谁,怎么转念就想到让花钿找个指望?看来女人口是心非还真不冤枉。不过段七确实有本事,前些日子硬是说服了花钿从大和旅社搬出来,住进了段家在南湖边上的旧宅。前院还有段家其他兄弟妯娌住着,都不是省心过日子的主,也就比旁人更精细些,院子里有拿枪的家丁,院墙外头有巡防营的兵,密不透风。段五反出家门,有资格嘲笑揶揄,瞧这架势,比监狱还牢靠,这一门里头得做了多少亏心事啊?金步摇自打知道段五和安远贤暗中勾结后,关系就生疏了许多。段五也羞愧,可惜没有后悔药吃了。

楚北望看看天，眼瞅着就黑了，还是不死心地问一句，真不走？

天下再大，也不如家里好。

那就不走。楚北望长出一口气，好像一直担心她真走了，再也见不到了。

楚探长，看你的本事了。金步摇笑着说，现在满城都在找柳映辉，天下大，奉天城能有多大，这样天罗地网，她还能翻出什么花样来？就怕她躲进南满或者关东军驻地不出来，你就算再有本事，也不能冲进去抓人。

楚北望明白金步摇的用意，他们冲不进去，就要想办法引她出来。绝对不行。之前是之前，几次死里逃生，也有人家没真下死手的侥幸缘故，为的是拉拢。现在看，他们绝不会手下留情，出手一定是杀机，太冒险。

金步摇忽然想起楚北望大闹南满会社那一场，谁不是提着脑袋过日子？他到底还是小瞧了女人。她做缩头乌龟，里三层外三层的有人保护，银锭儿呢？巧蓖呢？刘簪儿呢？谁能二十四小时照应着她们？

楚北望盯着金步摇，忽然明白，他拦不住也劝不服。金步摇一定要出头做诱饵，为的是保其他姐妹的平安。他心里有佩服，也有瞒不过自己的心疼。

他想无论如何也要保住她平安。

金步摇看得懂楚北望的心，自己的心里也有淡淡的欢喜升腾起来。他们从没说过朋友身份之外的话，有时候还要互相挤对两句，还要给对方一点没脸。她总要强，才不能做小女人姿态。若换了别的男人，怕是不高兴就跑了，可他倒是愿意，让她总怀疑他是有意惯着宠着，让她咬尖儿。

都愿意让人惯着,命苦,也总盼着有点甜。只是凉风一吹,还是忍不住要提醒自己,尝尝得了,过过瘾行了,别真的习惯了,像之前和具秋平那样,人没了,心里空了个大洞的滋味不好受,也不想再受了。

第十一章

> 举世皆浊我独清，
> 举世皆醉我独醒

子弹从金步摇的鬓边穿过。

街边一片混乱，保护的和刺杀的在同一时刻陷入缠斗。马儿受了惊，脱缰而去，金步摇肩膀中弹，坠落车下，幸好是在八卦街，这是让柳映辉可能要后悔一辈子的错误决断。谁让她还不是百分之百的中国人？

春寒

1

柳映辉和李秉毅此时已经用新身份搬进了附属地的大和旅社,这是关东军在奉天的情报总部,是让她感觉到安全和舒服的地方。李秉毅一路愁苦着脸,什么都没了,以往仗着死去的父亲在奉系建立的人脉没了,花了大钱打理出来的关系没了,雄心壮志都没了,刚以为可以扬眉吐气,转眼就成了过街老鼠。他之前在柳映辉跟前也是奴才样,但心里还有一口气吊着,现在这口气断了,成了真的奴才。最要命的是,就连做奴才,也成了随时可以被替换的那种,随便找个人,比他年轻,比他英俊,比他嘴甜有眼力见儿,他就要被扫地出门。大和旅社一楼有玻璃旋转门,是个不常见的洋玩意儿,有拾荒卖烟卷擦鞋的小孩站在外头流着口水看。他们不敢进前,因为知道一辈子也没有走进来的命。如果他被柳映辉踢出去了,也成了他们的命。

愁苦是真的,苦得像把心泡在了黄连里,于是着意讨好,以前算谨慎,现在几乎是胆战心惊,柳映辉一个眼神一次叹息都能掌握他的命运,他谦卑地笑,盘算几时几分她会饿,然后提前下楼端上合她口味的佳肴,吃饱了需要茶或者咖啡,不能出半点差头,两样都预备整齐,她不用伸手,只要稍微舔舔嘴唇,不冷不热的都送到她手里。晚上是要帮忙放洗澡水的,特意寻来的玫瑰花瓣洒满一池子,他没资格在一边欣赏,但也知道她玉体横陈的好看。他用饥渴的目光展现适度的恭维和依恋,在她开心和厌倦中间寻找平衡。

这他妈不是人过的日子。

柳映辉关上浴室的门,他差点掉下眼泪。这不是一个男人该过的日子，卧薪尝胆也比这样舒展，因为好歹有个盼头。书上说吃得苦中苦，他把眼泪憋回肚子里，接着去预备她沐浴后要喝的红酒，醒得要恰到好处。他想只要活着，或许还能有翻身的一天。竹内君是把他放弃了，那怎么就能确定没有下一个慧眼识珠的，看出他还有天大的本事没施展呢？老天爷不会一直委屈了他，对，一定是这样的。眼前的一切都是考验，他要熬过去，兴许就是另一重天。

可委屈这种事欺负起人来也是蹬鼻子上脸，李秉毅看着佐木居然和柳映辉一起喝酒说笑，心里的火差点没压住。这算什么？把他当什么？对外他还是柳映辉的情人呢，就这么当着他的面不把他当人看？武大两个字硬是在脑海中盘旋，他拼了命地往外驱赶，但还是在。

这他妈的算什么？他开始想日后翻身该如何对付他们，至少也要他们跪下伺候才行吧。到底还是不敢生吞活剥了，不敢凌迟刮碎了，他们是日本人，天生在血液里有免死金牌。跪下就行了，死是一时的，活受才长久。仇恨和愤怒会让人在短暂思考后马上做出决定，也不管这个决定是不是愚蠢，这个当口，李秉毅只要痛快。他知道现在外头有很多人在找他们，如果他和佐木一起出现的话……李秉毅心里冷笑了一下，对，何不先痛快一把，柳映辉作威作福他忍了，佐木，你不配！

柳映辉真没太在意李秉毅在一边的风起云涌，和佐木用日语交谈，安排对金步摇的刺杀，必须让她知道反抗和欺骗要付出的代价。佐木和他的手下这些日子已经摸清了金步摇那边的防卫，出门明面上是六个保镖，实际暗中还有六个人散落在街巷里，和她并肩同行，等待有人进攻时候发动包围，做第二道防线。最要命的是楚北望和安远贤，两人都是明面的警探,有枪有人,还有不知怎么商定好的交接,保证金步摇时刻都在他们的视线里。而因为之前的冲突,日本人在奉系的地盘行动已经受限,一旦被人识破了身份就有被围攻的可能。上面不许他们有太大举动,怕打草惊蛇,但柳映辉知道,如果不行动,放任金步摇和楚北望这些人继续搅局,才是天大的隐患。

步步维艰。柳映辉看着佐木,所以只有委屈你了,扮成江湖中人,扰乱他们的视线,安排三拨进攻,确保打破金步摇所有防线。对,要紧的是让她按照我们希望的时间出门,这件事我会安排。

佐木将杯中琥珀色的佳酿一饮而尽,把自信和骄傲都写在脸上。再艰难也不过是对付一个中国女人,不知天高地厚的女人,她将很快成为轮回路上的冤魂。

李秉毅把佐木送到楼下,代替了门童的工作,鞠躬、致意、开门,绝不在乎佐木毫不掩饰的鄙夷。佐木离开了旖旎的大和旅社,沿着黑暗的街巷走到更深的黑暗中去。李秉毅站在门边,嘴角露出一丝只有自己体察到的微笑。

2

金步摇怎么也没想到会接到小丁宝的电话,他说查到了具秋平一案的底卷,为保安全,要金步摇去八卦街上薛小钗的住处见面。

金步摇一时全信了。为什么不信呢?楚北望说确实找了余昌平在跟进这件事,而八卦街上薛小钗的住处是她们刚用过的安全屋,也只有楚北望和老路几个人知道。他们一定是被更紧急的事缠住了,无法脱身，才让一个老好人出面寻来，这样更能掩人耳目。她急匆匆换装出门，两重护卫不知有了什么变故，只能咬着牙跟着。马车在金步摇的催促声中跑得飞快，护卫拼尽全力还是被甩落了两条街，幸好都是街面上的熟人，七转八折，走马车过不了的捷径，甚至在墙头掠过，才算没丢了目标。金步摇在车里面坐着，指甲抠进了肉里，日思夜想的事很快就能知道，心里那份忐忑成了脱缰的马儿，把心里蹬踏得七上八下。

楚北望确实有更要紧的事儿。头天夜里，负责盯死大和旅社的老路急匆匆来报，李秉毅送了一个男人出门，他一路跟着，发现男人进了暗巷，然后消失不见。老路换了兄弟继续盯梢，自个儿来找楚北望。两人一起前去，等了好久，天快亮的时候那人才出来。楚北望和老路跟在后头，沉默且快速，伺机抓捕。

他们并不知道，在他们离开后不久，同一条暗巷里出来了十几个人，都是寻常百姓的打扮，有车夫，有小贩，还有剃头刮脸的手艺人，装成互不认识，可显而易见是一伙的。他们都是佐木的手下，昨夜里被安排了任务，都睡在暗巷一家客栈中。佐木和客栈老板娘相熟，做了闺房客，今儿一早神清气爽独自出门。也是事先安排，他前去探路，后面的人过半个钟头再跟上。

可惜楚北望算不出这一手，也就差点铸成了无法挽回的大错，唯一值得庆幸的是佐木被他们抓住了。若论起武力，楚北望和老路不是佐木的对手，但楚北望不讲武德。让老路绕了一个圈，跑到前面去拦路，他独个儿藏身在矮墙后头，手里拎着一根手腕粗的木棍。佐木有军人素质也有特务警觉，更有身为日本人在这里该有的气宇轩昂。他

春寒

在心里盘算着必胜的局面，他们整个小组全部出动，四散再会聚，完全可以转移对方的注意力和视线。他想过行动可能会艰难，毕竟有那么多护卫，受伤甚至牺牲都在所难免。他也知道有时候中国人会挑衅，用眼神和沉默表达不满，但怎么也没想到，前脚刚迈出附属地界线就挨了一闷棍，可能是把对手想得太过凶悍，完全对这种下三烂且自以为无用的招数没有抵抗力。

佐木在奉天警署被楚北望用一盆凉水浇醒的时候，悲愤到想要咬舌自尽，幸好其他同伴没有被抓住，甚至这些愚蠢的支那警察连他们的真正任务都不清楚。他狠命瞪着楚北望，等待最后的胜利。而楚北望确实也不知道，他最想保护的人正一步步走进陷阱里。佐木沉默、对抗，用冷笑和鄙夷来拖延时间，他们都在等。

水落自然石出。

金步摇的马车一路往八卦街奔行，那些散落的人聚齐了，虽然失去了佐木，但这并不等于行动中止或失去指挥后必然会出现混乱。他们按照之前的计划，在街边屋顶等待马车出现，按照之前的计划，会进行三拨进攻，金步摇必死无疑。

后来金步摇想，她是感觉到了危险逼近的，只是心中有太多挂碍，居然忽略掉了。若不是车窗外头传来静安寺的钟声，把她从凝神中拉出，让她忽然听见了撕破钟声的那一点点子弹呼啸，可能她会没了命。不对，救了她性命的是路上忽然跑出来的街邻孩童，车夫慌乱牵扯缰绳，潜伏在路边等待钟声为号的狙击手，计算了风力车速，但没算出来突然的急停。

子弹从金步摇的鬓边穿过。

街边一片混乱，保护的和刺杀的在同一时刻陷入缠斗。马儿受了惊，脱缰而去，金步摇肩膀中弹，坠落车下，幸好是在八卦街，这是让柳映辉可能要后悔一辈子的错误决断。谁让她还不是百分之百的中国人？

八卦街地方不大，蜷缩在一片二层小楼中，中间是个八卦盘状的小广场，平日做八杂市，也有见不得光的贼货暗货混杂在此，图的就是八卦盘外延伸出的八条小路，生门死门掺杂勾结。不知根底的人眼看着路路通畅，但走进去就陷入其中，像入了迷魂阵，再难出头，只剩下被人瓮中捉鳖的份儿。金步摇是熟的，闭着眼睛也能给自己送进生门里去。追兵一时被护卫连截带引，失去了目标。金步摇松了一口气，才觉得一阵眩晕，看来血流得不少，在将将要昏倒的时刻看见一个人冲过人群，把她拽进怀里。

一切还没到终局。

奉天警署的地下牢房迎来了最值得关押的客人，佐木一路的咆哮被厚重的石壁收了音，楼上当官的听不到，同样被羁押的犯人沸腾了。他们多凶悍、狡诈，把人命当草芥，所以才被压在这地底。他们看佐木的眼神像在看一个可以任意戏耍的老鼠，他们不是猫，是狼或虎。佐木开始发抖，用尽可能体面的声音说，我要律师，我要见大日本国领事。他不想在这个该死的地方死成一摊烂泥，不知为什么，这会儿他眼前确实出现了一幅画面，他被关押在这里，然后在某个白天或深夜，死在某个死囚犯手里。

春寒

署长办公室,楚北望看着张一相,仔仔细细说出他的打算。佐木确定是日人奸细,闯进来要打要杀,但这事儿不能往外传,传出去那些领事和关东军代表又要来吵闹,把黑的说成白的,佐木会变成商人、教师、医生,反正是良民。他们抓了良民,要放人道歉,弄不好还要被上头批破坏了和平。眼下正是大帅要回奉天的关键时刻,干啥都行,就是不能不和平。所以,反正抓来的时候佐木咬死了不认自己是日本人,那他们就当不知道。警署上下都要封死了嘴,都说不知道。这些年大家别的能耐不说,装糊涂搅浑水有一个算一个,都是头名。日本人没证据,一翻两瞪眼。

张一相眼皮垂着,这才几天工夫,肚子都缩进去一圈。他感叹时运不济,是非太多,想娶的女学生没到手,六姨太又闹起了病。都是烦心事,所以多一事不如少一事。可你们明晃晃抓进来,真没人看见?

楚北望笑了,打了黑棍,人晕着,头低着,他还故意叫嚷说没事灌这么多猫尿干啥呢?

张一相眼皮抬起来,之前没觉得楚北望有本事,现在觉得是看走了眼。你就这么厌恶日本人?

楚北望做出一脸委屈,他们冤我通共!就因为我查了他们杀人的事儿。署长,这奉天怎么也不能让他们说了算吧?就算我答应,大帅少帅怕也都不答应。

张一相恨不得啐过去一口,又这样,拿着阎王吓小鬼。呸,他才是鬼,日本人兴许没冤枉他。张一相别过脸去,多一事不如少一事。若是让外头知道他重用了多年的探长是红脑壳,他以后别想有好日子过了。

楚北望看得出眉高眼低，赶紧告退出来。警署这饭碗看来他端不长远了，倒也没什么要紧，只要让他先完成手里的任务，破解掉"暗樱"图谋，等到组织来联络，随时可以离开这个鬼地方。佐木是个贪生的人，街上刺杀金步摇的手下更怕死，也有被活捉了的，潘爷亲自审，问出了佐木还有一个情妇。

贪生又好色，想来不会死扛着不开口，楚北望多少有些信心了。

3

李婆子带着刘簪儿、巧蔻、银锭儿几个去庙里烧香祈福，华胜集多坎坷，需要菩萨庇佑。金步摇被花钿接到了段家老宅子照顾，她本不想去，段五出卖了她，整个段家她都看不顺眼了，还是楚北望出面劝说，去吧，起码潘爷和他们都能安心些，还能让守着香堂小院的伙计喘口气。金步摇知道已经欠了家礼教天大的人情，只好应了。可交道打到现在，楚北望也知道，她一定不会这么轻易地答应，一定有后话跟着。果然，金步摇要余昌平。

那日回到二组的大办公室，陶量带着其他人到街上抓捕杀人凶手去了。老路一张老脸黑红，胸脯起伏。小丁宝低着头，缩在墙角，脸上还有明晃晃的红色指痕。楚北望便都明白了。老路有功，拿自己的功劳换小丁宝的罪。楚北望看着小丁宝，他眼眶红着，泪痕犹在，眉头锁在一处，牙咬得死死的，能看出满心愤愤不平，一肚子不甘委屈，就是没有悔过。

春寒

　　老路哑着嗓子开口，他还小，不知道轻重。这说的是偷听老路和丁玉兰的话，判断出楚北望和共产党有关，转头报给了柳映辉。老路叹口气，让人用色迷了心窍，差点铸成大错。这讲的是哄骗出金步摇，诱她踏入柳映辉的陷阱。老路看着楚北望，按规矩，没有轻饶的。可你放心，我日后一定严加管教，若再有差池，三刀六洞，不光他，还有我。

　　楚北望半晌没吭声，规矩和心软在左右互搏。这么会儿工夫，安远贤踢踢踏踏走进来，人未到声先至的走法，进来像是什么都不知道，眼神挨个儿看过去，最后落在小丁宝身上。人也跟着走过去，押了押小丁宝颓唐的衣领。

　　你还有个姐姐？安远贤笑着问，目光从小丁宝看向老路，最后回到楚北望这里。要我说，老路说得对，他还小，办事不知道轻重是非，饶了这一回，才能将功赎罪不是。

　　楚北望和老路几乎同时明白了，这是以丁玉兰做筹码，逼小丁宝犯险，以其人之道钓出柳映辉来。小丁宝也懂了，嘴唇颤抖了一会儿，眼泪又落下来。他惦记着仙女一样的柳映辉，但更爱从小如母的长姐。这两个，他谁都不想辜负。

　　你们杀了我吧。小丁宝以为自己说的是豪言壮语，其实是无助的哭喊。

　　老路脸色变了，安远贤这主意太过歹毒，他一家子都要搭进去。是，没成亲，可他早把小丁宝和丁玉兰当成了家里人。

　　楚北望看着老路攥起了拳头。江湖人遇到最要紧的事，手比嘴快，也比脑子快。楚北望赶紧拦住，安探长，你就不想知道"暗樱"最后的图谋?

安远贤笑了一下,我是真想知道,所以才出此下策。哦,你还不知道吗?佐木死在下头了。老兄,你想想,若没有暗线相助,就凭你我,恐怕也只有亡羊补牢的份儿了。

楚北望大惊,快步往地下室奔的时候还没忘拉着小丁宝和老路。佐木确是死了,七窍流血,地上有吃剩的半碗饭,墙角还有偷吃剩饭同样一命呜呼的老鼠。不知道他死的时候会不会想起被他鄙夷唾弃的父亲,主和未必是件坏事,父亲最后一封家书上如此写,战事一起,无人能置身其外,杀戮血光,将会是我们民族未来几十年甚至一百年的伤痛和耻辱。他看了,把信揉碎了,想着将来衣锦还乡,用事实让父亲低头。可他死了,为了别人的梦想,死在最阴暗肮脏的地方。因为身份关系,他成为无名尸,被一捆草席卷走了,扔在乱葬岗。好在他死了,风光和落魄都无所谓了。

楚北望知道柳映辉在警署还有内线,小丁宝算什么?这内线能让她远远指挥着杀人灭口。安远贤没说错,敌暗我明,若不能打入柳映辉身边,总是被他们牵着鼻子走,怕是真不行呢。

老路似乎看出了楚北望的心思,眉头蹙在一起,大不了带着小丁宝和丁玉兰马上离开奉天,是非这种东西,惹不过,躲得起。但他没想到楚北望压低声音说的是,你放心。老路愣了一下。楚北望说,你放心,我不会让他去送死的。

所以楚北望也没打算把小丁宝交给金步摇,怕她们那些江湖规矩,喊着身不由己,下手闹出私刑。金步摇冷笑,别忘了这是你欠我的,按理说,我应该找你算账。

这话不假，说到底具秋平一事是他应了的，早晚需要一个交代，只是心里难免还是有些酸涩。女人忠贞长情是好，可惜用在了别人身上。

金步摇看着楚北望掏出一个牛皮纸袋，慢慢放在两人中间。知道金步摇一定会追究，来之前他在档案室的故纸堆里寻了一整个晚上。也要多谢安远贤嚷着要清查内奸，多谢余昌平出面请档案室所有同僚看戏，多谢陶量龙卷风一样把所有人的视线集中过去，看他抓来的刺客疑犯。还要多谢冥冥之中的天意使然，就在楚北望翻遍了当年的卷宗还一无所获的时候，目光落在了一份按着"废"字钢印的故纸案件上，不知为何拿起，也不知为何看了下去。案件属于警署日常报备，查到有人在走私，但最后证据不足，没有立案。而报案人是具秋平，结案时提供证词推翻了具秋平的是李秉毅。

日色渐沉，金步摇缺少血色的脸白皙如纸，她一言不发，呆坐了许久。花钿进来看过，银锭儿把供果端进来过，连段五都期期艾艾地走进来，说了几句没用的，站了会儿冷场，又期期艾艾地出去了。楚北望一直坐在金步摇身边，等待她做出任何意料之内或之外的举动。

4

这个夏天刚开始，奉天城竟没一日平静。城外日夜不停地过兵，前几日往南去，后几日往北归。奔南去的都英武，军容整洁，枪是枪、炮是炮，还有一列列车厢里的军马，草料充沛，趾高气扬。奔北归的都破落，人挤人带着伤木讷地横躺竖卧，当官的吆喝几声，骂上几句，才肯劳动一下胳膊腿。人们谣传大帅是败得惨了，南去的兵是接他回銮，仪仗多过打仗。北归的兵让人们的猜测中多了惶恐，怕仪仗失了威风，让人兵临城下。街坊里头最有见识的端着脸盆大的碗最后开口，屁，他们不敢来，他们不怕大帅，还不怕日本子、老毛子？大帅有这俩没磕头的把兄弟，关外就能太平。他话刚说完，家里媳妇找了出来，大个子大脚大烟袋锅子，眼睛瞅着别人，嘴上骂着自己男人，数你能耐，这么有本事，把碗里的换成白面，也让老婆孩子见见荤腥！男人讪笑着回屋了，因为这不算怕老婆，只证明家里有明白媳妇儿。

　　这些闲来磨牙的话总能隔着门缝吹到金步摇耳朵里，她听见了也当听不见，太忙，华胜集之前的主顾名册和多年来积攒下的隐秘传闻都锁在奉天银行的保险箱里，钥匙要交给巧蔻掌管。小西关的香堂必须要留住，金步摇细细地跟潘爷交代了，家礼教日后兄弟的婚嫁事，华胜集一手承揽，换来他们帮李婆子和刘簪儿看顾。万柳塘的那处小楼还是卖了好，立在那里都快成笑话了，段五听到信，有心收下，金步摇心里还是有些不熨帖，想想，不如找段七，算给花钿的聘礼。花钿洋派，住在里头正当样。至于银锭儿和外围那些做手艺活儿守街的兄弟，金步摇拿出体己来赏，这些日子辛苦是为她，担惊受怕也是为她，不能让人白扰了去。

　　想想，这些琐碎都还算好处理，最难的是这龙头之位要交托给谁。个个儿都好，个个儿也都有藏不住的短处。金步摇忍不住想起薛小钗，若是薛小钗还在就好了，精细、稳重，又从来不会斤斤计较，泉姐说薛小钗太深沉，可这不算毛病吧？倒是她自己，遇到难处了，总还要惦记个如果、假设、万一，都是没用的思虑，只会让人少了心劲儿。

记忆中薛小钗从没说过这样的话，没有如果，只有结果。

下了半日的雨在日头偏西的时候停住了，一道淡淡的彩虹挂在头顶，空气中有泥土和青草的味道。金步摇深吸一口气，打起十二分精神，脑海中盘算来盘算去，也就眼下这几个人。刘簪儿性子硬，和人打交道要看缘分，喜欢的多个笑脸，不喜欢的一抹脸下来，是个不在乎得罪人的主儿。花钿本事大，可看起来和段七烈火烹油的这一场情分，搅得段七有心受招安，要给她一个稳妥富贵的来日方长，哪还有心思守着这里。李婆子老迈，不能再加担子，银锭儿倒是块好料，用心打磨个几年能出息成一个人物，可惜她没时间了。就巧蓖吧，人缘好，话少，有些薛小钗的风骨，难得还有点医者仁心，加上对外婆的念旧，是个不会辜负情分的好人。

想定了，心里敞亮了点，她就能一心奔自己的去处了。这不算她自私，只是做人总得有始有终吧。

5

金步摇一肚子未了心事要暗自盘算。柳映辉在大和旅社则张扬了起来，手指着李秉毅，嗓音尖细如刀刮，佐木怎么就被盯上了？细想一下，那日你非要送他出门，怎么就这么好心？你自己没本事，小肚鸡肠，还坏我的大事！李秉毅低着头，其实早就后悔了，因为行动失败，一定要查出一个究竟，各个环节都要排查，他站在门外那几秒就是最大的漏洞。

柳映辉骂累了，伸着脖子喘气，恨不得把眼前这块烂肉踢走，不想再看见他，多看一眼都觉得恶心。可安远贤说得对，烂肉也有烂肉的用处，谁坏的事就着落在谁身上吧。柳映辉深吸一口气，安远贤，又一个让她恶心的，说见风使舵都算恭维，就是个算计到极点，见到好处必须要沾一口的王八蛋，背着人去找了佐木，假冒柳映辉的下手套出了一点根底，心里恐怕也明白，没有关东军办不成的事，于是杀了佐木灭口，再来抛合作的橄榄枝。他算得真好啊，赢了要分成，输了跟他没关系，大不了拍拍屁股回南边，将来互作应和。好坏话都让他一个人说了，还自诩天生就是做生意的料，只求利益，不问是非。柳映辉不喜欢这样的人，但只能和这样的人合作。快点成功吧，只有事成，她才能摆脱这些烂事烂人，和竹内君那样的人在一处呢。想到竹内君，柳映辉心里熨帖了点，他智慧、果断，看似不留情面，但总流露出些许照顾。她相信他是喜欢着她的，不然也不会一次次帮她摆脱泥沼，继续推动她的计划。

柳映辉终于缓了一口气，这会儿倒不用给李秉毅什么好脸色，只要让他明白，以后再没有胆量轻举妄动就好。反正也就这几天了，她不用再忍很久，这真的是个好消息啊。

奉天街巷上路灯亮了，楚北望在丁玉兰家里吃了整整一张筋饼，喝了一大碗羊杂汤，脑门儿沁出了汗，胃里鼓胀着，把不舒坦都忘光了，吃饱了才拉着老路说话，走吧老哥，一家子都走，去哈尔滨。他在那里有朋友，给老路安排到海关上，薪酬不算高，但过日子够了。嫂子还有这份手艺，安置下来再支个铺子，日子能过得挺好。小丁宝不是坏孩子，只是一个男孩子，将来用心教导，再不犯错就行了。楚北望边说边往外掏钱，把婚礼办了，别让嫂子委屈，我可能不能喝喜酒了，但随喜不能少。这段日子，多亏了你帮衬，不然我可能早就没命了。

老路一直没吭声，直到楚北望把话说完，才抬起一双老眼看过来，你叫我一声老哥，我叫你一声兄弟，你跟我说句实话，你是那个不是？老路瞅着桌上盖茶杯的红绸子，楚北望不用扭头也知道他问的是什么，笑了笑。

你们还要人不？老路又问。

楚北望愣了，怕听错了。

找日本人的麻烦，我认头。办事仁义，我认头。你这人，我认头。你要人，我就跟你干。他俩走。

楚北望不知道自己红了眼眶，还以为是厨房飘过来的辣子油烟呛的，也不吭声了。唐文博说会有人来找你，也许说的不是上级来联络，也许是知道会有老路这样的人走到他身边，就如当初他被吸引，被感动，被一个"认头"，推上了这条路。

第十二章

玉壶冰，金步摇，
劲草诚臣，节现丹青

旁人觉得她疯魔了，巧蓓带着刘簪儿和花钿来劝，银锭儿李婆子站在一边看着，谁说什么她都不反驳，让她们口干舌燥说了半天，明白她是认了这个死理。

都是女人。都是吃过大苦的女人。都有过认死理的时候。都懂。都不劝了。就一句话，姐姐，还有我们呢。

春寒

1

金步摇把楚北望带来的案卷细细研究了，具秋平的冤案原来起头在李秉毅身上。当年李秉毅求财，占了城外百姓的地种鸦片，然后混进棉麻里私运入关。百姓为生计四处求告，不知怎么落到了具秋平手上。具秋平暗地调查，拿到了切实证据，本以为是起简单的案子，谁知道李秉毅上下使钱，硬是打成了诬陷。若到了这一步具秋平收手，也能保个性命。可具秋平也是个不服气的，还幻想奉系军头总有好人，拨乱反正，为民做主，又一层层告上去。那李秉毅到底是有过根基的，上阵立功没本事，手眼通天的路径不缺，早就一层层地把路都堵死了。钱花海了，上头的人怕闹下去不好收场，就让他退了田庄。李秉毅好端端的发财路被堵死，心里着实地烦，干脆在账簿上添了具秋平的名字，找几个泼皮联名上告，侵占良田欺男霸女，伪造出证据扮演好苦主，把具秋平扔进大牢。这里有千头万绪的牵连，跟着李秉毅捞好处的军官，警署办案的警长，法院里头说着明镜高悬顶着为民请命的法官，一个个恐怕都有干系。若是全都秋后算账，恐怕要靠老天才能把这本烂账算仔细。金步摇不是老天爷，只找一个人的麻烦。

若是不知道，金步摇可以听从泉姐的话，做好龙头，关上院门假装忘记具秋平，过她的清白日子。可现在已经找到了始作俑者，她不可能含糊过去，这是不容商量，也没有余地商量的本分事。

万柳塘边的柳树不管人间是非，到了该风摆杨柳的日子，一点不怜惜满身碧绿，在水边招展出荡漾的鲜亮颜色。湖水也清艳，住在附近的洋人弄了船绑在岸边，就等夏日炎炎的时候，一家老小踩着船在碧波上游荡。也有急性子的孩子少年,刚刚露出一点暑气,忙不迭地把船推下水。

这天景也怪,春短且寒,然后一夜入了夏,这几日街上干活儿的人纷纷打起了赤膊,一来散汗气,二来省褂子。金步摇把楚北望约到了湖边,他们好几日没见了,忽然再见,脸上忽然带出了点小儿女的情色。金步摇心里慌了一下,不该啊,大仇未报呢,于是赶紧正颜正色。

我想好了,龙头传给巧荳。她眼下没有服众的本事,但人缘不错,刘簪儿第一个帮衬。我也寻了潘爷和段五去,有他们在后头撑腰,寻常人不敢为难。

华胜集有了十九代龙头,可说句不该说的,我也不知道还能往下延续多久。这世道变了,人还是往常那些人,事儿都是往常那些事儿,但碰到一处就不对。规矩、情分、义气,人也都在说,但又都乱了套。外头的大事我懂得少,可真如你说,日本人来掺和,中国人的好日子就到头了。我告诉了巧荳,若真有那一天,宁可带着姐妹们到乡下去,到山里去,也不能做了卖国贼。这话我是替泉姐,替老祖儿说的。华胜集没有光大门楣的能耐,也不能有欺师灭祖的败类。若有,人人得而诛之。

门里的担子我交出去了,日后,你想怎么做?金步摇站在岸边,鬓边只有一根银花步摇,珠翠没了,脸上也是素色。楚北望看着,心里一阵疼,疼她将要面临的风险,还是疼自己惦记一个心里一直念着别人的女人。

姓李的不是个东西,贪财、好色、卖国,哪一条拿出来都可以被千刀万剐。金步摇鲜少这么动气,目光里像飞出刀片,想立时立刻要人性命。

楚北望舔了舔嘴唇,喉头像是被什么堵住了,有些话滚来滚去,说不出口。忽然他听见了自己的声音,是他在说话,唬了自己一跳。

我叫人查过,李秉毅和柳映辉都藏在大和旅社。那是关东军的地盘。关东军和南满还不同。后者到底是打着做生意的幌子,行为处事不好太过张扬。关东军这些年不安分,在北边一场场闹事,和我军对抗,想必你也听说过。

这些官面上的话,确是他说的,金步摇听着,动的心气都落下,只剩冷淡的目光,目光里有刀片,也剜在他身上。

大帅眼看要回来,柳映辉一定有大动作,所以……他咽了一口吐沫,看着波光粼粼的湖面。所以,现在不能轻举妄动。

金步摇转过身,面对湖面,所有情绪都收起来,语气也清淡了。没关系,楚探长为国为民做大事,该怎么举动就怎么举动。至于我,咱们两个本不挨着,我该怎么举动也与你无关。

这都是实话,在刚刚,她瞬间觉得自己对他有不该有的期待了,她以为他们经历过生死,以为他们是朋友,到底是她错了。不是说他不对,而是对有些男人来说,再多的情分也抵不过远大的理想去。所以,到底错的是她,不该有情绪,不该不满意。道理知道是一回事,真落到身上,她还是挤不出客套的笑脸。话还是冷冰冰的,楚探长,咱们各有各的去处,各自安好吧。

金步摇抬腿便走,没有珠翠步摇跟着晃动摇曳,走得更爽利。楚北望动作快过嘴和脑子,一把抓住了金步摇的胳膊。他呼出的气打在她白皙脖颈儿上，看不见也知道，羞红了一片。

他手指细长，隔着衣服也能感觉到他掌心的温度。她忽然觉得可能吧，可能没期待多，没指望错。她站定了等着他。

等了大概有半辈子那么久，他一个字也没说出口，五根手指一根接一根地松开。湖面上吹过一股凉风，他顺着风被刮远了。湖面上划着游船的人没看见，那个穿着青丝旗袍的女人，慢慢抹去了眼角一滴泪。

2

安远贤在勺园饭店订了一个包间，早就找人打听过金步摇常点的几个大菜，安排厨房预备下，站在窗口看见她的身影从街边出现，便吩咐伙计上菜。

金步摇辞了华胜集的龙头，一心去找李秉毅报仇的消息已经传得奉天城里人尽皆知了。她当然是故意的，话传出去，江湖道上有人欠过华胜集的情，也有人想让华胜集欠他们的情，还有那些不在江湖的车夫、苦力，那些缝穷的女人、青楼的花魁，都是金步摇的眼线和耳目，从四面八方堵死了李秉毅的路。安远贤想想就笑了，李秉毅现在躲在大和旅社房间里，大门不出二门不迈，还要忍受柳映辉的鄙夷讽刺。如果有后悔药，能回到当初，他死也不会为了那点烟土和钱财弄死了具秋平。

安远贤很是好奇具秋平到底是怎样的人才俊杰，让金步摇这样的女人可以抛下一切。安远贤从没见识过这样的女人，在他的固有认知里，女人就算出来做事，也都要依附一个甚至几个男人，比如柳映辉。金步摇居然连楚北望都切割掉了。楚北望说，他们做的事跟她无关。说这话的时候，他们刚刚离开会议室，身后是满警署好事之徒的打量眼神，耳边还有刚刚张一相拍桌子的咆哮，必须抓到潜藏的日军间谍，如果大帅真有什么闪失，老子让你们偿命！陶量坐在张一相下首，开口补充，他手下人抓到了两个醉酒闹事的日本浪人，透露出一个翻天消息，有人准备在大帅入关后行刺。这种消息无须辨别真伪，就算是空穴来风，也一定要把风头按住。

安远贤看着楚北望，他们应该是同时想到了柳映辉和她的"暗樱"组。安远贤知道得多，但不想开口，心里还在庆幸，好在和柳映辉又恢复了联系，若是他们事成了，他还有一份好处在。可楚北望跟着报备，在抓捕到的军官俱乐部成员中，被抓的军官为了求个宽大处理，也透露过日本人还有后手，合上浪人狂语，这基本可以坐实了。安远贤忍不住腹诽起来，为了楚北望的多事，他为保好处，也得多做事。

张一相有一万个不是，也有一颗对大帅的忠心，何况这次是救主，想想谁能两次救大帅于虎口？日后别说是富贵，想来一人之下万人之上才算不委屈了他。张一相继续拍桌子，无论如何要把那个什么鬼暗樱抓到手。人在附属地算个屁，你们都给我换上便装，该拿枪拿枪，该用炸弹用炸弹，奶奶的，还能让他们在奉天翻了天？

都知道张一相说的是气话，眼下南满高层和关东军对奉天军政的不满已经顶到了天花板，落到实处，别说警探士兵，就连寻常小贩走卒想进附属地，也要被挨个儿严查，刀枪剑戟不用说，连剃头的剃刀都要被没收。明火执仗冲进去，给了日本人反击的名头，大帅也不用回来了，搞不好老巢都丢了，退一万步说，就算能打赢，奉天城里那么多家眷呢，伤了谁，他们都吃罪不起。现在张一相拍桌子，到那时候就要抓替死鬼了。于是大家都低着头不吭声，连眼神都不接。

张一相有发不完的火，奶奶的，养活你们是吃干饭的？平日里个个这个英雄那个豪杰，现在怎么都成了缩头乌龟？还是那句话，三天，三天之内你们不能把人给我抓回来，老子挨个儿请你们吃枪子！

话是对着一屋子人说的，眼神落在楚北望和安远贤身上。这段日子就数他们闹得欢，闯人家附属地，抓人家日本人，弄不好就是他们没轻没重才把人家惹急了，祸害到了大帅头上。这都是没根底没骨气的猜测，但这样猜，各自心里舒坦些。且都知道，三天，抓不到人，这俩就是出头鸟。

张一相吼完了，一屋子人散了。安远贤走在楚北望身边，慢慢说了自己的图谋，咱们进不去，金老板想是有办法。楚北望脸上阴出了水，寒得像冰。我们的事，跟她无关。安远贤被呲得后退了半步，好，你不管，我来安排，这话不用出口，扭身看见陶量疑惑的目光，一时找不出应对的神情，干脆低头走路，再不抬头看他们的脸。

金步摇被伙计引进了包房，依旧是一副珠翠环绕绫罗裹体的样子，妆容精致，白皙粉嫩到看不出毛孔，淡然从容，若是不认识的，会疑惑是哪家养尊处优的太太，谁能想到几天前刚经历了一场大难，身上还带着没痊愈的伤疤，心里还有要报的大仇。

安远贤拉椅子倒茶，透着几分真挚的敬意。金步摇不客气，她打那天从湖边回来就什么都想开了，这辈子就活一件事，给具秋平报仇，大张旗鼓地叫嚷出去，把之前攒下的人缘人情都用尽，把李秉毅从躲身的老鼠洞中逼出来，然后用不离身的两把枪，左右开弓，打出他的黑血。

旁人觉得她疯魔了，巧蓖带着刘簪儿和花钿来劝，银锭儿李婆子站在一边看着，谁说什么她都不反驳，让她们口干舌燥说了半天，明白她是认了这个死理。

都是女人。都是吃过大苦的女人。都有过认死理的时候。都懂。都不劝了。就一句话，姐姐，还有我们呢。

金步摇来赴安远贤的约，心里再没多的指望，只是想知道他说的合作到底是什么。安远贤知道这会儿不适合藏着掖着，他也只有三天时间，能不能完成任务，就看金步摇愿不愿意配合了。

如果他们躲着不出来，你和我都没办法。

金步摇冷笑了一下，她犯不上告诉安远贤，花钿已经买通了大和旅社的厨子，刘簪儿联络好了城外专门给他们送菜的农夫，现在就等巧蓖配置出无色无味的迷药，她就可以把李秉毅从大和旅社看似密不透风的牢笼中带出来。她要把他带到具秋平的坟前，听他亲口忏悔。

你知道大帅要回来了……

这跟我有什么关系？

据我所知，柳映辉和李秉毅会刺杀大帅，没时间坐在旅社等你去报仇了。他们的行动不管是成功还是失败，都会在第一时间远走高飞，或者被抓捕，可是姐姐，若是我没猜错，你是想亲手报仇的，对不对？

金步摇终于肯正眼看安远贤了，他早有计划，左不过还是拿她当枪使。这没错，各取所需，只要能让她亲手杀死李秉毅。

你想我怎么做?

3

初夏微凉夜,大和旅社门口的长廊下坐满了闲适的人,每个手里都捏着酒杯,巧笑轻语,像是从来没品过人间疾苦。

楼上客房里,柳映辉已经收拾好了行李,眼角余光看着李秉毅困兽一样满屋子乱转,一会儿转到她身后,紧紧抱着她,把她当成救命稻草。

你走了,我怎么办?李秉毅带着哭腔问。他无助、弱小、茫然失措、战战兢兢。他希望能得到柳映辉的同情,却消磨尽了她最后一点耐心。

柳映辉没怎么用力就挣脱开了,到底是没种的男人,不敢真用力。她忍着厌烦开口,这里你住着,想住到什么时候都行,反正他们再嚣张也不敢闯进来杀人。等我把事情办好了,你也自由了。柳映辉说完站定了,知道这会儿以退为进才是最佳。

果然,李秉毅转了半个圈,站在她跟前,人站着,膝盖在打晃,眼神已经跪下了。我帮你,我能帮忙,让我干什么都行。

李秉毅知道华胜集惯于暗杀下毒,更知道柳映辉走了,这里从上到下再没人把他当回事,一个手指的疏漏,他就可能丧命。他真的跪下了。

柳映辉也终于叹口气,什么都不用说了,都在这一声叹息里。李秉毅马上站起来,从柜子里拿出箱子,早就预备好了,随时可以一

春寒

起出发。柳映辉转过身冷笑,他这么拼了命地往局里闯,真的不能怪她呢。

这局是刚刚定下的,竹内君和情报总部反复斟酌,终于认可了柳映辉的计划,利用已经被收买的顾旅长在大帅进奉天界时发动刺杀。因为安远贤的身份,顾旅长被柳映辉拿捏在手中,只能言听计从。摸清大帅的行踪,安排第一轮饮宴,她将亲自上阵,以欢迎为名近身行刺,势在必得。此举有危险,一旦成功,将洗清"暗樱"之前背负的种种骂名,她也将以功臣身份名垂青史。有情报传回,大帅的专列即将在三天后抵达。在此之前,必须甩掉苍蝇一样讨厌且缠人的楚北望等人,因为她必须离开附属地,从奉系掌控的地盘借路才能进入顾旅长的辖区。问题是如何让专列停留在辖区,让大帅吃这一杯酒。柳映辉想到了主意,金步摇不是嚷着要报仇吗?赶这个时间给她报仇的机会,城里一乱,专列只能停在城外,大帅再厌弃顾旅长,也不能插翅膀独个儿飞,加上他惯常要面子,也喜欢做大度,这酒就能送上去。

这是她带走李秉毅的全部用处。他是杀死金步摇的必要诱饵,也是柳映辉成功的必要牺牲品。他应该感到庆幸,做了那么多蠢事后,还能死得其所。

带着李秉毅从后厨侧门悄悄离开了大和旅社,车子启动的瞬间,柳映辉还听见一楼大堂传来的钢琴声,那是她最熟悉的《樱花恋》的曲调。她想过一阵子,她可以堂堂正正坐在台下,看着别人表演,她会露出适度的微笑,给一点细碎的掌声,就算他们弹错了唱错了也没关系,作为人上人,她有该有的肚量。

李秉毅看着车子开出了附属地,一路往北,居然到了自己的院落,马弁两口子早早打开了门,把门口台阶上扫得纤尘不染。他看着身边不动声色的柳映辉,心头盖上一层厚重到几乎让他窒息的阴霾。他该解释一下吗?他弄了这个地方,其实是为了两人考虑的。他从来没有背后算计的意思。可她会信吗?

车子停好了,柳映辉难得自己开车门,领头走了进去。李秉毅咬着嘴唇跟着,马弁头都快垂到地上了,李秉毅恨不得掏出枪来顶在他头上,可也只是想想罢了。进到第二进院,不过几天工夫,原本荒凉的院子居然开满了野花,没章法又凌乱,透着一股子命贱的生机。一个女人站在月亮门下头,垂下来的帽檐遮住了半张脸,露出来见人的半张是好看的,眉梢低垂,眼风和煦。

李秉毅站定了,手指着,声音有些发抖,你、你是薛小钗?

薛小钗从月亮门里走出来,居然在柳映辉跟前停下行了一个万福礼。柳映辉坦然接受了,两人目光交织,微微颔首,李秉毅惊出了一身冷汗,咬紧了牙要自己一定记住,再不能小瞧女人。

可惜为时已晚,李秉毅看着两个女人的视线都落在自己身上,看见薛小钗的手轻轻动了一下,一股子迷烟钻进了鼻孔,感觉到四肢百骸通透舒坦,然后就什么都不知道了。天在他眼皮下头彻底黑了。

4

金步摇梦见了具秋平,她不觉得是梦,恍惚中看见具秋平一步步走远,他什么话都没说,就那样远去。她宁愿他质问责怪,也好过这样离开。她拼了命想要追上去,但双腿被地上的藤蔓缠住了,牢牢锁着，寸步难移。她想喊住他，却也发不出半点声音。她什么都做不了，任凭他消失在了黑色雾霾中。

醒来的时候金步摇感觉胸口针扎一样疼。她躺了很久，才积攒起力气起身。天色微亮，她用凉水浇透了自己，浑身都针扎一样，疼到麻木了。她必须要保持麻木，因为今天是将了结一切的时候。

昨儿下午，安远贤和段五前后脚来送信，李秉毅的藏身地找到了。如果不出意外，大帅的专列会在今天下午驶进奉天界。不管柳映辉和李秉毅图谋的是什么，也不管成功或者失败，到时候可能远走高飞，也可能死于非命。这是金步摇亲手报仇的唯一机会。

安远贤已经把话说透了，柳映辉用李秉毅做诱饵，让金步摇去报仇，这都是算计好的，想来是要用城中的混乱，给城外行动制造时间。如此看来，柳映辉比金步摇大气，人家想的是千秋功业，只有她在乎儿女情长。金步摇想想开口道，连真心情长都能放下，谁会信你有家国天下的仁义？安远贤颇有些敬意了。

段五不想她孤身涉险，还在一边劝说，要不等等？再等等，他们藏不了一辈子。起码等到城中解除戒严，段七的人和枪都进来，大家一起杀个痛快。现在街面上加了双哨，闲杂人等都被赶回了家，安远贤只能送来一个人的路条，她独个去复仇，万一出了事，他可怎么活？

金步摇看着段五动了真情，他有一万个不是，但心里真有她。金步摇难得给了段五一个笑脸，我说五爷啊，你怎么就知道我一准儿不行，瞧不起女人？段五急了，不是，不是。金步摇笑了，我知道，所以你就等着给我摆庆功酒吧。咱们可说好了，我要你私藏的最好的酒，可不许舍不得。

话到这份儿上，段五知道再难阻拦，也只能笑笑。这女人到底是奇怪，越是凶险越是巧笑倩兮，难怪把他的魂都牵走了。

入夜，楚北望也来了，那次在湖边分开，两人再没联络。这次他来也是躲开了人眼的，毕竟俩人面上已经切割清楚了，总不好让人觉得翻来覆去纠缠不清。心里知道，可这会儿脸对脸站着还是觉出了生分，楚北望先开了口，他马上要出城，张一相命他和陶量一起去城外沿路负责安保工作。只要平安度过去，他保证一定想办法给具秋平洗脱冤屈。金步摇慢慢开口，人已经死了，冤枉不冤枉没什么要紧，可是杀人的一定要偿命。

说到底，他们还是两个世界的人。他恨不得抓起块石头把她砸晕了。他也很想说要大局为重，到底是不能。金步摇从来不管什么大局，就要活个痛快。如果他现在开口劝阻，她恐怕会拿起石头把他砸晕吧。

但有些话他还是要说，比如我觉得这里面有诈。柳映辉谨慎了那么久，怎么突然变了性子？城北那处院落，他亲自带人里外翻查了一遍，确是李秉毅的私产，但只有一个马弁和老婆住着，口口声声说是帮人看房子，其他一概不知。他本想调动警署力量将那片全部控制起来，可惜被张一相拒绝了，要知道这两天人手吃紧，大帅下了专列回城的沿途要重兵把守，哪有多余人力跑去看废园子？一定不对劲，一定有诈。楚北望反复说着，说到后来最大的实话滚出了嘴边，你不能信他。

安远贤居心叵测，为人深沉，细想来发生的桩桩件件，都和他有关联，到最后得了实惠的也是他。我现在也闹不清楚他到底和柳映辉是什么关系。

金步摇转了半个身子，月光照出了她的侧脸，透着不回头的决绝。他是黑是白我不想管，我只知道，我若不去，就再没机会了。就算扑了个空，我也得去。

她垂下眼，密长的睫毛遮住了决绝目光。这是她报仇的机会，也是她往后过另一种日子的机会。她不想再背负着前情旧债活着。楚北望几次救她的时候，她忽然想也许能换一个活法。这话她不能说，说了就是负担，是矫情。她自己的事要自己做完，然后呢？如果还有然后，他可能会明白。

回到别墅，巧蓖带着姐妹都来了，都说要同金步摇一起去。刘簪儿说街面上都是军警。花钿说七爷在城外守着。巧蓖拿出了最好的迷药。银锭儿在流眼泪。李婆子板着脸背着身。金步摇笑笑，她不是龙头了，打从决定杀死李秉毅给具秋平报仇开始，就是第二次叛了泉姐，怎么还敢让门下姐们儿跟着不尊师命呢？对，她还是要交代几句，绫罗钗环都在屋里放着，给她留着，若是回来就是她日后的身家，若是不回来，姐妹们分分，做个念想。

该走了，换上最利落的衫裤，洗净了脸，头上插了最简朴的柳木连珠步摇，金步摇走了，不回头，眼睛看着前头，哪怕是南墙，也要撞碎了再说。

5

柳条湖的花泊观莲是漂亮的，只是还没到莲花盛开的时候，入目只有浑浊的水。夜渐深，一路上金步摇驾着马车，有安远贤给的路条，并没遇见阻拦。想来安远贤也没少花费，不然也不会如此顺利。越是平静，越是蕴藏危机。金步摇知道这个道理，但现在只有一个念想，危机算得了什么？大不了是一死。痛快、酣畅，对得起知己和良心。

李秉毅的宅子在柳条湖往南半里地。金步摇的马车晃过来的时候，宅子大门敞开着，像是早知道有客，稳稳地等着呢。金步摇下了车，把马拴在门边的拴马石上。看来这宅子也是有来历的，不知道前任主家是王爷还是军机大臣。俗世浮云，争名夺利一辈子，终归什么也带不走。

马拴好了，两把枪握在手里，身上还装着楚北望送来的掌心雷，金步摇深吸一口气，月色清白透亮，站定了往门里瞧，李秉毅确实在院子里。隔了三重穿花门，金步摇能看见他被绑在一棵半枯的独树上。大家都没撒谎，这是明睁眼露的陷阱，也是她报仇的最好机会。过了这个村没这个店的机会。金步摇忽然想到这句俗话，忍不住笑了。

金步摇抬腿迈进了八面设伏的柳公馆，每一步都小心，可每一步都踏实，如入无人之境。若不是眼前还有个李秉毅，她简直以为是自己走错了门。一步步走近了，八年多的恨、怨、伤心，这会儿都落在了实处，要不是他，具秋平怎么会死？她怎么会独守寒光过了那么多凄清的夜？一切都要了结，而这美满结局又来得太过容易，金步摇几乎不敢相信自己，真的就这么简单？真才有了鬼！一步步走近，近到可以看见一个熟悉的身影从树后转出来，看见她手掌一挥，自己身前不远处埋的雷炸响。

金步摇一直没有放松警惕，看见薛小钗的瞬间，就已经飞身跃起，用院墙当掩体，开枪还击，这事儿对了，李秉毅是钓饵，自己是贪婪的鱼，踩入了这场生死局。只是她不明白，薛小钗怎么会在这里？

倒是也不用金步摇费神猜测，薛小钗动了手就没有回头路，一步步逼近，在爆炸和枪响的间歇，足够把一切都说明白。

凭什么？你凭什么做龙头？明明我一切都强过你，为什么要我在你之下？

话不用多，字字诛心。就是在这会儿，金步摇才知道当初泉姐口中的深沉是什么用意。她到底看得清楚。

她自然清楚，老远地派人去查我的底细，我就是不守妇道，又怎么样呢？难不成还要给那个老匹夫守贞洁？是那个大奶奶嫉妒我，怕我活好了，心里不舒坦，居然毁了我的脸。你知道她后来的下场吗？薛小钗声音还是细细柔柔的，但每一个字都让金步摇觉得寒彻骨。

她还活着呢，不过已经成了人彘。你知道什么是人彘吗？没了手脚，没了舌头，没了眼睛，活着，想死都死不了，总算让我扬眉吐气了。那个老太婆，就这也是便宜了她，就这也抵不上我这半张脸，她毁了我一辈子啊。你知道我心里有多苦吗？

金步摇在薛小钗鬼哭一样的质问中找到了一条小径，躲着薛小钗毫不吝惜也不在乎目标的子弹，将自己藏在刚刚炸开的半个地洞里。

耳边还有枪声，心里却是一片清明，都清楚了，泉姐不许人报仇，不光金步摇，也包括薛小钗。当初薛小钗给人做妾，同医生苟且，被主母发现毁了脸赶出门，她就发了毒誓要报复。她和金步摇不同，金步摇有一说一，不会藏着掖着，哪怕因此开罪了泉姐，被赶出门。她是面上点头，心里藏着愤恨，就等有朝一日报仇雪恨。泉姐一双眼老到，看穿了她，于是才留下那些话，心里还是存了厚道，想说天长日久，可能她就会把那些阴霾忘却呢。泉姐不想她们带着仇恨活，把自己活憋屈了。这一点上，金步摇和薛小钗都算辜负了她。

薛小钗那夜去找冷雅琴，被柳映辉抓了个正着。两人有过一番交手，薛小钗不是柳映辉的对手，好在柳映辉没打算要她性命。刚被俘的时候，薛小钗也不是没有过忠诚于华胜集的打算的，但柳映辉知道薛小钗的根底，最后用一句"我来帮你报仇"让薛小钗彻底反水。两人连夜找了替身，忙而不乱，连手上的茧都照顾到了，就怕有人看出破绽，又塞进了灶坑，把一张脸毁个彻底，毁成不忍细睹，才成就这一番假象。现在想来，若是那会儿金步摇不是那么伤心，多看看，兴许也能发现点东西。可惜，这又是一个如果了。

薛小钗成了柳映辉的暗子，加入第一行动组，直奔关内，一边搜集谈判情报，一边借助柳映辉的办法和力气，报了让她没齿难安的深仇。那个丑陋的老女人现在生不如死，求死不能，每次想到，薛小钗都觉得畅快。

所以你就欺师叛祖？金步摇有些唏嘘，泉姐说得没错，人不能带着仇恨活，会把好好的路走偏了。

她让我痛快！我第一回那么痛快。其实我不恨你，不能报仇的滋味我尝过，我懂你。要不你出来，我们好好聊聊。这男人你想零敲碎打，还是送他一具囫囵尸首，我帮你。薛小钗从自己的快乐中抽身，院里暂时没了枪声，倒是街面上的警笛一声高过一声，撕破厚夜。薛小钗知道她的任务已经完成了，柳映辉应该已经趁着这份乱混到了城外。很快她将作为顾旅长的贵宾参与迎接大帅的宴会。很快她会看见代表胜利的烟花，然后重新出山，执掌华胜集。这是她应得的一切，

春寒

任谁都别想抢走。

风吹乱了薛小钗的头发,露出了半张脸上的狰狞疤痕,她倒是没那么介意了。所以姐姐,你到底在哪里啊?你以为自己还能活着出去吗?大帅因为你都进不了城,你说说你,出去了也没好果子吃啊,不如从了我,也算你做了件好事。

按照柳映辉的计划,闹出了天大的动静,等到军警冲进来的时候,她也会撤离此地,然后按响早已安排好的炸药,将他们一起送上西天。多好的安排,不吃太多皮肉苦,一朝赴黄泉,你们也算是好福气。

金龙头,别怪我对不住你,你放心,李秉毅会陪着你一起死。等到了下头,遇见你那个情郎,你们三堂会审,多大的冤屈也能清白了呢。

这才是他们的全部计划。李秉毅是弃子,金步摇是诱饵,打乱整个奉天部署,目的就是刺杀大帅,一切都如楚北望的预料。只是还差一步,安远贤到底在其中扮演什么角色?金步摇猜过,他是随风摆的墙头草,谁有好处跟谁走。可偏有人不信,觉得一定事出有因,觉得可能另有布局,是到验证分明的时候了,也该让所有人都清楚清楚。

金步摇听见自己充满悲愤的声音,安远贤你个王八蛋,害我!

薛小钗笑了,你可真糊涂,人家是顾旅长的外甥,是南边的精英,干吗要跟你混为一谈?何况帮了你们,对他有什么好处?人择良木啊。跟了我们,他既有南边做靠山,又有日本人做后盾,以后这满洲就是他的天下了。

金步摇回头,老路已经摸到了身边,谁还没个后手呢?这后手是干练老吏带着家礼教中的高手,几下就毁了满地机关。

都听明白了？这话问的是老路身后的那些个帮手，个个儿点头，将来都是安远贤的死证。

这都是楚水望的安排。他已经察觉到这件事必有原因，不能让金步摇退步，但总要带个帮手。老路是信得过的，且有了小丁宝的事，老路一心想要将功补过。眼见四下无人，金步摇也放下了自己要独闯虎穴的架势，和楚北望细细安排。既然柳映辉他们要使诈，骗金步摇入局，那就将计就计，让柳映辉跳出来，让她觉得自己赢了。人在得意的时候总会破绽百出，所谓乐极生悲，没人能幸免。

比如眼下的薛小钗。

此刻，老路带来的兄弟已经将薛小钗团团围住，屋顶树梢的枪口都对准了她一个人。金步摇从坑中拔出拖泥带水的身子，这会儿看不出什么身条风姿，但看见的人都觉得她漂亮得让人睁不开眼。

薛小钗有一个瞬间觉得自己像是做了一场梦，本来稳赢的局面怎么突然变了样？她看着金步摇，到底还是没算计过金步摇去。她满心的恨，可惜脸不争气，狰狞还是狰狞，剩下的半边写上了绝望。

你真卑鄙。薛小钗想了半天，说了这四个字，然后又是一挥手，巧麓做过的最好的毒药一直涂在银钗并蒂花头上，轻轻一点见血封喉。输了就是输了，体面认输，不给她们任何羞辱她的机会。

金步摇从薛小钗的尸体旁走过，不是不顾念情分，而是不能容忍一丝半点的背叛。她最恨欺骗和背叛。仗着自己有几分聪明，就要把别人往死地算计，算到最后都是自掘坟墓。她从不欺瞒，敢想敢做敢说，看着有些傻，但对得起天地良心。薛小钗半张狰狞的脸摊在月光下，金步摇心里这些话，想来她也都听到了吧。

金步摇径直走到李秉毅跟前，李秉毅满头满脸的汗。人在绝望的时候会崩溃，也有可能淡然，还有一种叫人之将死其言也善。李秉毅选了最后这种。

唐律师是想要救人的。但我告诉具秋平，如果他不认罪，我会杀了你。那会儿我不认识你，他居然怕了，居然认罪了，我心里笑死了，不是做大事的男人，为了女人死。现在看，我还不如他，他为了你死，你拼死了也要给他报仇。我呢？我呢？我被女人活活玩死。我才是个天大的笑话。

李秉毅坦白如孩童，像在说偷拿了别人的笔墨。他眨巴眨巴眼睛，真是难得的好天气，可惜他再也看不见了。

金步摇举起枪，对准李秉毅，吐出一口气，扣动了扳机。她打枪的本事是具秋平教的，那年在城外，刚毕业的军官具秋平带着她学打枪，开始她怕，他说女人得会保护自己，枪和步摇一样要紧。

枪响了，李秉毅垂下的眼眸里存着最后的天光。具秋平在天上微笑，金步摇低下头，很久没掉的泪，从脸颊滑落了。

离开花泊宅子的时候，金步摇让老路安排人炸毁了那栋宅院，没有给军警找麻烦的意思，实在是不想他们过后找她的麻烦。这种事太常发生，不提前备一手才是真傻瓜。

6

占了周围没什么人家的便宜，城北这一阵枪响和爆炸声传到有人能听到的地方，被误解成鞭炮礼花，也对，大帅要回城了，城里开始静街，做小生意的都要歇一天，搂着老婆孩子坐在炕头想象大帅的仪仗。有见识有年纪的老头儿老婆瘪着没剩几颗牙的嘴，细数他们也许没见过只是听说过的辉煌，那时候奉天还叫盛京，皇上回来祭祖祭天，怀远门外几十里地都铺红毡，皇亲国戚高头大马煊赫威仪。这些老头儿老婆都在旗，祖上有点官职，所以说书讲古心里别有一番滋味儿。看看眼前的破草房、烂炕席，锅里没有隔夜粮，身上翻不出俩铜子儿，烦气儿冲上来，兜头睡下，春秋大梦回过去，最好在梦里睡死了，也好过死在不知从哪儿来、什么时候来的枪子上。其实人们都不傻，枪响和炮仗能分清，不愿意分清，是糊弄自己呢。这日子，不糊弄怎么往下过？

街上是纷沓的乱，当兵当警察的更能分清枪声和炮仗的区别，也没有糊弄的本钱，糊弄过了丢差事事小，掉脑袋事大。都知道大帅要回城，居然刀枪剑戟地打成这样，那爆炸声是点了火药库？难不成真是要犯上作乱？肩膀上但凡有个职衔的这会儿都疯了一样咋呼，跑步，包围，巡查可疑人等，封路，拒马，周围十几条街口不许有人出入！

金步摇换上了老路提前预备下的警服，跟着他一路往城外去，耳边听着，眼里看着，心里有些荒凉又觉得荒唐。人间不该是这个样子，做人不该是这样子。乱纷纷唱大戏，心里揣着小九九，求神拜佛为升官发财长命百岁，为此骗自己也骗别人，苦的还是别人，是那些肩膀上啥也没有的平头百姓。眼见街边一个背着烟卷盒子的半大小子被扣下了,他有什么嫌疑呢?不过是家里实在揭不开锅,冒着被打被抓的风险出来赚点玉米面吃。军警对悍匪没办法,对付孩子总是威风的,烟卷被抢了,盒子被踩碎了。半大小子脸涨得通红,想反抗?头上先挨了一枪托。金步摇想要冲过去,觉得是自己的过,这孩子是被她连累的。老路手快,一把抓住,他们现在要紧的是和楚北望会合,安远贤心怀鬼胎,必须赶紧让他知道。

城外三十里,大帅的专列临时停靠在顾旅长的辖区车站。本不该停,可城里的枪响和爆炸声实在太过凶悍,张一相急赤白脸地表示已经清平了乱象,顾旅长还是执意拦下了专列,一定要确保大帅的安全,所以,明日再进城。

这才是柳映辉真正的计划。要知道专列所经之处,两边都是奉系守卫,想要混上专列行刺难如登天。顾旅长倒是愿意配合,但总也不能带着部下哗变,生把列车拦停。除非城里有异动,才能给他们充足的行动时间,所以她安排了这场连环局,先从附属地脱身,在几层不同番号的部队中周旋,最终进入顾旅长的辖区。这不难,有钱或有姿色都可以办到,何况她两样都有。难的是在城中闹出喧天的动静,逼停专列,只能牺牲了李秉毅。她一边在帐篷里装扮,等待晚宴给大帅献唱,一边开始悼念必死的李秉毅。他到底是有用的,将来或者可以留下一笔。

再仔细盘算一遭,整个计划应该说天衣无缝,她也要感谢大帅疑心重,总是怕部下合纵连横,一个沿途护卫,偏要切成段。他想的应该是如此一来,有任何意外都可以找到罪魁祸首,却不想想,只要其中有人反水，他在劫难逃。不用找，自己就算招认了罪魁祸首也行，反正已经改天换日了，不是逆贼，是功臣。

安远贤掀开门帘走进来，手里捧着一束鲜花，娇艳欲滴，像你。他还是那副让人厌恶的嘴脸，但柳映辉回了一个灿然笑容。他们不算朋友，只不过有共同的敌人。安远贤想大帅死，立下引北伐军出关的头功。柳映辉愿意合作，因为日本对中国从无侵占之心，更愿意看到中国强大统一，方便日后生意往来。安远贤怕是不全信，但赌了一下日本人没有这样的胃口。何况只要北伐军出了关，国家强盛指日可待，区区一个弹丸倭贼，何足挂齿？两个都是居心叵测，倒是联手成就这一件壮举。

柳映辉随手把花扔在桌子上，继续画她的远山眉、含情目。嘴角轻轻发出一声叹息。安远贤听见了也只是笑，担心什么？楚北望是从来不信我，觉得我有图谋。可他小瞧了我，以为我只想抓两个日本人，弄几个情报，向上头邀点屁大的功。他不知道我的鸿鹄之志啊。看不起人就是要付出代价的，你猜怎么着？他现在正在十里外守轨道，陶量看着他呢，他就是想来，陶量也不会让他来，更冲不过我舅舅的重重守卫。今儿舞台都给你搭好了，你就放心大胆地唱吧。

7

金步摇和老路靠着一身警服出了城，刚走没几步，就撞见等得不耐烦的段七，人枪马都备好了，那家伙在二十里外驻扎呢。段七嘴里的那家伙是楚北望，两人明明只见过一次，但说起来倒有些生死莫逆的意思。花钿说，段七觉得楚北望是个人物，将来一定能做大事。

将来的事将来说，现在金步摇骑上了马，带着段七的兄弟一路沿着铁道线狂奔。说来这铁道两边都有军警护卫，可那些军警远远看见段七的旗，一早闪身躲远了。段七不讲理，下手凶悍，出手大方，这三条都是畅通无阻的路条。二十里路，走得顺畅了也就是一炷香的工夫。翻身下马的时候，看见楚北望和陶量两个诧异的眼神，金步摇才想起，她还穿着警服呢，没工夫矫情，再不伦不类也要把该说的话说到了，城里的乱是为了拦住大帅的专列，柳映辉要在顾旅长的防区下手，必须马上去拦住，不然就来不及了。

在所有的意料之外里，楚北望最想不到的是陶量居然丝毫没有阻拦。他甚至都开始盘算是背后下手打晕陶量还是让老路直接拔枪更痛快，谁想陶量后退了几步，掏出车钥匙，主动放行。楚北望看着陶量，心里闪过一个荒谬的念头，随后马上甩出了脑海，不可能，他怎么可能是同志。陶量沉声说，你们现在就去，我马上汇报署长，召集人手和你们会合，必须确保大帅平安返回奉天。陶量看着楚北望，靠你了。楚北望那个荒谬的念头又出现了，等这件事了结，他一定要问个究竟。当然他很快就会失望，陶量不过是一个不太喜欢日本人的中国警察，没有任何信仰，也不够正直清廉，但不想让日本人得逞，就这么简单。

没工夫再想，楚北望开着车，带着老路和金步摇冲到了顾旅长的辖区，远远可以看见停靠着的专列，看见准备宴会的白色帐篷，看见月色和灯光交汇的光芒。可惜他们无法靠近，三层路障护卫，层层都有掩体机枪，没有顾旅长亲署命令，任何人不能靠前。难得，钱和女色同时失了作用。倒是他们非要闯入的架势引发了军官的怀疑，眼看着几个兵开始呈包抄布局，要把他们活绑了去，金步摇有心掏枪，楚北望拼命使眼色，不是不能还击，只是开枪会引发更大慌乱，怕会激得里面的人提前行动。两下都没了办法，却不知老路何时冲到了车上，一脚油门踩到底，生往关卡里面冲。

事发突然，所有人的视线都盯死了老路，围追堵截都冲着老路，让楚北望和金步摇趁机冲了进去。

后来金步摇告诉楚北望，她那会儿确实看见老路对她点头了，老路一直说要赎了小丁宝的罪，他说到做到。

专列外的慌乱迅速引发了连锁反应，大帅的亲随都身经百战，只一个眼风扫过，就知情况有变，虽然有些被顾旅长热情招待灌了不少好酒，但大部分还保持战斗力，两下立时乒乒乓乓战成了一团。

柳映辉和安远贤被闹得冲出帐篷的时候，正好撞在了金步摇和楚北望两人手里四个枪口上。

他们来了，说明薛小钗和李秉毅死了。他们站在这儿了，大帅的亲随开始缴顾旅长的枪。大帅从窗口露了一下面，底下的兵不管顾旅长杀头抹脖子的威胁也举手投降了。肖团长甚至掉转枪口，打死了最后几个没眼色还跟着顾旅长的亲信，将功补过，他本来就是被上峰裹挟，从来效忠大帅，之前如此，日后也如此。

柳映辉知道自己的计划在最后一步，一败涂地了。

金步摇看着柳映辉，只说了三个字，你输了。

不打枪了，抱着头蹲在地上的，周围清理战场扫除障碍的，满营地的人都看着柳映辉，她可真是好看啊，像仙女一样，比仙女还多了风情富贵。她纤尘不染地站在泥土里，输了也不见半点慌乱。她不舍得呢，反正也跑不掉，何必糟践了刚刚化好的妆、换好的裙。倒是安远贤实在没出息，居然掏出枪来把她当成了人质。

后退，闪开，不然我杀了她。我……我知道她要刺杀，特来阻止。你们怎么才来？安远贤情急之下，什么话都敢说了，说了也没用，只引发对面两个人的怜悯笑容。败得好看点，女人都能，男人为什么不行？太没出息了。

别闹了，都知道了。兴许南边都知道了。没人在乎，你们两个都该死，谁杀谁都无功无过。楚北望见大局已定，倒是有闲心斗嘴了。

安远贤脸色死人一样地惨白，顾旅长不争气，手下丢盔弃甲的速度快过大风吹，柳映辉也是个笨蛋，安排好的死局居然还能让金步摇逃出生天，他被他们拖累了，他本该有大好前程，本该……他没继续想下去，不知什么时候，金步摇头上的木环步摇已经插进了他的太阳穴。

不疼，就是有点意料之外。

安远贤倒下了，柳映辉脱离了桎梏还是一副宠辱不惊的样子。愿赌服输，幸好输的时候她很漂亮。

金步摇不愿意承认，在这个瞬间，她是有点喜欢柳映辉的，起码比起那些无耻的男人，更像个人。

后来柳映辉说，就差那么一点，她距离理想、荣耀、光芒，就差了那么一点。她遗憾，却不后悔。她有那么一点点不解，金步摇处处不如她，怎么就赢了？她成了阶下囚，很可能会被凌迟。她倒不怕，只是怪自己到底辜负了竹内君。多才多艺雄才大略的竹内君啊，她到底还是配不上他。不怪她枉自多情，实在是到最后她也不知道从没露面的旅馆老板也是竹内君，暗中挑唆李秉毅做事，图谋和她分庭的也是竹内君，她什么都不知道，这样也好，梦只碎了，没破。

这是一场没有任何悬念的战斗，赶来护驾的张一相和奉系官兵把顾旅长的手下全歼。辖区营地里的白色帐篷上绽开了朵朵红色血花，黎明前天边有一线光的时候，专列继续前行了。

传令官送来大帅口谕，柳映辉、安远贤、顾旅长全部押送奉天，他要择日开审。楚北望和金步摇有功，也要择日大赏。张一相尽忠职守，力挽狂澜，升任卫戍司令，即刻上任。专列咣当咣当渐行渐远，金步摇站在转眼空无一人的营地，感觉像是一场梦。

不是应该宏大热烈吗？不是说事关改天换日吗？不是家国天下吗？怎么像根坏炮仗，看着吓人，却闹不出响动来？再想想华胜集，自己辞了龙头，留了遗言，离开姐妹以为这辈子不会再见，倒成了一场虚张声势的夸张闹剧。

金步摇叹了口气，语气带着一丝轻佻，这就是你的大事，看来真的也没啥。

楚北望看着金步摇，和她越是熟悉，越是会感觉奇怪，现在不是应该庆幸死里逃生吗？应该把悬着的心落下，应该打算日后好好过日子，她赢了啊，仇人杀了，害她的人也败了，怎么倒是一脸茫然，不知何去何从的样子？

金步摇喃喃自语，大不了我回到华胜集，不做龙头，做个梳妆女，你说我们以后的日子，是不是就能太平了？

楚北望不知道以后会不会太平，可听到了"我们"，嘴角还是牵起一丝笑模样。"暗樱"被彻底摧毁了,唐文博留给他的任务已经完成,老路受了伤,没伤在要害,估摸三五天就会痊愈。他有同志了。

那以后可不是就能"我们"了。楚北望笑了,悄悄抓住了金步摇的手。好辰光不多,及时享乐不为过。

尾声

一切都已经结束,一切都才刚刚开始。

这会儿他们还不知道,不久之后,大帅的专列被炸毁,奉天即将迎来大变局。而他们都将在变局中承担各自的角色,一起面对狂风骤雨、生生死死。

这会儿被关在专列最末一节车厢的柳映辉也不知道,她拼死拼活,用尽"暗樱"全部力量展开的这场刺杀,不过是关东军情报总部和竹内君一起策划的一场烟幕弹,他们从来都没觉得她能胜利,用她来拖延时间,消磨奉系的警惕性,然后在皇姑屯安置了足够把一节车厢粉身碎骨的炸弹。

这会儿柳映辉心里只有遗憾和仇恨,还有眼下看来不切实际的幻想,想要逃出生天,找金步摇报仇雪恨。恨真好,够强大也够绵长,能让人继续活下去,不觉得悲凉。

这会儿夕阳落尽,大地苍茫,下一轮较量已经开始滋长,好在他们现在不用知道。

(全文完)

图书在版编目（CIP）数据

春寒 / 赵娅君著.—北京：北京联合出版公司，2022.6
ISBN 978-7-5596-6120-3

Ⅰ.①春… Ⅱ.①赵… Ⅲ.①长篇小说—中国—当代 Ⅳ.① I247.5

中国版本图书馆 CIP 数据核字（2022）第 052250 号

春寒

作　　者：赵娅君
出 品 人：赵红仕
责任编辑：刘　恒
策划出品：一未文化
版权统筹：吴凤未
监　　制：魏　童
策划编辑：张爱宁
封面设计：佳　菲
封面插图：槐安雨墨
内文排版：麦莫瑞

北京联合出版公司出版
（北京市西城区德外大街 83 号楼 9 层　100088）
北京美图印务有限公司印制　新华书店经销
字数 193 千字　880 毫米 ×1230 毫米　1/32　9 印张
2022 年 6 月第 1 版　2022 年 6 月第 1 次印刷
ISBN 978-7-5596-6120-3
定价：42.00 元

版权所有，侵权必究
未经许可，不得以任何方式复制或抄袭本书部分或全部内容
本书若有质量问题，请与本公司图书销售中心联系调换。
电话：010-65868687　010-64258472-800